解药 2

巫哲 著

廣東旅游出版社
GUANGDONG TRAVEL & TOURISM PRESS
悦读书·悦旅行·悦享人生
中国·广州

巫哲

— 作品 —

——

朋友可以消失，

但朋友不能因为他而消失。

——

运酒店

烧肉
洗手间

目录 Contents

--

你是解药，病了舔舔。

--

第一章

大寸

1

自动扶梯上人不太多，小偷就站在比程恪低一级的台阶上，一看就很不正常，但没有人注意。

像江予夺这样习惯了在走路时争取看清每一个人的人实在太少，只要超出“我”和“我的”的范围，对大多数人来说，就是不存在的。

自动扶梯快到头的时候，小偷一直往前把着自动扶梯的手动了动，伸向与他之间的距离最多十厘米的程恪的外套兜。

江予夺往上走了两步，从后面抓住小偷的胳膊往后一拽。

小偷受惊的同时还想挣扎，顺着劲儿被江予夺直接拽得向后仰 180 度，跟他面对面地站住了。

江予夺竖起食指，在嘴边轻轻“嘘”了一声。

小偷大概是在惊慌中回不过神来，愣在原地没有动。

神经粗如水桶的程恪依旧没有发现身后的动静，自动扶梯到头之后就跨了过去，又开始看第二层的地图。

江予夺简直对他佩服得五体投地，一楼的地图是白看了吗？

看了好几分钟，他就上了一层，还得再看一次？

江予夺一抬胳膊勾住了想要趁机逃跑的小偷的肩：“走，下楼。”

小偷非常不情愿，但劲儿没有他大，而且不太搞得清是什么状况，只能被他带着转身又走上了往下去的自动扶梯。

程恪觉得自己的记忆力有点儿衰退，不知道是不是因为失眠。上来之前他还能记得电器品牌区在五楼，运动户外品牌区在四楼。

下了自动扶梯他就只记得电器品牌区在五楼，运动户外品牌区在哪层忘了。

他叹了口气。

转身绕过自动扶梯继续上楼的时候，他往下行自动扶梯上扫了一眼。

江予夺吗？

这个背影挺熟悉的，特别是那件外套，他之前还穿过。

他站在栏杆边看了一会儿，但也不能确定，毕竟他从来没见过江予夺跟谁这么亲热地搂着肩走，连总护法都没享受过这样的待遇。

那人走下自动扶梯之后转了个弯消失了，程恪继续上楼。

四楼，运动户外品牌区，五楼，电器品牌区。

他是要买什么电器来着？

哦，洗碗机。

那人真的不是江予夺吗？

“行了，”江予夺走到商场门口，松开了小偷，“走吧。”

小偷这会儿回过神了，虽然不确定江予夺要干什么，但能看出来他不是便衣也肯定不会报警，顿时眼神就变了，嚣张而凶狠。

如果是这片儿的混混，差不多都认识江予夺，但小偷就不一样了，跟混混不在一个系统，相互也没什么交集，两头都混得不多。

“你有病？”小偷瞪着他。

江予夺知道旁边肯定有他同伙，一个、两个、三四个都有可能，要不就以他这种勒个肩都差点儿勒到脑门儿的个头儿，就算知道不会被抓，也不敢这么嚣张。

“别的人我不管，刚那个，让我发现你和你的小伙伴再跟着他，”江予夺说，“你们今天谁也别想站着离开这条街。”

说完这句话，他也没等着这个小偷答复，转身回了商场。

之前的休息椅上已经坐了人：一个老太太和她买的一堆东西，外加一个正坐在地上干号的小孩儿。

江予夺站在一边看了一会儿。

他有点儿羡慕。

这孩子看着都有七八岁了，居然还这么能撒泼，如果不出意外，估计能撒泼到十几岁，一直到在外头被人收拾了为止。

挺好的。

在江予夺的记忆里，自己从来没有这么放肆过，别说躺地上蹬腿儿打滚，就是连哭都不敢出声。

他站在那儿看了快有五分钟，一直到小孩儿哭腻了开始踢老太太的脚，他才转身上楼。

程恪平时买东西都会去小区附近的那家超市，今天不知道要买什么，跑到这边来了。

江予夺上了自动扶梯往楼上走，习惯性地分析着，二楼是女装，三楼是男装，四楼是运动户外产品，女装肯定不是……江予夺不知道为什么就想起了漂亮的小可爱……

啧。

男装也不是，程恪来这儿买过男装，不需要再看地图，除非是个弱智，大概目标商品就在四楼、五楼吧……买电器的可能性更大些，毕竟这种什么都不会的少爷，会希望拥有各种电器。

江予夺上了四楼，小心地往四周迅速扫了一圈，他只是想看看程恪脸上的伤什么情况了，并不想被程恪发现。

在四楼转了半圈，他就看到了程恪，站在本层最贵的几家运动品牌之一的店里，最靠门的架子前，不过只有侧面，被打肿的眼睛看不见。

“这条裤子很舒服，比较透气，又吸汗，”导购介绍着，“您去健身房或者跑步都可以穿，很合适。”

“嗯。”程恪应了一声。

“跑步的话我们这边还有这种……”导购又拿起一条裤子。

“我不跑步，也不去健身房，”程恪一直无法习惯这种如影随形的服务方式，随手拿了两条看着还行的裤子，又抓了两件外套，“我就家里穿。”

“哦，好的，”导购接过了他手里的衣服，“您再看看这边的吗？这边的……”

“不用了，够了。”程恪打断她的话，迅速抢回了衣服，直接往收银台逃窜。

走了几步，他回头往店门口看了一眼。

不知道是不是看鬼片儿后遗症，这会儿他总感觉有人在看着自己。

但门口并没有人，只有一个人形广告牌。

拎着袋子出来，程恪往自动扶梯走了过去，走到自动扶梯跟前儿了才发现这层扶梯就到这儿了，要上五楼得往另一架自动扶梯走。

他有些烦躁，就商场里这种不肯老老实实一通到底的自动扶梯，每次都让他烦躁。

他又转了半圈才找到上去的自动扶梯。

第一个导购迎上来的时候，程恪赶紧开口：“洗碗机。”

导购给指了个方向，他走过去，碰到第二个导购：“洗碗机。”

说了四遍“洗碗机”之后，他顺利站到了一排洗碗机跟前儿。

“我一个人，要一个能洗碗能消毒的就行，”程恪看着一堆机子有些茫然，“有时候可能只有一个碗……”

程恪看着一台非常炫酷拉风的镜面漆的洗碗机愣了愣。

“这款不错的，是今年的新款，外形是不是很有科幻感？”导购说，“而且这款是免装的，也有迷你款，符合你的要求……”

导购说了什么程恪也没仔细听，他回过了头往身后看着。

今天他这是怎么了？

他是不是中邪了？

他在自动扶梯上看到了江予夺，买衣服觉得有人盯着自己，现在又在洗碗机柜门上看到了一闪而过的江予夺的脸。

但回过头时，他身后只有两个正在聊天儿的导购，还都是女的。

他忍不住又穿过身后的两排洗衣机，左右看了看，并没有看见江予夺，连个男的都没看到。

“先生？”导购在后头叫了他一声。

“就这个了，”程恪指了指那台镜面的洗碗机，“最小号的。”

江予夺确定程恪回去跟导购试机子之后，从一台双门冰箱后头转了出来，上自动扶梯，往楼下去了。

程恪的眼角青了一大片，虽然不是特别肿了，但看上去还是像经历了一场恶斗的样子。

不过程恪看上去状态还可以，起码能看到自己在洗碗机上就停留了不到一秒钟的影子。

江予夺叹了口气，这种错误以前他不会犯，一眼扫过去他就会看到所有对他有利和不利的东西，今天却没注意到那台洗碗机。

大概他所有的注意力都在程恪脸上了。

他走出商场的时候，卢茜给他打了个电话。

"你过来吃个饭吧，牌舍这边儿，"卢茜说，"事儿都处理完了，吃完饭你找个家政什么的去把屋子收拾一下。"

"嗯，"江予夺应了一声，"家政肯定不干这些，我找人吧。"

"那行，"卢茜说，"带瓶酒来，我压压惊。"

"好。"江予夺笑了笑。

卢茜胆子挺小的，不怕活人，就怕死人。

江予夺拿着酒到牌舍的时候，只有卢茜一个人在麻将桌旁边坐着。

"没人？"他问。

"今天谁还来我这儿打牌？都知道我这楼里死人了，"卢茜起身，去小厨房把菜端了出来，"这帮狗东西，不怕死人，就怕财运受影响，你看吧，起码得两天以后才有人来。"

"那正好休息休息。"江予夺坐下。

"我没那个命，"卢茜说，"明天我回我妈那儿看看去，挺长时间没去看她了，你说这人，说死就死了，能多陪陪就多陪陪吧。"

江予夺没说话。

"今天你别喝酒了，脸色不太好，"卢茜看了看他，"是不是没睡好？"

"睡得挺好的。"江予夺搓了搓脸。

一个晚上没睡好并不会让他的脸色有多差，今天应该是心情不太好，江予夺拿起筷子吃了口菜。

因为突然死去的一个人。

因为可能要消失的一个朋友。

自从有了洗碗机，程恪觉得生活美好了很多，每天吃外卖一定要倒出来放在碗里吃，方便面泡好了也要倒在碗里吃，零食也要从袋子里倒出来放在盘子里吃……以前他没发现自己这么幼稚，一台洗碗机而已，玩了大半个月新鲜劲儿都还没过去。

或者是因为他的生活太无聊了。

没什么事儿可干，许丁约的一个视频还有一星期才去录，以前许丁两三个月请他一次他都觉得太频繁了，现在无聊得都想打电话过去让许丁快点儿剥削他了。

其实过这样的生活已经挺长时间了，他也就这阵儿才觉得特别难熬。

也许是因为江予夺真的不再出现了，没有电话、没有消息，也没有偶遇。

程恪皱皱眉，觉得也不对。

他跟江予夺总共也没打过几个电话，消息更是无从发起，他俩好友都没加，最多也就是偶遇而已。

这几个月他俩在一块儿的时间都凑不够一星期的，像这样大半个月见不着面是正常现象。

……唯一不同的，大概只有江予夺的那句话。

“以后有什么事儿就找陈庆。”

言下之意，他不会再跟程恪有什么接触了。

程恪叹了口气。

洗碗机开始工作的时候，他拿着手机坐到了沙发上。

手指在屏幕上点来点去半天也不知道该玩点儿什么，最后他点开了朋友圈。

挺长时间没看了，自从变成孤家寡人之后他就很少看朋友圈，那些跟以前没有什么区别的内容，别说看了，想想都觉得不是滋味儿。

所有的人都过着与从前一样的生活，他却站在了外面。

朋友圈里第一条，是陈庆的。

这让程恪很愉快，仿佛心理上有了一个缓冲。

不过陈庆朋友圈的风格，要搁以前，看一眼就会直接被程恪屏蔽了。

光今天一天陈庆就发了十条朋友圈，关于店里的就得有五条，两条广告，两条优惠活动通知，再来一条招聘信息，陈庆真是一个爱岗敬业的好员工。

还有五条私人的，包括转发“新婚之夜他走进房间，却看见妻子……”以及“三十年档案解密！当年某某为什么……”，最有智商的转发就是生活小窍门了，“生活达人教你如何快速套被子”。

程恪点进去看了一眼，发现这就是江予夺告诉他的那种方法。

他硬是一边乐一边把视频看完了。

他再往下翻，还是陈庆的，这人发朋友圈的频率能高到连续七八条都是他的。

——江湖，我的青春。

非常傻的一句话，但配的照片程恪忍不住点开看了。

照片上的场景他看到过，楼后的街心小花园，花坛边上或坐或站的一帮人，还有中间叼着烟坐着的江予夺。

程恪把照片放大，一直放大到江予夺的脸占满了整个屏幕。

这一瞬间他突然觉得整个人都舒服了，就像是看到水滴在宣纸上带着毛茸茸的边缘不断往外扩散伸展时的那种惬意。

他又往下翻了翻，陈庆坚持每天至少发一次三哥，仿佛是江予夺全球后援会官方账号。

程恪唰唰地往下翻着，不过没有翻到头，陈庆的朋友圈开放内容时限估计是半年，海一般的内容，一个小时也翻不到头。

而且程恪也不想再看了，直接点了添加好友，手机联系人，找到了江予夺的名字。

微信名称：大寸。

程恪盯着这俩字儿看了半天，什么破名字，都不如陈庆的“某某汽车美容小陈 139××××××××”。

想不出什么好名字还不如就用真名，比如他。

程恪给大寸发了好友申请，然后躺到沙发上，打开了电视。

几分钟之后，手机响了一声，他拿过来看了一眼，大寸通过了他的好友申请。

他看着对话框里的"现在我们可以开始聊天了"，半天也没打上去一个字。

江予夺那边也沉默着，一直没有说话。

程恪等了一会儿，发了一个逗号过去。

几秒钟之后，江予夺回过来一个分号。

程恪愣了愣，以为江予夺起码得回个问号。现在对着这个分号，他不知道该怎么把聊天进行下去了。

看江予夺那边也没再发别的过来，他退出聊天框，点进了"江大寸"的朋友圈。

让他失望的是，大寸只有一条朋友圈，三天前的，一张喵的不雅照。

照片上喵翻着肚皮，尾巴根儿那里还被大寸用红色的圆圈儿圈了出来，写着：小寸。

盯着这两个字看了能有十秒钟，程恪才猛地反应过来，江予夺的这个"大寸"是什么意思——简直粗俗以及臭不要脸到了极致！

手机响了一声，江予夺发了一条消息过来，是语音，只有一秒。

程恪平时最烦听语音，看到语音基本不会点开，反正他的那帮朋友也没什么正事儿。

不过这条一秒的语音，他还是点开了，毕竟短。

"有事儿？"江予夺问了一句，声音里夹着风，呼呼地，感觉能把这几个字儿都吹散了。

——没事。

程恪回了一句，接下去又不知道该说什么了。

他平时很少跟人这么聊天，朋友都是见面聊，发消息顶多就是问一句"到哪儿了""来了没"之类的。就算要聊，也都是对方找话题，他只管顺着说就行。

碰上江予夺这种提问基本就是结束语的聊天方式，他连多一句可说的都找不出来了。

他把手机扔到茶几上，闭上眼睛叹了口气。

江予夺肯定不知道他为什么会突然申请加好友，还要强行聊天儿。

不过他自己很清楚。

在陈庆的朋友圈里看到江予夺照片的那一瞬间，他就知道，自己就算没想太多，也起码是想再见到江予夺的。

上次对人有这样的亲近感，已经是两年前的事了，不过还没来得及进一步接触，程恪就已经失去了兴趣。

就像他对很多事都得过且过，不多想、不多问一样，拓展朋友圈之类的事，他也提不起多大劲头来，经常会没有任何征兆地就对一个昨天还想着的人失去更进一步发展的兴趣。

而现在对江予夺的这种亲近感，有些久违，也有些陌生，很像，又似乎没有经历过。

江予夺跟他从小到大认识的任何人都不一样。

而江予夺对他的吸引力，一直到现在，他才觉察到有多大，大到能对抗不到一个月前才被狂揍一顿的危险事实，大到能忽略心里对江予夺精神状态的疑问。

不过这样的自己，程恪并不吃惊，只是很少对某个人这样而已。

“你胆子大得很，”老爸很久以前说过，“你胆子大到可以随心所欲，你随心所欲到可以放弃脑子！”

他一直没好意思问老爸，是不是想说他胆子大到把脑子挤没了。

反正不是什么好话，但从某种角度来说，也许还有些道理。

手机在茶几上响了，有电话进来。

程恪摸过手机看了一眼，是江予夺。

他接起了电话：“喂？”

“你是不是有什么事儿啊？”江予夺的声音里还是裹着风，一句话一口风的感觉，“你要不想跟我说，你找陈庆啊，我不是给了你他电话吗？”

“我没事儿。”程恪说。

“那你加我干吗？”江予夺问，“你是不是把燃气灶烧炸了？”

“我就随便加着玩，”程恪笑着说，“我要不加你，都不知道你这么不要脸。”

江予夺愣了愣："我怎么就不要脸了啊？"

"大寸。"程恪"啧"了一声。

"这你就不能说我不要脸了，少爷，"江予夺说，"那我们这儿还有叫大那什么的呢，只能说你太单纯。"

程恪活了二十七年，还是第一次被一个小自己好几岁的人说单纯，滋味儿非常复杂。

"你在哪儿呢？"他问了一句。

"巡街呢，统计垃圾桶，看少没少。"江予夺说。

"我跟你一块儿数吧。"程恪说出这句话之后就想挂电话，这么傻的话说出来把他自己都震惊了。

"……别了，我开玩笑的，"江予夺犹豫了一下，"我带着人呢，我一个小兄弟被人抢劫了，这会儿正找呢。"

程恪脑子里莫名其妙地闪过莫某汽车美容小陈139××××××××的那句话。

"江湖，我的青春"。

"那……"程恪不知道该说什么了。

"你真不是把什么东西弄坏了吗？"江予夺问，"是不是洗碗机坏了？"

"真没有，那东西按一个钮就能洗了，坏个头啊，"程恪叹了口气，叹完又猛地愣住了，"你怎么知道我买洗碗机了？"

江予夺那边没了声音，过了一会儿才说："这是我的地盘儿。"

"……哦。"程恪应了一声。

"你是不是又看鬼片儿了？"江予夺又问。

"没，"程恪笑了笑，看了一眼时间，"要不晚上你请我吃烧烤吧，夜宵。"

"得等我找完人。"江予夺说。

"嗯。"程恪应着。

2

江予夺不怕冷，比今天再冷十摄氏度的下雪天，他穿一件单薄的外套都能跑个几公里，但不喜欢这样的天气，冷得一点儿人气儿都没有了，喘出来的气都会凝结再坠落。

今天要不是有人抢劫了二秃，他也不会在这种时候出门。

“就那边儿，”二秃指了指前面的几栋楼，“他们往这个方向跑的，这边儿就只有那儿能待人了吧？”

江予夺推了推眼镜，往那边看了一眼，觉得还挺清楚的。

这副眼镜是陈庆今天送给他的，黄色的镜片，说是开夜车的时候能防炫光，虽然江予夺不开车，但陈庆认为晚上戴着能提高视野清晰度。

“还能防风，”他说，“多好。”

不过……江予夺又把眼镜往下拉了拉，再推上去，比较了一下之后觉得还是有点儿用的，亮了不少。

“大斌那几个过来了吗？”陈庆问了一句。

“在前面路口了。”有人回答。

抢劫二秃的人有四五个，现在躲起来了，估计人会更多，他们也得叫齐人，这属于街头纠纷，多半打不起来，主要靠气势。

“过去吧，”江予夺往那边走过去，“快点儿解决了，尽量不动手。”

“好。”几个人应着。

“好！”陈庆举着手机喊了一声，比别人慢半拍。

江予夺看了他一眼：“我是不是得给你配台摄像机啊？”

“不用，手机就挺清楚的了，”陈庆说，“摄像机我还用不明白呢。”

江予夺叹了口气。

这几栋楼在江予夺“地盘”的边缘，画了线要拆迁，很多住户已经搬走了，入夜之后二楼往上，亮起的灯稀稀拉拉的。

一楼面街这边倒是都亮着灯，几家小超市、修车店、杂货铺，都还在营业。

对于江予夺他们来说，找到那些人并不难，毕竟相互了解。

大斌带着几个人从路口转出来，看了看环境之后从一个窄小的楼道口走了进去，这是二楼一个桌球室的入口。

桌球室这会儿人还挺多的，门一推开，十多双眼睛一齐看了过来，这要真是来玩的，基本有一个算一个都得转身就走。

“黄衣服那个。”二秃往里看了一眼，低声说了一句。

有了二秃的指认，他们一帮人走了进去。

几个正在打球的人都停下站直了，手抓着球杆盯着他们。

江予夺往这些人脸上扫了一圈，目光停在墙边坐着的一个人脸上。

这人他没见过，肯定不是在这片儿生活的，新来的，或者是旁边地区过来的，长得很憨厚，像个朴实的老乡，但江予夺看眼神就能知道，这人是领头的。

“我弟弟今天在路上不小心，”陈庆开了口，看着那个黄衣服的，“掉了点儿东西，听说这位兄弟捡到了？”

黄衣服皱了皱眉：“我怎么不知道？”

“这种小事儿，不记得也正常，”陈庆说，“一个钱包，倒没多少东西，就是刚发的工资都在里头，我弟弟穷，工资丢了是大事儿……”

“哪儿丢的上哪儿找去，”憨厚老乡说了一句，“我们又不是捡垃圾的。”

这句话实在非常不上道了，一般人都不愿意有这么直接的冲突，就跟正面挑衅差不多了。

“这位大哥说得就不太合适了，”陈庆说，“要真让我们找着了，你们就得转行，多不好。”

桌球室里气氛一下变得紧张起来，两帮人之间划根火柴就能开个篝火晚会。

江予夺有些不耐烦，他本来就不愿意跟人打嘴仗，刚才又跟程恪约了吃烧烤，这会儿就更不耐烦了。

他拿出手机看了一眼时间，把手机放回兜里的时候抬眼看着对面的人："钱包。"

黄衣服冷笑了一声。

江予夺往那边走过去，他这一动，身边的一帮人全跟着往前压了上去。

坐着的几个人除了老乡也全站了起来。

对方明显不按规矩来，他们这一动，对方立马就给出了反应，离江予夺最近的一个人扬起手里的桌球杆对着他的脸就抡了过来。

江予夺在杆子落下来之前就已经伸手接住了，然后抓着杆子往下一压，杆子从那人手里滑脱。

没等他退开，江予夺已经动手了。

这人干脆利落地倒地，一点儿时间没耽误。

几个还想过来的停下了脚步。

江予夺扔下杆子，看了一圈，视线落在黄衣服脸上，又重复了一遍："钱包。"

黄衣服扯着嘴角又冷笑了一声，这次就没有之前笑得潇洒了，动作却很快，他对着江予夺扑过来的时候，站在江予夺旁边的大斌都来不及挡。

江予夺皱了皱眉，扶着大斌的肩膀借了点儿劲，跳起来挡住了对方。

黄衣服被撞了个踉跄。

江予夺烦躁得很，直接跳上了桌子，一步跨过去，四周的人都还没动，他已经跳下桌子站在了老乡跟前儿。

老乡这会儿才蹦了起来，手往衣服里伸。

江予夺往他脑袋顶上一抄，拽着头发把他拉到了球桌边，在他的手从衣服里拿刀出来的同时，把他的脸拍在了桌上。

老乡的腿慢慢软下去，跪在地上不动了。

"钱包。"江予夺说。

黄衣服挣扎着靠墙站起来，掏出一个钱包扔到了陈庆和大斌面前。

大斌捡起来递给了二秃。

二秃打开看了看："没错。"

"走。"江予夺松开了老乡的头发，老乡滑倒在地。

桌球室里一片安静，江予夺走到门边的时候，陈庆回过头冲屋里的人说了一句："谢谢各位帮我弟弟找回东西了。"

回到街上，江予夺拿出手机又看了一眼时间："散吧。二秃，你以后也机灵点儿，打不过你还跑不过吗？愣能让人给抢劫了。"

"谢谢三哥。"二秃晃了晃钱包，"谢谢大家伙儿，喝酒去。"

大家纷纷响应。

江予夺没出声，跟他们一块儿往回走。

"今儿三哥是让我开眼了，"有人感叹了一句，"这根本用不着我们啊，一个人单挑这一屋子的没问题。"

"本来他们要懂点儿规矩，今天也用不着三哥动手，"大斌说，"居然叫板，一个个还都冲三哥去的，这回老实了。"

江予夺一直没说话，听着他们在老北风里边蹦边兴奋地讨论着。

能让这帮二傻子兴奋的就是这些事儿了，三哥单挑一个、单挑两个、单挑三个五个，单挑一群……这片儿真能跟他扛的人，没有几个。

但他并不想看到这样的场面，他能做到的原因，无非是他在本来可以满地打滚跟大人要无赖的年纪里却活在永远见不到希望的黑暗中而已。

快到他们平时喝酒的那家小店时，江予夺看了陈庆一眼。

陈庆走到了他身边。

"我不去了，"江予夺低声说，"你跟他们一块儿去吧，盯着点儿，别喝多了惹事儿，喝完了让他们都滚回家。"

"嗯，"陈庆点点头，又小声问，"你去哪儿？还是回去？"

"我去找程恪，"江予夺说，"他让我请他吃烧烤。"

"那让他过来呗，"陈庆说，"正好一块儿吃了……哦，这顿是二秃请客，不是你请，那也没事儿啊，反正请他吃就行了。"

"请个头，"江予夺叹了口气，"他差这一顿烧烤吗？"

"也是，大少爷呢，"陈庆"啧"了一声，想想又问，"你不是说最近不见他了的吗？"

江予夺看着他没说话。

“哦，是他找的你，”陈庆点点头，“说起来这人虽然跟我们不是一路人吧，但是性格还真不错，一点儿不记仇。”

“嗯。”江予夺应了一声。

走到小区门口的时候，江予夺拿出手机给程恪打了个电话：“你下来吧，我马上到你楼下了。”

“楼下？”程恪愣了愣，“你告诉我一声在哪儿我过去就行啊。”

“废什么话啊？”江予夺说，“我到都到了。”

“行吧，”程恪说，“我下去。”

江予夺挂了电话，又看了看四周，小区的灯挺亮的，前后交错着，各种拉出的影子都变淡了。

这种光线让他能稍微放松一些，不用盯着暗处，提防突然闪过的影子。

不过他挺长时间没跟程恪联系过，也没有来这边，现在应该也没有什么危险了。

唯一让他感觉有些不安的，就是不明白程恪为什么突然找他。

毕竟他俩之前有过非常恶劣的冲突。

要相信朋友。

他把程恪当朋友，就得相信程恪。

其实程恪联系他的时候，他心里的轻松要多过疑虑。

相比危险，朋友没有消失更让他在意。

程恪走出电梯，一眼就看到了站在楼道外面的江予夺，背对着这边，叼着根烟。

这一瞬间他的感受不太好形容，居然会有一种久别重逢的错觉。

他走过去的时候放轻了脚步，不想让江予夺听出来他走得挺快的。

不过只走了几步，江予夺就回过了头。

“……挺敏锐啊。”程恪说。

看到江予夺脸的时候，他愣了愣。

江予夺戴了副黄色的夜视眼镜，最普通的那种蛤蟆款，戴在任何人的脸上都不会让他多看一眼。

但这会儿他盯着江予夺一眼、两眼、三眼看了能有五秒钟，平时也就是张没什么亲和力的普通嚣张帅哥脸，现在看着却挺帅的。

“敏锐个头，”江予夺说，“电梯喊那么响呢，就迟钝成你这样的才听不见。”

“电梯喊什么了？”程恪愣了愣。

“叮！一层到了，”江予夺捏着嗓子学了一声，“我再走远十米都能听见。”

“哦，”程恪回头看了一眼电梯，笑起来，“天天听着，都已经注意不到了。”

“烧烤？”江予夺掐了烟，看着他。

“随便吧，”程恪说，“我也是随口一说，什么都行。”

“这个点儿也只有烧烤了。”江予夺往外走。

“你刚才……”程恪跟上他，“事儿处理完了？”

“嗯，”江予夺扭头瞅了他一眼，“说得这么文雅。”

“打完架了？”程恪重新问了一遍。

“打完了。”江予夺点头。

“伤了没？”程恪又问。

“没，一帮小杂鱼。”江予夺说。

接下去程恪就找不到话题了，沉默地跟江予夺并肩走着，一直到走出小区，他俩都没说话。

也就这会儿，程恪才感觉到，他跟江予夺其实并没有想象中离得那么近，只不过一个月没见而已，就已经不知道该从哪里开始续杯了。

而话题也的确难找，陈庆说过，大家都不是一路人，这会儿他搜肠刮肚之后发现，脑子里居然空荡荡的，真逼着他开口，估计只能问出一句“去哪儿吃”。

“你是想走路还是打车？”江予夺停下问他。

“有多远？”程恪问。

“很近，”江予夺说，“不过你不是走三百米就要打车了吗？”

“……我没有。”程恪说。

“那走过去吧，就市场旁边。”江予夺指了指。

“行。”程恪点头。

走了一会儿，江予夺转头看着他："你眼睛怎么样了？"

"眼睛没事儿，没打着眼睛，"程恪摸了摸眼角，"你手呢？"

"早好了，"江予夺笑笑，"又没断。"

"嗯。"程恪也笑了笑。

"我那天……"江予夺清了清嗓子，"我那天……做了个噩梦，太紧张了，就……认错人了。"

"哦，"程恪点点头，想想又忍不住问了一句，"认成谁了？"

"楚人美。"江予夺回答。

程恪愣了愣，笑着没说话。

他有些意外，江予夺之前提过"他们"，不止一次，虽然不肯细说，但也并不会太回避，他以为江予夺这次也会回答是"他们"。

江予夺避开了"他们"。

市场旁边有不少烧烤店，这种天气里，也只有烧烤店会营业到这个时间了。

热气，焦煳的肉香，空气里的孜然和辣椒粉味儿，还有满耳的嘈杂声，掀开棉帘子的时候，这一切都让程恪觉得舒服。

"怎么不去上回那家？"他问。

"陈庆、大斌他们在那儿吃呢，"江予夺说，"咱们要是去了，肯定就跟他们一块儿了。"

"啊？"程恪没明白。

"跟一帮刚打完架特别兴奋的混混坐在一桌吃烧烤，"江予夺说，"你受得了啊？"

程恪想了想那个场面，要搁以前，肯定受不了，但是现在……似乎也不是特别难以忍受。

江予夺要了一堆肉串儿，各种肉，基本把店里有的都点了。

程恪没什么可补充的，只加了点儿蔬菜。

两人坐下之后，服务员把酒拿过来了，四小瓶二锅头。

程恪看着这些酒有些犹豫："你喝……三瓶？"

"你要不敢喝，"江予夺"啧"了一声，"我喝四瓶也行。"

“行吧。”程恪笑了笑，拿了两瓶放到自己面前。

“放心，你要不行了，我扛你回去。”江予夺点了根烟。

不知道为什么，这句话让程恪感觉有些微妙。

“我怕你扛不动。”他看着江予夺。

江予夺没什么变化……当然，就一个月时间，也不可能有什么变化，但他看着江予夺的脸，还是觉得有些不一样。

不过这种不一样，跟江予夺无关，是来自他自己。

他现在看着江予夺时的感觉跟之前不太一样。

“我刚过来找你的时候，”江予夺拿出手机点着，“看了一下你朋友圈。”

“嗯？”程恪看着他。

“什么也没有啊，”江予夺说，“我以为会有点儿什么沙画视频之类的呢。”

“对了，”程恪想起来一件事，拿出了手机，“那天表演的视频，许丁把你的那一段单独截出来了，你看看吗？”

“不看，”江予夺马上说，“是不是很蠢？我不看。”

视频挺短的，也就十多秒，镜头从左到右拉过去，江予夺正好站在中间，所以这个镜头全程都有他。

的确有点儿傻，但是认真投入的样子显得有几分……可爱。

“我发给你。”程恪把视频发了过去。

“说了我不看！”江予夺皱着眉说，但手机响了之后他还是低头在手机上点了两下，看着屏幕，过了一会儿才抬起头，“我还挺好看的嘛。”

“……啊。”程恪忍不住笑了起来，“是。”

“平时陈庆也喜欢拍小视频，”江予夺又看着屏幕，“拿个手机瞎拍，每次拍到我，我都觉得我像个码头扛大包的苦力，看来还是得看设备啊。”

“也得看人吧。”程恪犹豫了一下，拿起手机对着江予夺。

“要拍我吗？”江予夺看着他。

“嗯，能拍吗？”程恪看着镜头里的江予夺。

“拍呗，我又不是什么名人。”江予夺说。

“你是三哥啊，”程恪在屏幕上点了一下，把江予夺的脸拉近，然后再推远，

"这片儿的名人了。"

服务员端了一大盘肉串过来，往他俩中间一放，镜头里顿时一片热气腾腾。

"吃吧，"江予夺拿起一串肉，"一会儿再拍。"

"嗯。"程恪应了一声，想要停止的时候，看到了镜头里江予夺的锁骨，他忍不住往下压压镜头，对着锁骨又拍了几秒。

江予夺咬了一口肉之后盯着他："你拍哪儿呢？"

程恪没说话，笑了笑把手机放回兜里。

"拍哪儿了啊？"江予夺低头往自己身上看了看，目光一直往下，然后猛地抬起头瞪着他，"你……"

"滚！"程恪打断了他，"你往哪儿看呢？你把你眼睛搁你裤裆那儿看看，能看到我镜头吗？！"

"服气，"江予夺说，"你这也挺能说的啊，还有脸说我叫大寸呢？"

"……这性质能一样吗？"程恪说。

"也就你能联想，大寸就是夺。"江予夺说。

"是，那小寸是什么啊？"程恪拿了一串韭菜。

江予夺笑了起来，没说话，拿起酒瓶冲他晃了晃。

程恪拿过酒瓶打开了，跟他碰了一下，仰头喝了一口酒。

接下去他俩都没再说话，程恪有点儿饿了，一口肉一口酒地吃得很舒服。这一个月他虽然坚持使用盘子和碗，但吃的也不过就是方便面和外卖而已，挺惨的，这会儿眼前的烧烤和江予夺，就显得尤其让人愉悦。

他又拿起一串看着像肠一样的肉咬了一口，脆的。

"这是什么？肠吗？"他又咬了一口，"怎么有点儿脆？"

"以前没吃过吗？"江予夺看着他。

"没，"程恪有些犹豫，"不会是什么虫子吧？"

"不是，"江予夺说，"有些不地道的店可能会用什么虫子之类的冒充，这家不会，就这几串儿了，来晚了还吃不着呢。"

"……用虫子冒充什么？"程恪问。

江予夺看着他，过了一会儿伸手过来拿走了他手里的半串"肠"："你吃别的吧，这个我本来也不是给你拿的。"

“这到底是什么？”程恪开始紧张。

江予夺往他这边凑了凑：“我跟你说了，你别骂我啊。”

“啊。”程恪也下意识地往他那边凑了凑，跟他面对面地瞪着。

“就那个。”江予夺说。

程恪愣住了。

“猪的。”江予夺又说，“就是猪鞭。”

“……啊？”程恪好半天才回过神，慢慢靠回了椅子上，“我去。”

江予夺把那串猪鞭一口吃了，看了他一会儿突然笑起来：“哎，少爷。”

“啊？”程恪看着他。

“你震惊的样子挺好玩的，”江予夺笑着说，“有点儿像我隔壁那个三岁半的小孩儿。”

3

程恪对江予夺每次都用那个三岁半小孩儿来跟他对比很无奈，不过这次好歹说的是好玩，他就忍了。

不过他还是纠正了一下："三岁半小孩儿这会儿应该三岁九个多月差不多十个月了。"

"这么严格，"江予夺笑了笑，"其实马上就要四岁了，现在正倒计时呢，他爸提前一个月，每星期给他买一样礼物。"

"跟我小时候差不多，"程恪拿了一串大辣椒咬了一口，"每年生日都提前很久开始收礼物。"

"真爽。"江予夺说。

"也不怎么好，"程恪说，"东西来得太容易、太多，就没有幸福感了，没有期待，想要的都会有，不想的也会有。"

"没体会过，"江予夺说，"站着说话不腰疼。"

程恪没说话，依江予夺的情况，小时候别说生日礼物，可能连生日都不会过。

"你什么时候生日啊？"他问了一句。

"六一，"江予夺说，"身份证上是这么写的。"

"……哦。"程恪应了一声。

"你的生日没被人笑过吗？"江予夺问了一句。

"嗯？"程恪愣了愣。

"222。"江予夺说。

"你怎么知道的？"程恪问。

"我有你身份证复印件啊，"江予夺叹了口气，"你智商发育是不是有点儿偏科啊？”

“滚。”程恪喝了口酒，不得不说，江予夺很多时候会让他有些吃惊，别说一张附在租房协议后头的身份证复印件，就是让他专门去记个谁的生日，他都未必记得住。

他随手又拿了串肉，看一眼又放下了。

他又不小心拿了串猪鞭。

“你是觉得不好吃还是吃着硌硬啊？”江予夺拿过那串猪鞭啃着。

“都不是，”程恪说，“我就是……这个，是猪啊……”

江予夺呛了一下，看着他：“你也太谦虚了，你这么一说我都不好意思吃了。”

程恪瞪着他，迅速把之前自己说的话又顺了一遍：“我的意思是这是猪鞭啊，不是什么牛鞭、牛蛋……”

“牛鞭、牛蛋你都吃吗？”江予夺马上问。

“我……”程恪实在不知道应该怎么解释，这些玩意儿他都不吃，但牛鞭、牛蛋大概是因为更常见，所以相比之下更容易接受一些。

没等他想好要怎么说，江予夺已经一扬手，喊了一声：“服务员！”

“要什么？”一个服务员也喊着问。

程恪马上反应过来，压着声音冲他喊了一嗓子：“江予夺！”

“羊腰子！”江予夺又喊了一声。

“马上好！”服务员回答。

程恪松了口气，但看到江予夺的笑容时，才反应过来：“你故意的吧。”

“没。”江予夺笑着说，“这样才是故意。”

“哪样？”程恪顺嘴问了一句。

“牛鞭、牛蛋！”江予夺突然又吼了一声。

“马上好！”服务员也扯着嗓子回了一声。

程恪被他这一嗓子吓了一跳，半天都不知道是不是需要扭头躲开四周的视线。

“没事儿，”江予夺喝了口酒，“吃这些的人不少，没谁会大惊小怪，我又没说要人鞭。”

“你快闭嘴吧。”程恪叹了口气。

江予夺没再说话，笑着继续边吃边喝。

服务员把烤好的羊腰子、牛鞭、牛蛋一块儿拿上来的时候，程恪有种说不上来的感觉，一言难尽之后突然很想笑。

“其实我要不说这些是什么，你一样高高兴兴吃光，”江予夺拿了一串羊腰子放到他面前，“这个总可以吃吧。”

程恪拿起羊腰子咬了一口。

不得不说，江予夺整个人都挺糙的，但从一开始，程恪就对他反感不起来，今天这样的江予夺，还会让程恪体会到某种肆无忌惮的畅快。

他拿起最后一串猪鞭：“其实这个的确挺好吃的。”

“你吃就吃，吃这玩意儿的时候就别评价了，什么好吃不好吃的，”江予夺边吃边说，声音有些含混，“你这么一说，容易让我想歪了。”

“我服了你了。”程恪叹了口气。

今天这顿夜宵，程恪吃得很舒服，一个月以来第一次有了吃东西“很香很好吃”的感受。

不过桌上一大堆肉串，他俩没吃完。

“打包吧，”程恪说，“我带回去吃。”

“我请客，你打包，”江予夺看着他，“你脸可真大啊。”

“哦，忘了，”程恪有点儿不好意思，“老想着我请客了。”

江予夺叫了服务员过来结账：“那你请客吗？”

“不。”程恪回答。

“你不会是……”江予夺皱了皱眉，“没钱了吧？”

“嗯？”程恪没明白。

“没钱吃饭了？”江予夺恍然大悟地看着他，“我说怎么突然让我请吃烧烤呢，这都一个月没联系了，上来就让请吃饭。”

程恪笑了：“那这顿我请。”

“不用了，”江予夺说，“说了我请，我在这片儿不给钱都行。”

程恪“啧”了一声。

从烧烤店出来，站在街上的一瞬间，程恪感觉自己猛地有点儿分不清方向，不知道该往哪边走了。

江予夺左右看了看。

“不认识路了吗？”程恪笑着问。

“没。”江予夺往右边路口走过去。

程恪当然知道他不是在找路，江予夺在很多时候会这样，拐角、出门，只要是进入一个新场景，都会四下看看。

“你在看什么？”程恪也往四周看了看。

“看看有没有出租车。”江予夺回答。

“不用打车，”程恪说，“这会儿还暖和。”

“嗯。”江予夺点了点头。

程恪看了江予夺一眼，不知道是不是自己有些敏感，这是今天晚上第二次了，他的概念里江予夺应该提到“他们”或者是让他小心些的情况，都没有出现。

就像是上回的“认错人”事件之后，江予夺有意不再提起这些。

这让他突然对自己原先的判断有些动摇，如果江予夺真的有什么……精神上的问题，怎么还能刻意避开相关的内容？

“我送你回去。”走到路口的时候江予夺说了一句。

“不用了，”程恪笑了笑，“我又不是小姑娘，还用人送？”

“不是我说，你还真不如我们这片儿长大的小姑娘，”江予夺说，“人小姑娘也没迟钝到你这种地步。”

“我怎么迟钝了？”程恪有些不爽。

江予夺犹豫一下，叹了口气：“我就跟你说吧，你那天买洗碗机，我就在你后头呢。”

程恪震惊地看着他：“什么？”

“我要没拦着，小偷能把你内裤偷走，要换个这片儿长大的小姑娘，没准儿早一个大耳刮子扇过去了。”江予夺说。

“你果然在。”程恪继续震惊。

“果然？”江予夺问。

“我就说我看到你了！”程恪有些莫名其妙地兴奋，“我还以为眼花了呢！我就说那人是你！你是不是搂个人下楼来着？”

“说话注意点儿，”江予夺“啧”了一声，“我搂谁了我搂？我那是勒小偷脖子下楼呢！”

程恪笑了起来，不知道为什么就是挺开心的，笑了半天又拍了拍江予夺的胳膊：“谢谢。”

“我那天就是想看看你眼睛那个伤，”江予夺看上去有点儿不好意思，“又不好直接叫你，我想着不再去找你了的。”

“为什么？”程恪问。

“有什么为什么的？”江予夺说，“把自己朋友一顿揍。”

“那你以前，揍陈庆的时候，”程恪说，“也这样吗？不再找他了？”

“那倒没有，”江予夺皱了皱眉，“那不一样，我不知道怎么说，我跟陈庆和我跟你，不一样。”

“怎么不一样呢？”程恪继续问。

江予夺似乎是不知道该怎么说，皱着眉好半天才看了他一眼：“他没你这么啰唆，问来问去的，不一样就是不一样，我哪儿知道怎么不一样？”

“行吧，不问了。”程恪笑了笑。

江予夺跟他一块儿往回走着，程恪没有再拒绝江予夺送他回去，趁热这么在空无一人的大街上走着，感觉还挺舒服的。

“我跟陈庆，我俩一块儿长大，”江予夺突然轻声开了口，“相互都挺了解的，我知道他……他不会消失，无论怎么样，他都会跟着我。”

程恪转过头：“我也不会消失啊。”

“不好说，”江予夺说，“你跟我们太不一样了，太远了，你要不是被赶出门儿了，这辈子连一个脑细胞都不会用在我们这样的人身上，你根本不知道还有这么一帮人存在。”

“说得太绝对了。”程恪说。

“差不多就是这样。”江予夺说。

程恪想了想：“你跟陈庆认识有十年了吧？”

“嗯，大概吧，”江予夺说，“我……刚来这儿的时候就认识他了。”

“从哪儿来？”程恪问。

“不记得了，”江予夺说，“那会儿太小。”

“哦。”程恪点点头，“陈庆说你要是没救他，他可能就淹死了。”

“我去帮他解绳子的时候他自己也在解了，再过一会儿可能也解开了。”江予夺说，“不过也没准儿，要真憋不住呛了，一口就能晕过去。”

“他特别佩服你，镇定，”程恪说，“救人还挺有方法。”

“我看电视学的。”江予夺说。

“电视？”程恪问，一个看书都会被打的孩子，还能看电视？

“商场里的电视，”江予夺说，“救生节目，没几天之前看的。”

“哦，”程恪笑了，“现学现卖啊。”

“嗯。”江予夺点点头。

程恪没再继续这个话题，现在江予夺说起小时候时，变得从容而平静，让他觉得有点儿怪。

走到楼下的时候，程恪咬牙挺住了没让江予夺上去坐坐。

“我走了。”江予夺说。

“嗯，”程恪说，“那什么，房租还是你来收吧，不用让陈庆来。”

“好的。”江予夺应着。

“那……晚安。”程恪转身往电梯走。

江予夺过了一会儿才在他身后说了一句：“晚安。”

程恪挥了挥手，没有回头，进了电梯才转过头，江予夺已经不在楼道口了。

“晚安。”

之前程恪也跟他说过“晚安”，但他没有回应过。

在他的印象里，这个普通而又文雅的词离他太遥远了，他不知道跟谁可以用这个词，陈庆？卢茜？

估计他会被笑死。

陈庆和卢茜要是对他说“晚安”，他估计也能麻出一身痱子来。

但程恪说出“晚安”的时候，却自然而随意，听上去也很舒服，让他想要回应，虽然听到自己说“晚安”有点儿别扭，但同时也感觉新奇和愉快。

江予夺走出小区的时候，陈庆的电话打了过来。

“三哥，你那边儿吃完了没？”陈庆说，“这边儿还在喝呢，过来吗？给二秃点儿面子，叫积家一块儿过来吧，店里就自己人了。”

“他回去了，”江予夺看了看手机上的时间，“我过去吧。”

“那我让他们再烤点儿。”陈庆说。

“嗯。”江予夺挂了电话，加快了步子。

转过弯走了一段路之后，他往身后看了一眼，一个影子从墙角那边投射出来，在地面上拉得很长。

江予夺的脚步没有停顿，只是继续往前走，注意着身后的动静。

这条街上，如果他们想干点儿什么，是很难的，这条街的路灯是老式的，装得特别矮，而且比较密，影子前后交替的频率高，也会被拉得很长，一旦有人靠近，很容易被发现。

又走了一阵，江予夺借着拐弯的机会又扫了一眼，后面已经没有人了。

他一直在兜里握紧刀柄的手这时才松开了。

送程恪回家的时候，这人就一直跟着，他从烧烤店出来的时候就已经看到了，程恪跟着他一块儿东张西望的时候可能也看到了，只是那么迟钝的人根本不会多想。

他也没有跟程恪说。

他不想再因为自己的这些事让程恪紧张。

或者说，他一直到现在都还能清楚地记得那天打完架之后程恪看着他的眼神，他不愿意再看到那样的眼神。

有些事，注定只能独自去面对。

程恪回到家脱下衣服的时候才闻到自己一身焦煳味儿，还有酒味儿。

这会儿挺晚了，他困得要死，斗争了快五分钟才拿衣服去洗澡。

热水冲到身上的时候，酒劲和塞了一肚子肉的晕乎劲儿都一块儿上来了，他用脑门儿顶着墙，长长地舒出一口气。

爽！

爽什么呢？

他不知道，反正就是挺爽的，心情愉快。

他仰起头，热水在脸上噼啪地打着。

程恪喝了酒早上就不愿意起床，特别是酒后再做个梦，尤其不愿意起床。

许丁的电话第三次打过来时，程恪实在是梦不下去了，才接起电话。

“不好意思啊，”他看了一眼时间，快中午了，“我昨天喝了点儿酒。”

“挺好的，”许丁说，“有酒喝起码证明你生活正常了。”

程恪笑了笑，坐了起来：“也许吧。”

“我是想跟你说一下，那个视频提前几天，场地有点儿变动。”许丁说。

“行，”程恪打了个哈欠，“我时间都好说，整天都是闲着的。”

“另外一个就是，视频的内容有一些改动，加了个模特。”许丁又说。

“嗯，”程恪应着，每次视频的创意都不同，有时候只是录单纯的沙画过程，有时候会加上一些剧情和别的画面，以前也有过加模特的情况，不过跟他不在一个画面，所以没什么影响，“什么模特？”

“美男，”许丁笑了笑，“就那种天人合一、原始野性什么的，你应该想象得出来吧？”

“……能，”程恪也笑了，“跟以前差不多那样吗？”

“不是，他会在你旁边，”许丁说，“所以我要先跟你商量一下，你要是不习惯就再看怎么安排。”

程恪想象了一下那个场面，说不上来什么滋味儿，不过许丁做的视频虽然有时候不知所云，但格调还是有的。

“没事儿。”程恪说。

“那用不用看看模特照片？”许丁问。

“不用了。”程恪说。

许丁笑了起来：“行吧，那到时我过去接你。”

“嗯。”程恪笑笑。

今天天气不错，打完电话之后，程恪到窗边看了看，艳阳高照，风也不大。

他在窗前站了一会儿，决定出去走走，顺便吃个午饭。

这阵儿他没怎么出门，提不起劲头来，外面齁冷的也不知道去哪儿。

今天其实还是不知道能去哪儿，但就是想出去转转，小区四周他还没转完，熟悉些的就是酒吧街和江予夺住的那块儿，超市再过去那边他一直没去过。

今天他就去那边儿找个地方吃饭吧。

他裹好外套出了门，关门的一瞬间又迅速用脚卡在了门缝里，伸手到兜里摸了摸，确定钥匙在兜里，才关上了门。

如果再有一次没带钥匙出门，他就只能去叫个开锁的来了，再找江予夺，估计江予夺得以为他有问题。

超市再过去两条街，是一片新的商业区，应该是前两年才建好的，他都不知道这边有个商业区。

不过这边虽然看上去也很繁华，人却不算太多。

他溜达着进了一家咖啡店，服务员微笑着问他要点儿什么的时候，他又转身出来了，突然想喝奶茶，姜撞奶什么的……

他还记得上回江予夺请他喝姜撞奶的那家店叫什么。

不过他走了半天也没看到那家店，居然不是连锁的。

“先生，健身了解一下吗？”旁边突然有人递过来一张宣传单。

程恪转过头，看到一个挺漂亮的姑娘。

“我……”程恪随手接过宣传单，看了两眼继续往前走。

健身房，几个月没去过了，新续的卡激活了还没去几次，不过之前的私教跳槽了，他也不是特别想去了，碰到一个长得顺眼的私教并不容易。

“我们现在是新开业，”小姑娘跟着他，“办卡八折优惠，还送两节私教课，先生看起来应该是经常健身的吧？要不要来我们这里体验一下？可以免费体验，满意了再办卡哦。”

程恪特别怕小姑娘推销东西，一个个都挺漂亮，认真地跟着人介绍，想拒绝都不太好开口。

“先生可以进去先参观一下的，看看我们的场地和器械……”小姑娘绕到他面前倒退着走，被风吹得眼睛都有些睁不开，“我们的设备都是最新的型号，而且数量很多……”

“在哪儿？”程恪有些不忍心，问了一句。

“二楼，”小姑娘赶紧一指旁边，“我带您上去？”

这家健身房还不错，比程恪以前总去的那家要大，看得出来是新开业，人都没几个，器械都空着。

“这个是我们私教小杨，小杨——”小姑娘冲旁边几个身材不错的小伙儿招了招手，“他会带您参观一下，你有什么不明白的都可以问他。”

一个小伙儿走了过来，程恪扫了一眼……长得还不错。

“您好，”小杨到他面前笑了笑，“我姓杨，您叫我小杨就行，我带您参观一下吧。”

“哦。”程恪应了一声。

小杨带着他往里走了几步，又回过头：“程哥，你是不是不记得我了？”

“嗯？”程恪愣了愣。

4

江予夺走到 3 号楼楼下的时候，正蹲那儿抽烟的大斌站了起来：“三哥，人都叫过来了，在七楼等着了。”

“上去吧。”江予夺进了楼道。

自从瘦大叔死了之后他就没来过，卢茜也没催他，倒是七楼另外的租户打过两个电话，表示马上交租，希望他快点儿把那间屋子收拾了。

江予夺拖着没叫人过来收拾，倒不是因为害怕，死了一个人没什么可怕的。活着的时候就是卢茜登记本上的一个名字，翻过一页就没了，死了之后，要是真有阎王，无非也就是阎王登记本上的一个名字，翻过一页，也一样就没了。

他就是不愿意面对那样的一种氛围，一个仿佛从来没有存在过的人消失之后的空荡荡。

走到五楼的时候，江予夺闻到了香的味道，还有烧纸的焦味儿。

“他们在上头干吗呢？”他皱了皱眉。

“送送，求个安心，这人好像也没个家属，”大斌小声说，“也让旁边的租户看着踏实，省得再租出去的时候有人瞎说。”

“嗯。”江予夺应了一声。

七楼楼道里的窗开着，不过还是烟雾弥漫的，大斌叫来的几个小兄弟在屋里和门口都烧了纸，屋里还点了香。

“三哥。”看到江予夺上来，他们都停下了。

“完事儿了吗？”江予夺问。

“就这些了，都弄完了，”一个小兄弟说，“一会儿就……进去收拾了。”

“他的东西都拿箱子装上，”江予夺说，“2 号楼旁边不是有个小破屋吗？给那个捡垃圾的老太太拿过去，她要。”

“好。”小兄弟点点头，想想又小声说，“死人的东西她都要啊？”

“你也就是没到那份儿上，”江予夺说，“赶紧的，收拾！”

一帮小兄弟在屋里收拾，平时在家里估计都不干活儿，加上心里多少有点儿硌硬，反正什么东西都往箱子里一扔，收拾得丁零当啷的，不知道的还以为打劫呢。

收拾到一半的时候，捡垃圾的老太太就来了，江予夺都不知道她怎么上的七楼。

“一会儿让人给你拿过去，”他说，“没人跟你抢。”

“我看看。”老太太说着就挤进了屋里，驼着个背扒着纸箱往里看，看了几眼，就伸手到箱子里拿了个塑料杯出来扔到了地上，“这个我不要，用不上，也卖不了钱。”

“别乱动！”大斌把杯子又扔了回去，“你还挑上了，你扔出来我们怎么拿下去！”

“卖不上钱，”老太太重复着，又扯出了一个不知道是八音盒还是什么的玩意儿，江予夺正想着瘦大叔还挺有情趣的，老太太已经一扬手把这个盒子摔在了地上，又上脚踩了两下，盒子碎了一地，她用脚扒拉了几下，“这里头也没什么能卖的啊……”

江予夺都不知道她哪儿来的这么大劲，他要想踩碎这盒子都得两脚。

他皱着眉过去拽着老太太胳膊把她拖了出来，指着她：“你要不就在这儿看着，要不就回家等着，再动一下，这些东西一件都不会给你留。”

老太太看了他一眼，非常不高兴，骂骂咧咧地站到了一边。

“要不说可怜之人必有可恨之处呢，”大斌很不爽，“你瞅她这样，好心拿东西给她，拿到了再挑了扔都不愿意！”

“各人有各人的活法，”江予夺说，“你气死了她也没感觉，收拾吧，完事了再把地拿水冲冲。”

“嗯。”大斌点头。

江予夺从兜里拿出个大红包递给大斌：“一会儿给他们，再去吃点儿，我闷得慌，先走了。”

“交给我吧，”大斌接过红包，“你忙你的去。”

走出楼道之后，江予夺吸了一口冰凉的空气，觉得舒服了不少。

卢茜打了个电话过来，让他去花店帮着买点儿绿植，要辟邪生财的，说是放在牌舍里。

“你那儿成天一帮老烟枪，烟熏火燎的，”江予夺说，“什么玩意儿能扛得住啊？再说这个季节哪儿还有绿植？”

“谁说没有？都在大棚里养着呢，”卢茜说，“就那种室内植物肯定有，多买点儿，买个十盆八盆的，还能净化空气。”

“我去看看吧。”江予夺说。

“还有啊，我妈过两天要过来，说要回老房子看看，”卢茜说，“你随便找个地方对付两天吧。”

“嗯，”江予夺笑了笑，“她不是说不乐意回去吗？总跟张老太太吵架。”

“寂寞了呗，”卢茜说，“吵了一辈子，突然没的吵了闲得慌。”

“那我先把屋子收拾一下。”江予夺说。

“甭收拾了，她住不了两天，别费这个劲，”卢茜说，“人保姆不愿意在老房子多待，肯定得给她拽回去。”

“好。”江予夺应着。

卢茜的妈妈是个怪脾气老太太，回到这边儿不肯跟女儿一块儿住，必须住老房子，然后从早到晚跟三岁半小孩儿他奶奶吵架，吵两天就气得不行要走，过几个月又住回来吵。

以前老太太回来，江予夺就直接上新房那边住着，或者去出租房那边找间没人租的屋住两天，但现在新房租给程恪了，出租房也都满了，只有瘦大叔那间屋是空着的……他只能去宾馆了。

唯一有点儿麻烦的是喵。

他那帮小兄弟倒是肯定都愿意帮他养，但就他们一个个连自己都伺候不了的样子，喵放过去还不如塞回垃圾桶。除了陈庆家，喵放在哪里他都不放心。

但陈庆跟父母住，他妈不让养带毛的东西，说掉毛，陈庆养条鱼都不被批准，大概还嫌弃掉鳞？

真麻烦。

江予夺点了根烟，先去买绿植吧。

过去两条街就有不少花店，那儿有一条婚纱摄影店和花店各占一半的路。

不过他从来没去过花店，不知道里边儿都有些什么，而且看上去店都不大，卢茜要求的十盆八盆感觉店里放都放不下。

今天太阳还不错，风也不大，但气温还是低，路上的行人很少，像程恪那种怕冷的，没事儿都不会出门。

对江予夺来说，这种街上没人的状态挺好的，安全，他不需要一个个观察留意，会轻松很多。

花店里的确还有不少花，隔着玻璃也看不清有没有符合卢茜要求的，江予夺走了半条街，随便挑一家看上去容量大的花店，推门进去了。

“欢迎光临。”里面有个男的说了一句。

江予夺没看到人，出于习惯，又往声音传来的方向走了两步，看到角落里有个人正蹲那儿给一大把花扎蝴蝶结。

他这才又看了看店里，很多花，他都叫不上名字，反正都一桶一桶的，屋里飘着浓浓的香气。

“老板，你这儿有大的绿植吗？”江予夺问。

“多大的？”老板起身走了过来，“放哪儿的？”

“放……”江予夺看清这人的时候愣了愣，“屋里的。”

“有，大小都有。”老板说。

“哦，”江予夺看着眼前这个听声音像是个男的但看上去又像是个短发姑娘还涂了眼影的人，“要大点儿的……我看你这儿也没有啊。”

“你确定要的话就直接给你送过去，店里没有，”老板说，“从棚里拉过去。”

“哦。”江予夺点了点头，“就……你给推荐点儿好养的吧。”

“好的，”老板拿出手机，低头点着，“我给你看看图片，你可以挑一挑。”

江予夺现在能确定这是个男的，他看到喉结了。

其实平时也能看到化妆的男人，还见过穿裙子的男人，但都没这么近距离面对面过，更没说过话，这会儿他就有点儿别扭。特别是在认识了程恪之后，他对这样的人已经不会像以前那样扫一眼就过了。

“漂亮的小可爱。”

他这会儿满脑子都是这句话，简直无法逃脱。

“漂亮的漂亮的漂亮的小可爱小可爱小可爱……”

这个应该算是吧？

“程哥坐会儿吧，”小杨说，“我给你拿壶果茶过来。”

“不用了，”程恪说，“我就看看。”

“坐会儿，我马上过来。”小杨快步走到休闲区的桌子旁边，把椅子拉出来，又飞快地朝茶水间跑了过去。

程恪只好过去坐下了。

小杨拿果茶飞速跑了回来，坐在他对面。

“其实程哥不记得我也不奇怪，”小杨说，“以前咱俩就说过几句话。”

他们还说过话？

程恪更迷茫了，按理说就小杨这个长相，不说话他也能记挺长时间的。

“唉，”小杨叹了口气，“两三年前吧，咱俩在一家健身房练了好几个月啊。”

“是吗？”程恪又看了他两眼，“那边儿私教我都认识啊。”

“我不是私教，我那会儿胖，”小杨笑了笑，“就是健身，还跟你请教过呢。”

“……哦，”程恪出于礼貌给出了一个恍然大悟的反应，但别说是两三年前了，就冲小杨当初是个胖子，他就不可能有什么印象，“那你挺不错，现在都做私教了？”

“那会儿就很有兴趣，后来把证也考了，我就辞职专门做健身教练了，”小杨说，“程哥，你现在要是住这边儿的话，我们这儿算是最好的了。”

“嗯。”程恪应了一声。

小杨又给他介绍了半天，说了什么程恪也没太细听，反正差不多都是那些内容，他能一直坐在这儿听着没打断的唯一原因就是小杨长得不错，身材也挺好，跟他以前的私教差不多，不过没有江予夺身材好。

想到江予夺，他就开始有点儿走神。

“程哥？”小杨在对面叫了他一声，“那就这样安排？”

程恪清了清嗓子，看了小杨一眼，当面走神实在不太礼貌，他也没好意思问怎么安排，总之就看到小杨面前的一张表格上已经写了不少内容。

“啊。”他随便应了一声，估计他这个神儿走得时间挺长，看小杨这意思，已经是办卡之后的安排了。

……办就办吧，他跟着小杨去把钱交了。

“程哥，加个好友吧，”小杨说，“方便联系。”

“嗯。”程恪拿出手机。

“那就从这周三开始吧，后天。”小杨说。

“好。”程恪点点头。

小杨一直把他送出健身房大门，又送到了街上，才转身回去。

程恪舒了口气，这一通莫名其妙的，出门儿溜达一会儿就办了张卡，还买了私教课，到现在他连这家健身房叫什么都没记住。

这片商业区不光是逛街的人不多，吃饭的人也少，程恪随便进了家西餐厅，连人影都没见着一个。

他点了份牛排，拿出手机，百无聊赖地点了几下，最后还是点开了朋友圈。

今天的朋友圈依旧是总护法的主场，江予夺全球后援会官方发言人兼优秀员工兼谣言转发小能手。

程恪点开了陈庆之前发的一个小视频。

这应该是江予夺去帮小兄弟找人的时候录的，时间很短，就转了一圈，镜头对着江予夺的时候就停了。

总护法这什么技术？主次都不分。

然后还有张照片。

江予夺跟一帮人吃烧烤……江予夺跟他一块儿吃完烧烤之后居然又去跟陈庆他们吃了一顿。

江予夺挺能吃啊。

程恪愣了一会儿，把手机放回兜里。

看着陈庆的朋友圈，他突然有些怅然，江予夺把他当朋友，但相比之下，这些每天跟江予夺混在一起的人，跟江予夺才更像是朋友，起码看上去或者是相处的时候。

他这个朋友，现在想见江予夺，居然都找不出个理由来。

或者说，他想见见江予夺，还需要个理由。

似乎他和江予夺的关系，始终不能像陈庆他们跟江予夺那样，不需要理由，只需要一句话，甚至直接去江予夺家里就行。

这家店整个午饭时间，都只有他一个客人，服务员大概实在太无聊，全程冲着他这边儿发呆。

吃完这份说实话味道还不错的牛排，程恪又拿出了手机。

在自己后悔之前程恪飞快地点开了大寸的名字，给他发了条消息。

——晚上吃个饭吧。

过了好几分钟，程恪都把手机放回兜里结完账准备走人了，大寸的消息才回过来。

——有事。

程恪看着这两个字，半天才回过神。

有个头的事！

一个数垃圾桶的还摆出一副百忙之中抽空给你回俩字儿的样子简直让人心塞！

程恪非常不爽地走出店门，到路口打辆车回了家。

虽然这可能是江予夺跟朋友说话的正常语气，但对于心里多少有点儿鬼的人来说，这样的回复非常伤自尊。

程恪觉得很没面子。

就算心里没鬼，程恪长这么大，也是头一回收到这样的回复。

江予夺靠在门后坐在地上，看着从右手虎口的刀痕里不断涌出来的血，把手机扔到了沙发上。

门外有人在说话，是三岁半的小朋友和他奶奶。

“我看到啦，江叔叔的手出血了。”“三岁半”说。

“进屋！”他奶奶压着声音，“以后看到他你就跑回家，他成天跟人打架，流血有什么奇怪的？让你别理他别理他，说了不听！”

“我没理他，”“三岁半”的声音变远了，估计是进了屋，“我就是看见啦。”

一声门响之后，声音听不到了。

江予夺坐了一会儿才站起来，走到窗边，从窗帘缝往外看着，刚才的人已经不见了。

他跑回来的时候，那人一直在身后，跟得很紧，他都隐约能听见那人喘气的声音。

他一直到楼道口，看到“三岁半”了，身后走路和喘气的声音才变轻离开。

江予夺转身进了浴室，打开洗脸池上的水龙头，把右手伸到水流下冲着，虎口不断渗出来的血混着水，把水池染成了淡红色。

冲了一会儿，他收回手，甩了甩，又从兜里把刀拿了出来，放到水流下冲了冲，然后回了客厅。

他给伤口消毒的时候，喵一直坐在茶几上看着他。

“一会儿喂你，急什么？”江予夺说，“明天送你去旅行，不过就是不知道你程大爷愿不愿意养你两天。”

喵往他这边走了两步，跳到沙发上，顺着他腰侧爬上他的肩膀，对着他耳朵叫了一声。

“不过我感觉他应该挺喜欢猫的，”江予夺飞快地把绷带缠到手上，咬着一头打了个结，这么多年，他处理这样的伤口，差不多已经可以不用眼睛看了，“收留你两天估计没问题，主要是搁别人那儿我也不放心。”

伤口处理好，他起身去拿猫粮，给喵倒了半碗，又舀了两勺罐头里的肉：“吃吧，胖死你。”

程恪挺长时间没有健身了，今天猛地重新摸到器械，都感觉有点儿不适应。

小杨倒是很有耐心，耐心得都有点儿啰嗦：“这个坐姿推胸，要注意……头部上背部和臀部贴紧靠背……”

“嗯。”程恪已经按标准姿势坐好了。

正想要推一下试试重量是不是合适，小杨的手突然摸到了他肚子上：“收腹挺胸……”

程恪本来已经准备好，被他这冷不丁地摸一把，提好的气儿全呼了出去。

“深呼吸，”小杨说着手又往上放到了他胸口上，“胸部发力，推的时候手臂不要完全伸直……”

程恪定了定神，慢慢地推了几下，感觉重量还可以，正想继续的时候，放在旁边的手机响了。

“你先接电话吧。”小杨走开了。

程恪拿起手机看了一眼，是江予夺的电话。

他习惯性想要滑开的时候，手指又停住了，两秒钟之后按下了静音键，然后盯着手机屏幕，一直到电话挂断。

他刚要把手机放回去，手机又响了一声，有消息进来。

大寸发过来的。

——你在家吗？

程恪愉快地回了一条。

——有事。

江予夺的电话一秒钟之后又打了过来。

因为间隔太短，程恪没反应过来，手指往下的时候正好点到了“接听”，只好“喂”了一声。

“你晚点儿有空吗？”江予夺的声音传了过来。

第一次听江予夺说话的时候，程恪就觉得他声音挺好听的，这会儿听着格外舒服。

但程恪还是坚持回答：“有事儿。”

“有什么事儿啊？”江予夺说，“现在才五点，你一直‘事儿’到晚上吗？”

“我一直‘事儿’到明天晚上。”程恪说。

“……你是不是在报复我啊？”江予夺问。

程恪“啧”了一声没说话。

“不是，”江予夺也“啧”了一声，“你幼稚不幼稚啊？”

“我三岁半，”程恪说，“怎么着吧。”

“你在哪儿呢？”江予夺问，“外面吗？还有音乐。”

“健身房。”程恪说。

“健身？”江予夺愣了愣，“你还过得挺精致……那我过去找你吧。”

“嗯？”程恪这会儿才感觉江予夺应该是真有事儿找他，“什么事儿啊？”

“就……”江予夺犹豫了一下，“我过去再说吧，一会儿请你吃饭。”

“行吧，”程恪说，“那你过来，我就在超市这边那个商业区的什么什么街……二楼的什么什么健身房……”

“这什么什么到底是什么什么啊？”江予夺叹了口气，“行吧，你给我发个定位我自己找。”

程恪把位置信息发给江予夺之后，小杨走了过来：“有朋友要过来吗？”

“嗯。”程恪赶在他伸手摸肚子摸胸之前用标准姿势坐好了。

“那要不要提前结束？”小杨问，“还有半个小时。”

“不用，”程恪说，“他过来也差不多了。”

“好的，”小杨笑笑，“那继续。”

这里离江予夺家有点儿距离，江予夺去哪儿都爱走路，过来差不多得二十分钟。

但也就过了十分钟，程恪正推到一半，一抬眼就看到江予夺从他正前方走了过来。

健身房里暖气很足，江予夺一边走一边脱掉了外套。

这个脱外套的姿势很帅气。

“程哥，”小杨在旁边扶住了握把，“注意力集中。”

程恪收回目光，推完之后才松了手。

“你朋友来了啊？”小杨看着江予夺。

“嗯。”程恪站了起来。

小杨冲江予夺点了点头，又看了一眼程恪：“那程哥，今天就到这儿吧，时间也差不多了。”

“好。”程恪说。

小杨走开之后，江予夺小声问：“这人谁啊？”

“我私教。”程恪说。

“啊，”江予夺又看了一眼小杨，“啊。”

程恪看着他：“你啊个头啊？”

江予夺清了清嗓子：“没。”

5

“找我什么事儿？”程恪问。

“就……你喜欢小动物吗？”江予夺问。

“不喜欢。”程恪回答得很干脆，“怎么了？”

“……你先去洗澡吧，”江予夺说，“一会儿吃饭再说。”

“行吧，你在休闲区坐会儿，”程恪转身走两步又停下了，也许是习惯了江予夺身上有伤，从江予夺进来到现在，他才突然看到了江予夺右手上缠着绷带，“你手受伤了？”

“嗯。”江予夺应了一声。

“怎么弄的？”他又问。

“我身上有伤不是很正常吗？”江予夺往休闲区那边走过去，笑着说，“要能连着几个月没有伤才奇怪呢。”

程恪盯了江予夺一会儿，总觉得从这个伤，到江予夺的态度，都有些奇怪，不过他没再追问，江予夺一看就不打算跟他说。

如果是街头打个架，江予夺肯定会说，那天他小弟被抢劫了，他带着人去找，在电话里很自然就说了，现在这样的态度，大概是跟“他们”有关。

现在江予夺对“他们”已经完全避而不谈了。

在浴室洗澡洗到一半，程恪伸手去拿洗发水，摸到洗发水瓶子的时候，瓶子被碰倒，从架子上翻了下来，他顺手往下一抄接住了瓶子。

还好他伸的是右手，比较灵活，公共浴室里任何东西掉了他都不想再去捡。

往头上挤洗发水的时候他突然停下了。

江予夺是个左撇子，起码打架的时候，他的习惯就是用左手，这也让他在进击的时候能占点儿便宜，因为很多人对左手的进攻防不住。

虽然在左手被占用的时候，用了右手并且受了伤也不奇怪……但程恪现在非常清楚江予夺的武力值，能让他不得不用右手的人，真的太少了。

连刀都是放在左手的江予夺伤了右手，程恪怎么想都觉得有点儿不对劲。

洗完澡收拾好东西出来的时候他也没想明白，没有一个能完全说服自己的理由，无论是怀疑的还是相信的，都没有。

江予夺坐在桌子旁边，拿着杯果茶，目光有些游离，旁边是正在说话的小杨。

程恪从浴室出来穿过走廊，穿过两排跑步机，最后再穿过器械区，小杨一直在说话，江予夺也始终就那么拿着杯子，一脸放空的表情。

“如果江先生有兴趣的话，”小杨看到程恪过来，站了起来，“可以跟程哥一块儿过来，一起健身比较有意思。”

“他估计没时间，”程恪帮江予夺接了一句，“他忙得很。”

“所以才需要锻炼嘛，”小杨笑笑，“那你们先忙。”

江予夺听到程恪的声音之后才像睡醒了似的从椅子上站了起来，转身就往健身房门口走。

“今天谢谢你了。”程恪说。

“别这么客气啊程哥，”小杨说，“我送送你们。”

“不不不不，”程恪赶紧拦住了他，“你忙你的去，不用送。”

“那好，”小杨点点头，“后天见啊程哥。”

程恪走出门的时候没看到江予夺，下楼走到街上了才看到江予夺站在路边，叼着根烟，一脸不耐烦。

“是不是让你办卡呢？”程恪没走两步就觉得脑袋像是被人砸了个冰桶，瞬间就僵了。

“你头发湿的？”江予夺伸手在他头上抓了一把，把他推进了旁边的一个商店里，“你有病啊？健身房没有吹风机吗？”

“我忘了，”程恪冻得连头皮带眼皮都有些发麻，“我就说有个事儿忘了。”

“在这儿待会儿吧，”江予夺拿出手机，“我叫个车过来。”

“我叫吧，”程恪也拿出了手机，“我好像还有优惠券没用呢。”

江予夺没说话，看着他。

“怎么了？”程恪问。

“你还用优惠券？”江予夺说，“你居然会用？”

“废话，”程恪说，“这玩意儿老提醒我，送你优惠券了，你优惠券还没用呢，你还有多少张优惠券。”

“多少张是多少张啊？”江予夺问。

“不知道，不记得了，”程恪点开软件，点了两下，看了一眼江予夺，“啊。”

江予夺靠着货架笑了起来：“过期了吧。”

“嗯，应该是吧，”程恪皱着眉，“反正没有了。”

江予夺笑了半天：“那是你叫车还是我叫车啊？”

“你叫。”程恪非常不爽地把手机塞回了兜里，优惠券这种东西，用起来一点儿也没觉得有什么优惠，仨瓜俩枣的，但是好不容易想用一次，确切地说在手机上这么用还是第一次，结果没了，这感觉就非常值得愤怒了，仿佛快饿死的时候被人抢了吃的。

店里暖气开得挺足的，车来的时候，程恪的头发已经干得差不多了。

“有什么想吃的吗？”江予夺上车的时候问他。

“你平时跟朋友出去一般吃什么？”程恪问。

“这个天儿就是火锅了，”江予夺说，“我带你去吃酸汤鱼火锅吧，之前二秃在那儿打过工，挺正宗的。”

“好。”程恪不知道是不是因为刚健完身，听到酸汤鱼的时候，感觉口水差点儿要滴下来了。

“那师傅麻烦一直往北开吧，”江予夺跟司机说了个地址，“停车场那个路口进去就行。”

程恪听到这个地址的时候猛地抬了一下头。

坐在副驾驶座的江予夺偏过头：“怎么了？”

“没。”程恪说。

江予夺没再问他，跟司机一块儿听着收音机里的相声，时不时乐几声。

程恪一直盯着江予夺的侧脸，没说话也没看别的地方。

下车之后他站在路边愣了一会儿，住在这儿二十多年，他还从来没从这条路走过。

“少爷，”江予夺凑近他耳边轻声问，“改地方也行，他们家还有个分店，就在……”

“不用改，”程恪说，“就这家吧，我饿了。”

“这种小街小胡同里的小店，”江予夺带着他顺着路口走了进去，“不会碰上你认识的人。”

程恪看了他一眼，江予夺看上去真不像是这么细致敏锐的人。

“你家住哪儿？”江予夺笑笑。

“你猜吧。”程恪说。

江予夺转过身，倒退着慢慢走，往他们进来的路口那边指了指：“只能是那边儿了，咱们这儿最早一批别墅，全是独栋带前后院儿的。”

“嗯。”程恪应了一声。

“那以前你来过这儿吗？”江予夺说，“就这两条街，好些不起眼但是特别好吃的店。”

“没有，”程恪往前看了看，“我就从路口经过几次，车又开不进来。”

“家门口的地方，”江予夺说，“还得我一个外地人来给你介绍。”

“你从……哪儿来的？”程恪问。

“不记得了。”江予夺说。

他们拐了一个弯之后就看到了那家酸汤鱼火锅店，相比别的店，这家的面积很大了。

程恪看着门口临时搭起来的一个大棉棚子：“这什么？”

“等位的人都在里头呢。”江予夺说，“咱们这个点儿过来还行，等一会儿就能有桌。”

“这种店还要等位？”程恪有些吃惊，“就这么挤棚子里？”

“来吧，”江予夺抓着他胳膊一掀棉帘子，把他拽进了棚子里，“体验一下不一样的生活。”

棚子里很暖和，从店里接了电线，有空调，还放着好几个大大小小的取暖器。

江予夺去拿了个号：“差不多半个小时吧。”

“嗯。”程恪点点头。

他俩找两把椅子坐下了，江予夺指了指外面：“你要饿了的话，我给你先买点儿吃的垫垫。”

“不至于，”程恪笑笑，“主要就是下午练了三个小时有点儿饿。”

“就跟那个话痨练的？”江予夺说。

“嗯，”程恪点点头，想想又笑了，“你没让他说晕了办张卡啊？”

“我又不是你，要是前台那个小姑娘给我这么一通说，我可能还会迷糊迷糊，”江予夺皱皱眉，眉头刚展开没一秒又皱上了，“哎少爷，你去健身……是不是，呃……”

“不是。”程恪说。

“什么不是？”江予夺看着他。

“你想问什么是不是？”程恪“啧”了一声。

“算了，”江予夺憋了半天，咬牙挥挥手，“老问这些不礼貌是吧？”

“没事儿，”程恪没忍住乐了，“我不介意，我是怕你问完了恶心。”

“不，我没恶心你，我也不……我应该也不恶心别的人，我就有点儿别扭，”江予夺把椅子往他旁边拉了拉，小声说，“哎，我那天去花店，那个老板……”

“嗯？”程恪往他那边偏了偏头，也小声说，“老板怎么了？”

“老板是个，”江予夺清了清嗓子，飞快地说了一句，“漂亮的小可爱。”

“……你没完了是吧？”程恪呛了一下，简直不知道说什么好了，“就这个漂亮的小可爱，你不给我找一个来是不是得算你未了的心愿啊？”

“我不是这个意思！”江予夺瞪着他，“我就说，那个老板我以为是个男的，结果一看是个女的，后来又发现他真是个男的，妆化得还挺好，漂亮。”

“然后呢？”程恪问。

要换个人，他可没这么好的耐性，但江予夺就不一样了。江予夺在没完没了打听这些事儿的时候，表现出来的不是猎奇和鄙视，而仅仅是迷茫和不解。

非常可爱。

让人可以忽略很多别的问题。

比如被突然回避的“他们”，比如他右手上的伤，比如他到底有没有精神问题，比如程恪跟他在一起会不会有危险。

“什么然后？”江予夺又把椅子拖过来一些，基本就跟他挨着了，“我就想吧，以前你周围人是不是都是那样的啊？”

“我说过吗？”程恪问，“漂亮的小可爱。”

江予夺盯着他，似乎是在飞速回忆着。

程恪靠在椅背上没出声，看着他的眼睛。

江予夺长得挺不客气的，配上脸上那条疤就更不客气了，一句话不合适就会上手抽你的感觉，但眼神很不一样，特别在这种时候，非常简单，简单到你什么也看不到，也无法想象有着这样眼神的人，会有着怎样不堪回首的童年。

“没说过，”江予夺一巴掌拍在他腿上，“是你弟说的！”

“啊，”程恪搓了搓腿，“所以下次别问我了，你问程怿去。”

“可我问你的时候你也没否认……”江予夺说。

“这跟你理解的漂亮的小可爱是一回事吗？”程恪有些无奈。

“……我懂了，”江予夺想了想，恍然大悟地指着他，“那种不算漂亮的小可爱，杨教练那种才算。”

程恪看着他能有十秒钟，才拉长声音叹了口气：“滚蛋。”

“不过那个杨吧，”江予夺跟着他也叹了口气，“不说话还行，一说话能把人烦死，嘚嘚嘚嘚……我也就给你面子，要不早让他闭嘴了。”

“别替我操心了，”程恪也叹了口气，“我就随便找了个私教，正好他以前认识我，上哪儿你就能想这么多啊？”

“你到底喜欢跟什么样的人相处啊？”江予夺“啧”了一声，“像你这种大少爷。”

程恪看着他没说话。

江予夺也没说话，也看着他等着他回答。

两人对瞪一会儿，江予夺突然一下坐直了，发出一声惊呼。

在江予夺发出这声惊呼的同时，程恪就后悔了，只盼着江予夺这声惊呼后面跟着的是他漫无边际的猜测。

“你不会是……”江予夺有些犹豫地指了指自己，“欣赏我这种类型的吧？”

“你什么类型？”程恪问。

“就……”江予夺被这个反问给问愣了，低头看了看自己，又琢磨了一会儿，“就我这种……这种……”

程恪笑了笑。

“滚，”江予夺大概是对无法把自己正确归类觉得有些没面子，不耐烦地骂了一声，“你就说是不是吧。”

“差不多吧。”程恪笑着点了点头。

江予夺看了他一会儿，叹了口气：“那你这品位也不怎么样啊。”

“我品位怎么就不怎么样了？”程恪问。

“好歹一个少爷，”江予夺说，“喜欢跟我这种人混，你说，就八撇啊，陈庆啊，二秃啊，大斌啊……想想都觉得你是不是受过什么心灵上的伤害。”

“……”

程恪觉得这场对话已经进行不下去了，江予夺的思维一旦开始跑偏，那跑得就比陈庆要倔强得多。

“你今天找我到底什么事儿啊？”程恪只能换个话题。

“哦，差点儿忘了，”江予夺有些不好意思，“我就是……想问问，我能不能把猫放在你那儿……”

“什么？”程恪愣了愣。

“就两天，”江予夺迅速伸出两根手指，“卢茜她妈要回老房子住，我得出去住两天，猫就没有地方搁了。”

“老房子？”程恪又愣了一会儿才反应过来，“你现在住的那套是卢茜的房子？”

“嗯，”江予夺点点头，“很吃惊吗？”

“我一直以为是你的。”程恪说。

“你对钱是不是没什么概念啊？”江予夺问，“别说我了，就你现在这样，那房子你买得起吗？这个地段的二手房，一楼，后头带个小院子。”

“首付差不多吧。”程恪想了想。

江予夺看了他一会儿，靠到椅背上：“我买不起，就这么混的，这帮人谁也买不起。”

“我也不是这个意思，买不买得起的，”程恪突然有点儿不是滋味，“我是没去想过这个问题。”

“是直接默认都买得起。”江予夺勾了勾嘴角。

“惯性思维，”程恪笑笑，“我自己现在也租房子呢。”

两人都沉默了一会儿，江予夺才又想起主题：“行不行啊？”

“我没记错的话，”程恪拿出手机，在相册里翻出了合同的照片，“不经甲方允许，乙方不得在房屋内以任何形式饲养任何动物……”

“你连合同都要拍下来，没事儿就背诵吗？”江予夺伸手挡在了屏幕前，“甲方现在允许了。”

“我没养过猫，我都不知道要怎么弄。”程恪说。

“我告诉你，很省事儿的，给点儿吃的就行，它自己会上厕所，”江予夺说，“我把它的东西都给你拿过去，窝啊，厕所啊，猫粮什么的。”

程恪看着他，发现江予夺在说这些话的时候，已经带上了些许哀求的语气，听上去让人没来由地有点儿心疼，猫的安顿似乎对他来说非常重要。

“为什么要放我这儿？”程恪问。

“陈庆家放不了，别的人我不放心，”江予夺说，“我还怕他们把猫弄丢了。”

“万一我……”程恪没养过猫，还真不知道自己能不能看住，万一把猫弄丢了，江予夺这么紧张的样子，他都怕江予夺拎着刀过来把他劈了。

“你不会的，”江予夺笑笑，“你虽然什么也不会，但这事儿你要是答应了，就不会出错。”

程恪看着他：“这么肯定啊？”

“我感觉很准的。”江予夺说。

程恪挺想说“你感觉其实也不是特别准”。

“行吗？”江予夺又问。

“那你这两天住哪儿啊？”程恪问。

“旅店，”江予夺说，“我怎么住都无所谓的，主要是旅店不让带猫，猫还容易跑了。”

江予夺说这话的时候没什么情绪，说得很平常，也很自然，但程恪不知道自己是这会儿突然敏感了还是出于别的什么原因，总觉得听得心里发涩，莫名其妙就老想着当年那个睡在桥边的十岁小孩儿……

“要不……”程恪说得有些艰难，“你这两天就住我那儿吧？”

“嗯？”江予夺看着他愣住了。

“就不用去旅店了，”程恪被江予夺看得有些不自在，特别是在江予夺说出了“我这个类型”之后，这种反应会让他非常尴尬，他又补充了一下，“反正就两天，睡沙发、打地铺什么的都可以，比旅店还是舒服些吧？”

睡沙发地板比旅店舒服？

不一定吧。

程恪这会儿特别想拿张椅子往江予夺脑袋上砸一下，给他把这段砸失忆了。

“我……还是住旅店吧。”江予夺说。

程恪这会儿又特别想拿张椅子往自己头上砸一下，就多余问了这么一句，跟个傻子似的。

6

服务员在程恪尴尬得都想徒手砸晕江予夺的时候拯救了他俩。

“23 号，到你们了！”服务员一掀帘子喊了一声。

“走，”江予夺倒是没什么感觉，挺高兴地一拉程恪，“我们是 23 号。”

什么破店！

服务员连个“23 号请用餐”都不会说，这么粗鲁的一声“到你们了”。

到什么你们了？

到你们洗澡了，到你们上车了，到你们买票了……

不过进了店闻到浓浓的酸汤鱼香味儿时，程恪暂时原谅了他们。

“要哪种汤？”服务员问。

江予夺看着程恪。

“有什么汤啊？”程恪问。

“咸酸、辣酸、麻辣酸、鲜酸、涩酸。”服务员一口气报了出来。

大概是因为每天都得报很多次，所以他报得非常熟练，语速惊人，报完之后程恪除了还记得个“酸”，别的全忘了。

江予夺看着他等了一会儿，转头看着服务员：“辣酸汤吧，黑鱼。”

“好的，”服务员点头，“先给你们下单，配菜点好叫我。”

没等他俩回答，服务员已经转身走开了，奔赴另一桌挥着手叫服务的。

“生意这么好？”程恪有些感慨。

“嗯，所以服务员特别累，二秃干了一年就扛不住走了。”江予夺说。

“哦。”程恪点点头。

“你打过工吗？”江予夺问，想想又换了个问法，“你上过班吗？”

“没有，”程恪说，“就……在我爸公司干过一阵儿。”

“做什么呢？”江予夺又问。

这是程恪最不愿意跟人聊的话题，别说说出来了，就是自己有时候想到，都会一阵郁闷，说得好听是在老爸公司，说得稍微不那么好听是跟程怿一块儿，让程怿带着他，说得难听点儿那就是给程怿打个下手。

他轻轻叹了口气：“给程怿打杂。”

“……哦，难怪，”江予夺似乎没有太吃惊，还点了点头，“挺好的，不累还有钱拿。”

程恪笑了起来：“对。”

“工资多吗？”江予夺又问。

“不拿工资，”程恪说，“用钱的时候就去支，年底再分分‘赃’。”

“啊。”江予夺点点头，拿着笔在菜单上打着钩，“难怪十多万的表扔了就扔了。”

“那块表，”程恪笑了笑，“程怿送我的。”

江予夺抬眼看了看他：“他还送你东西呢？”

“嗯，”程恪喝了口茶，“我还以为这是……我们关系能缓和一些的预兆。”

“结果这是你被赶出家门的预兆，我没说错吧？那表挺新的，没戴几天，”江予夺说，“其实你要一直这样，就算没有二少爷争家产，你被你爸踢出门也是早晚的事儿。”

“大概吧。”程恪说。

“不过你应该再死撑几个月，”江予夺说，“好歹把今年年底的‘赃’分了啊，就你这花钱的架势，去年分的也没多少了吧？”

“我都……”程恪实在不愿意说，那些有些丢人现眼的过往，换个人他肯定不会说，但江予夺总能让他放下一些防备，“没分过。”

江予夺有些惊讶地抬起头，正想说话的时候，服务员把一大锅酸汤鱼端了上来，他就那么隔着一锅热气腾腾的鱼一直瞪着程恪。

服务员把火点上走开之后，他才用手扇了扇热气：“你一年都没干满啊？”

“嗯。”程恪应着。

“你活了二十七八年，没上过班，就在自家公司里跟着自己弟弟干了没到一年就被亲爹一脚踢出家门了？”江予夺给他总结了一下，“说你是个废物都对不住废物吧……”

江大寸不愧是从小在街面儿上混大的，说话经常这么直白得不带一点儿情商。

程恪觉得自己应该会感到尴尬，却意外地只是有些感慨，还觉得有些好笑，江予夺的这个总结还挺到位的。

“是，”程恪笑了起来，“我打了几个月的杂，刚开始接触生意，谈了个开头好像就……搞砸了。”

“你不像是会搞砸的人啊，”江予夺皱了皱眉，“你弟是不是阴你了？”

程恪没说话，敲了敲空着的杯子，他当然不会搞砸，虽然他对任何生意都没有兴趣，但既然做了，就还是想要做好。

只是程怿不给他这个机会。

江予夺拿过瓶子给他倒酒：“你要一直是个废物，可能就能平安地‘废物’到老了，突然不‘废物’了，自然有人要清理障碍。”

程恪看了江予夺一眼，这人年纪不大，想得还挺多的。

“你们这种有钱人，活得挺累，”江予夺给自己也倒了酒，“‘废物’了，亲爹不高兴，不‘废物’了，亲兄弟不高兴。”

程恪拿起酒杯，江予夺也拿起自己的杯子。

“干了吧。”程恪往他杯子上重重碰了一下，杯子里的酒洒到了汤里。

“我是没问题，我不知道你酒量，反正我不想扛醉鬼回去，挺远的。”江予夺一仰头把酒喝光了，杯子往桌上一放，有些挑衅地看着他。

江予夺一边儿说不扛醉鬼，一边儿又说万一对方喝不过自己就准备开嘲，幼稚。

程恪仰头把一杯酒喝了，往他杯子旁边重重一放。

“呦，”江予夺笑了笑，“叫板是吧？”

“三哥，”程恪也笑了笑，“我也不是什么事儿都‘废物’的。”

“放心，我要真喝高了，”江予夺把两个空杯又倒满了，“不用你扛我，给陈庆打个电话让他过来拖我上车就行。”

“那我要是高了呢？”程恪问。

“抽醒你。”江予夺说。

程恪在喝酒这件事上，大概是遗传了老爸，从小到大他看着老爸喝了无数次酒，从来没见过老爸喝醉。

他跟那帮前朋友一块儿干什么都会喝酒，也从来没有醉过。

这点他比程怿强，程怿酒量不行。

不过程怿也没喝醉过，从知道自己酒量不行的那天开始，程怿就没再喝过酒。

这么想想，程怿还是比他强。

他对不利于自己的任何事情都没有准确判断，也永远都不会做出基于理智的正确选择。

比如江予夺。

他看着对面的江予夺。

如果是程怿，从一开始就不会跟江予夺这样的人有任何交集，而在发现江予夺种种不对劲儿之后，更不会再有哪怕一秒的接触。

每个人都会把人归类，有意无意，程怿会，他自己这种爱谁谁、顺眼就好的老好人也一样会，哪怕只是把江予夺从那些街头混混里分出来，就连江予夺自己，也给自己画了条线，“我这种类型”就把程恪这样的大少爷画在了线那头。

程恪拿着杯子，一直伸到了江予夺面前。

江予夺看了他一眼，拿起杯子跟他碰了一下：“干吗？要不是看你杯子是满的，我以为你讨酒喝呢。”

程恪笑了笑。

今天的酸汤鱼很好吃，辣酸汤很香浓，鱼没什么刺儿，酒也喝得很尽兴。

江予夺结账的时候看了他一眼：“看不出来啊，挺能喝！”

“人不可貌相。”程恪拍了拍他的肩。

醉是没醉，但晕是肯定晕了，程恪走出店门，想透透气让自己清醒一点儿，刚吸一口气，转身就又回了店里。

“怎么了？”江予夺走过来。

“下雪了。”程恪说。

“下就下了呗，”江予夺说，“没见过啊？要不要出去号儿嗓子？”

“……我就说一句，下雪了。”程恪说。

“把你冻回来了吧？”江予夺说。

“啊。”程恪笑了笑。

“啊个头啊，”江予夺往他领口看了一眼，“穿得也不少了。”

“我出去得太突然了，”程恪把帽子戴上，外套拉链拉到下巴颏，然后往外走，“没防备。”

“娇气，”江予夺说，“你才是漂亮的小可爱吧。”

“……我真是，”程恪转过头看着他，“真的服了你了。”

江予夺笑了起来：“哎，我也不知道，就顺嘴一说。”

“求求你下回顺嘴说点儿别的。”程恪说。

这条街除了摩托车和自行车，连三轮车都进不来，打车得走到路口。

程恪很少在吃完饭之后还需要自己溜达半条街再站在街边打车，埋头顶着风往外走的时候，他都佩服这些来吃饭的人，大家都得这么走出去，或者打车，或者到路口那个停车场取车。

不过算起来也就三五十米的距离，看着别人都走得镇定自若，程恪感觉江予夺说他娇气还真没说错，就是挺娇气的，一个大老爷们儿，冬天里连走这么半条街的路都还要感慨。

“在这儿能叫着车吗？”程恪站在路口，看着来来往往的车。

“我叫了，还没接单，”江予夺拿着手机，“上对面儿超市里等着吧，车来了不用掉头。”

“好。”程恪点点头，行人过街的灯是绿的，他往对面快步走过去。

这种天儿，走着的时候还行，停下来站着立马就能把人冻透了。

走到斑马线中间的时候，风刮得挺急，程恪听到了什么声音，但是耳朵捂在帽子里，只能听出这不是风声，有些刺耳地裹在北风呼啸里。

等余光看到左边几乎到了他跟前儿的车灯时，他才反应过来这是急刹车时轮胎和地面摩擦发出的尖啸声。

这一瞬间他脑子里居然只平静地闪过了一句话。

这傻帽儿右转居然不减速，地上有冰刹不住了吧。

程恪的反应是足够快的，他选择了往后退，往前冲可能会正好被急刹打滑的车一个甩尾撞飞。

但他的时间实在是有些不够，车离得太近了。

只退了一步，程恪就感觉车已经到了身边。

顿时他感觉灯光亮得刺眼，前后、左右、上下全是光，什么都看不见了。

接着他就感觉自己右胳膊被狠狠地拉向了身后，然后整个人再被拦腰往后一带。

这力量相当大，他都能感觉到自己脖子差点儿跟不上身体了。

车擦着他身前冲了出去，一个甩尾，横着又甩出去十多米，逼停了对面车道的三辆车，再打着滑冲回自己的车道，然后继续冲着开走了。

程恪回过神来的时候，已经被江予夺退着拉回了马路边儿上。

他有些惊魂未定地低声骂了一句。

江予夺没有出声，还是拽着他的胳膊，另一只手箍着他胸口往后猛拉着。

程恪因为还是倒退姿势，被他拽得有些站不稳，趺趺撞撞地。

“没事儿了，”程恪说，转过头看了江予夺一眼，“可以放开我了。”

江予夺没说话，还是这么快步往前。

“江予夺？”程恪掀掉了头上的帽子，对着他耳朵又喊了一声，“放开我，没事儿了！”

江予夺看了他一眼，还是没说话。

程恪在他转头时听到了他有些急而粗重的呼吸声，这样的呼吸一听就能听出来，江予夺非常紧张。

“老三？”程恪顿时也开始紧张，试着又叫了一声，同时做好了也许会莫名其妙再次动起手来的准备。

但江予夺没有突然揍他，而是一直把他拽回了路口，又拽到一栋楼楼侧，这才松了手。

“你……”程恪松了口气，刚想说你反应挺快，江予夺就一把搂住了他。

这一把搂得劲儿很大，程恪整个人被拉得往前一扑，再想动的时候，江予夺的胳膊已经收紧了。

“江予夺？”程恪非常震惊。

这一抱，他直接的反应就是江予夺可能是打算就这么把他勒得背过气儿去。

他迅速弯起胳膊肘，想把手臂塞到两人之间，这样可以在江予夺发力的时候一把推开。

可江予夺没有进一步的行动，搂住他之后就不动了，也不能说完全没动，身体是在动的，程恪感觉到了。

江予夺搂着他的胳膊在发抖，接着身体也开始发抖，而呼吸依旧很急，像是被鬼撵着跑完十公里之后又惊又累地喘息。

程恪一直到这时才慢慢反应过来。

江予夺这个状态——

是害怕。

“没事儿了。”程恪犹豫了一下，抬起胳膊也搂住了他，隔着挺厚的外套，胳膊还能感觉到江予夺的身体在抖。

“没事儿了，”程恪不会安慰人，也从来没安慰过人，更没碰到过江予夺这样的情况，他也弄不清江予夺到底是在怕什么，只能重复这么一句，“没事儿了。”

江予夺没什么反应，只是收紧了胳膊，死死抓着他的衣服。

“没事儿了、没事儿了，”程恪都佩服死自己了，来来回回就这么一句，他伸手在江予夺后背上轻轻拍着，脑子里飞快地转着词儿，琢磨着好歹换一句，但开口的时候还是老样子，“没事儿了……”

算了闭嘴吧。

程恪没再说话，只是一直轻轻拍着江予夺的背。

过了估计能有两分钟，江予夺似乎还是没有恢复正常状态，程恪感觉再这么搂一会儿，该有人围观了，于是试着拽了一下他的衣服。

江予夺动了动。

程恪赶紧又拽了一下，江予夺胳膊稍微有点儿松劲儿的时候，他推开了江予夺，但江予夺又抓住了他的袖子瞪着他。

“是我，”程恪立马说了一句，“程恪，我是程恪。”

他生怕说晚了江予夺会一拳抡过来。

他说完之后江予夺没什么反应，就那么皱着眉，眼神混乱得很。

“江予夺？”程恪小心地捧住了他的脸，轻轻晃了一下，“哎，是我。”

江予夺的呼吸终于有了变化，变得没有那么急促了。

“没事儿了。”程恪说。

自己到底还有没有新词儿了！

江予夺看着他。

程恪说不上来现在的感觉，除去有些隐隐的害怕，江予夺脸上的表情让他有些难受。

这种害怕是真实的。

江予夺实实在在地被某种恐惧包裹着。

“说话。”程恪捧着他的脑袋又轻轻晃了一下。

江予夺没出声，还是看着他。

程恪做出了一个决定，他确定这个决定出于把江予夺拉回现实的目的，但也不否认这里头还有点儿别的什么想法。

不过眼下他也没有什么别的办法了，他没有勇气一巴掌扇过去，怕给自己扇出一场街头肉搏来，何况江予夺兜里还有刀。

他清了清嗓子。

为什么要清嗓子他并不知道。

总之他就是清了清嗓子。

然后他凑近江予夺，在江予夺耳边喊了一声：“醒来吧，漂亮的小可爱！”

江予夺猛地一把推开了他。

身后是墙，程恪直接撞在了墙上。

江予夺瞪着他看了好几秒钟，终于开口说了一句话：“你干什么了？”

“我天，”程恪看着他终于有了焦点的眼神简直觉得惊喜，“你没事儿了吧？”

“……没事儿。”江予夺说完又定了一会儿，重新又问了一句，“你干什么了？”

“你要再不动，”程恪说，“我打算当街揍你了。”

江予夺沉默了，半天才叹了口气："吓死我了。"

"什么？"程恪问。

"你过街不看路的吗？！"江予夺吼了一声。

"哎！"程恪被他这一嗓子吓得又撞了一下墙，"你喊什么？！"

"那车过来你看不到啊？！"江予夺又吼了一声。

"……我是没看到，"程恪看到路对面有人看了过来，放低了声音，"我戴着帽子呢，再说我也没想到这种天气还有人这样开车的。"

"我要没拉住，你就被撞死了！"江予夺说。

"也不一定……撞得死。"程恪说得有点儿没底气，主要是实在也不知道该怎么说才能让江予夺不生气。

江予夺盯着他看了好一会儿，突然笑了："真是服了你。"

程恪看到他的笑容时，才算是松了口气，整理了一下衣服："谢谢了。"

江予夺的手机响了，他们叫的车已经到了，司机没见着人。

"马上到，我们在街对面儿呢。"江予夺说。挂了电话之后他看了程恪一眼："车到了，走吧。"

"嗯。"程恪应了一声。

这次过街的时候，江予夺走在了他左边，斑马线走了一半之后，江予夺又绕到了他右边。

程恪有点儿想笑，但又感动得鼻子有些发酸。

无论江予夺这样做的原因是什么，他心里都软得像一坨蛋黄。

自从那天打了架之后，他俩两次坐车，江予夺都坐的副驾驶座，这会儿程恪上车坐到后座之后，江予夺也跟着上来，坐在了他旁边。

车开了之后，江予夺又往车窗外看了看，还回头看了几眼，然后把手伸进了兜里。

程恪的心猛地提了一下，看到江予夺从兜里拿出一张烟壳纸和一支笔之后，他偏开了头，对着玻璃开始笑。

"笑个头。"江予夺小声说，低头在烟壳纸上写着。

"写什么呢？"程恪小声问。

“车牌号。”江予夺在烟壳纸上写下了一串字母和数字。

“刚那辆车的？”程恪震惊了。

“嗯。”江予夺点点头，把烟壳纸和笔又放回了兜里，“不写下来我怕过两天会忘了。”

别说过两天，程恪感觉自己过一秒钟就会忘。

不，是根本不可能记下来。

江予夺在那样的情况下居然记下了车牌号。

司机放了张碟，音乐响起来的时候程恪一阵感动，他坐车很少能碰上在车上不听交通台、不听评书、不听相声、不听各种音乐榜而是放了一张吉他碟的司机。

他和江予夺都没再说话，靠在后座听着舒缓的曲子。

第二章

姜和红糖

P063 — P124

7

车在楼下停下了，江予夺坐在后座右边，打开车门先下了车，程恪跟着下了车，没有关车门。

江予夺看了他一眼，伸手把车门关上了："有没有搞错，车门都得有人帮你关？"

"你……"程恪愣了愣，他以为江予夺会直接上车走人，毕竟上回车都没下就走了。

车开走了，江予夺转身往楼道里走："我今天在你这儿待一晚上。"

"嗯？"程恪跟在他身后进了楼道，看着他按下电梯按钮。

程恪想再问为什么，不过没开口，想想似乎能知道为什么。

那辆差点儿撞到自己的车，那起差点儿就酿成的车祸，看江予夺的反应，这事儿在他那里，绝对不只是这么简单的一次意外。

至于到底把这事儿跟什么联系在一块儿了，程恪不打算再问了，他差不多能猜到江予夺不会承认，也不会有任何透露，说不定还会说出一个完全无关的答案来。

"你拿钥匙了吧？"进电梯之后江予夺问了一句。

程恪先在外套兜上拍了两巴掌，然后才回答："拿了。"

江予夺看了他一眼："你还是去换个指纹锁吧，这一惊一乍的。"

程恪笑了笑。

电梯门打开了之后，他刚要往外走，江予夺抢在他前面走了出去，这个抢先走位很风骚，要不是他心里已经有了之前的诸多猜测，这会儿绝对不会觉察，也不会发现江予夺一出电梯就先飞快地往四周看了一眼。

程恪拿出钥匙打开了门，屋里的暖气扑面而来，让人一阵舒服。

这回江予夺没有抢着进门，而是跟在他身后。

“喝点儿东西吗？”程恪脱了外套往沙发上一扔。

江予夺正要往沙发上坐，他这一扔，把江予夺要坐的位置正好占掉了。

江予夺看了他一眼，把衣服拿起来挂到衣帽架上：“你这儿还能有除了自来水之外可以喝的水？”

“有奶茶，”程恪说，“我买了一堆奶茶，可以自己冲。”

“超市里那种一长条撕开口冲的吗？”江予夺说，“那有什么好喝的？不喝。”

“不是，”程恪打开柜子，拿出两袋奶茶，“奶包、茶包、糖包都分开的。”

“这么高级？”江予夺挺有兴趣地拿过一袋撕开来看了看，“还有这种呢？”

程恪拿了壶去烧水：“土了吧？”

“嗯。”江予夺很诚恳地点了点头，“我从来没喝过这样的。”

等水烧开的时候程恪看了一眼一直站在他身后的江予夺：“你要洗个澡吗？”

“不洗，”江予夺说，“你不用管我，今天晚上我也不睡觉。”

“不睡觉了？”程恪愣了。

“嗯。”江予夺点了点头。

“为什么？”程恪本来已经不打算再对江予夺的任何奇怪行为提出疑问，但还是没忍住问了。

江予夺总不会是怕睡着了被欺负吧。

“睡不着，”江予夺摸出烟点上了，“你睡你的。”

“哦，”程恪转过头看着燃气灶上的火苗，“那我给你找几部……电影看看？不恐怖的。”

“不用，”江予夺说，“我不需要打发时间。”

程恪没再说别的，水烧开之后他把两个茶包放进杯子里，把开水倒了进去。

江予夺很有兴趣地走过来跟他并排站着，一块儿盯着杯子：“你买杯子了啊？之前不是只有一个杯子吗？”

“嗯，买奶茶的时候送了两个小马克杯。”程恪说。

“你买了多少啊送俩杯子？”江予夺把两个杯子转了转，“情侣款杯子？”

“嗯？”程恪愣了愣，这俩杯子他没仔细看过，拿回来消了毒就放那儿了，这会儿江予夺说了他才又看了看，没看出来怎么就是情侣款了，就俩杯子上都印着一颗心，“不就是一对杯子嘛，俩一样的。”

江予夺用手指把一个杯子往另一个那边推了推，杯子叮地碰了一下挨在了一起，两颗侧着的半心合成了一个整的。

“应该是这样的吧？”江予夺说。

“啊？”程恪看了看，“还真是……”

“你一直不知道吧？”江予夺看了他一眼。

“不知道，我都没用过。”程恪说。

江予夺想说什么，但又没说出来，只是继续站在旁边看着杯子。

“怎么个意思？”程恪“啧”了一声，“我又不知道它俩是情侣款，你要不乐意我就换个杯子。”

“我没那个意思，就随便说一句。”江予夺说。

程恪没理他，去拿了自己喝水的杯子，把其中一个马克杯里的茶包倒了进去。

江予夺叹了口气：“我是想说……以前我跟陈庆穿过情侣 T 恤。”

“什么？”程恪非常震惊地转过头，“情侣 T 恤？一件男装、一件女装的那种吗？”

“难道还有两件男装的吗？”江予夺也有些震惊地转过头，想想又恍然大悟，“是啊，应该是有，估计还有两件女装的……毕竟……”

“不是，”程恪迅速找回了重点，“你俩穿情侣 T 恤干吗啊？”

“也不是我俩非要穿，我住那块儿后头不是有家超市嘛，开业的时候抽奖，三等奖就是 T 恤，我抽到了。”

“……手气不错啊，我一般就抽包纸巾。”程恪说。

“你们大少爷还抽奖呢？”江予夺看着他。

“我妈有时候碰上了会抽，要是我在就让我去抽，”程恪说，“一般不是人人有奖我就不中，人人有奖我就中个末奖。”

江予夺笑了起来：“那你也算是走‘背’字儿资深人士了，逐出家门大奖都已经……”

说到一半他就停下了，清了清嗓子没继续说下去。

“那情侣T恤是不是陈庆穿女款那件啊？”程恪用手试了试杯子的温度，说明书上说得在水温达到80摄氏度的时候放奶包……现在这温度也不知道是多少摄氏度。

“嗯，他瘦嘛，女款小点儿，我穿不上，其实那会儿我还想穿女款那件呢，男款那件正面是个卡通小姑娘，特别傻，女款那件是个小男孩儿，”江予夺说着又乐了，“还好没穿。”

“怎么？”程恪问。

“衣服后头印着字母，还有个箭头，”江予夺边说边乐得不行，“陈庆穿了能有俩月才知道，上面写的是‘这是我男朋友’，跟男的并排一站，后头箭头就指呢，我男朋友，不知道的肯定得说这傻子是个变态……”

程恪看着他没说话。

江予夺自己又笑了一会儿才猛地停下。

“出去等。”程恪说。

江予夺“啧”了一声，转身回了客厅。

程恪继续盯着杯子——俩文盲，那么简单的英文都看不懂。

因为对自己的厨艺实在是没有信心，程恪一定要按奶茶说明书上写的来做，80摄氏度就是80摄氏度，生怕万一温度不对奶茶就变味儿了。

但现在用手也没办法判断，犹豫一下，他去了客厅，拉开茶几下面的小抽屉翻找着。

“找什么呢？”江予夺靠在沙发背上玩着手机，“奶茶好了吗？”

“没，”程恪从抽屉里找出了一支体温计，“我先量一下温度。”

“你发烧了？”江予夺问。

“没，”程恪拿了体温计往厨房走，“说明书上说在水温80摄氏度的时候放奶包。”

“80摄氏度？”江予夺又问。

“嗯。”程恪进了厨房，准备先给体温计消消毒。

“少爷，”江予夺跟了过来，靠在厨房门口，“你用过体温计吗？”

“用过啊，”程恪说，“用过电子的，这种的没用过，这种水银的不是更准吗？”

“这上头没有80摄氏度，”江予夺叹了口气，“谁发烧能烧到80摄氏度啊？

你是不是喝晕了？”

程恪猛地反应过来。

这就非常没有面子了。

为了面子，他做了最后的挣扎，拿起体温计仔细看了看：“42 摄氏度。”

江予夺走了过来，伸手在杯子上摸了一下：“现在就是 80 摄氏度。”

“你能摸出来？”程恪问。

“不能。”江予夺拿起奶包撕开了就往杯子里倒。

“摸不出来你凭什么说它 80 摄氏度？”程恪看着他的动作顿时就急了，“你……万一不是 80 摄氏度不好喝呢！”

“我说它是 80 摄氏度就是 80 摄氏度，”江予夺把奶包里的奶粉倒进了杯子里，又迅速拿起另一包也撕开倒了进去，然后用勺搅了搅，“我要喝的时候它就是 80 摄氏度。”

“行吧。”程恪拿起杯子尝了一口，“哎，还不错啊。”

“是。”江予夺冲他举了举杯。

程恪跟他碰了一下杯，两人一起喝了一口，江予夺抹抹嘴：“挺好喝的，比有些店里的好喝。”

“嗯。”程恪点点头。

“不用非得 80 摄氏度，”江予夺说，“现在这肯定不止 80 摄氏度。”

“我是怕不好喝，”程恪说，“我做什么都不好吃，就泡个方便面能不跑味儿了。”

“难喝我也不会嫌的，陈庆没事儿就上我那儿炒菜去，猪食都比他做的菜好吃，我也没嫌过他。”江予夺又喝了一口奶茶，一脸满足地舒了口气。

“是吗？”程恪笑了笑。

今天喝了不少酒，虽然没喝醉，但也挺晕乎的了，之前在街上算是被江予夺吓清醒了一些，这会儿热奶茶一喝下去，程恪又有些困了。

“你晚上真不睡觉？”程恪问。

“嗯，”江予夺说，“你要是困了就睡。”

“那你……”程恪想了想，“我还是把铺盖拿给你，万一你又想睡了呢？不睡也能躺一会儿。”

“不用。”江予夺很干脆地拒绝了。

“行吧，随便你。”程恪被奶茶的热气一蒸，困得眼睛都快睁不开了。

他没再管江予夺，去洗个澡就进了卧室。

“别关门。”江予夺坐在客厅沙发上一边玩手机一边说了一句。

程恪犹豫一下，松开了准备关门的手。

躺到床上之后他想想又坐了起来，看着客厅沙发上的江予夺：“你要是饿了，冰箱里有吃的。”

“睡你的觉，”江予夺头也没抬地盯着手机，“就你这样的还操心别人呢。”

“晚安。”程恪叹了口气，躺了回去。

江予夺往卧室里扫了一眼，轻声说了一句：“晚安。”

看到程恪翻个身冲着阳台那边睡了，他才站起来，关掉客厅的灯，走到了窗边。

程恪这儿的窗帘大多数时间是拉开的，不关灯他没法往下看，十几层楼高，想看到楼下就得把脑袋探出去，开着灯太明显了。

不过这会儿楼下发动机的响声已经消失了，就在程恪躺下之后。

程恪之前啰里啰嗦地说话时，发动机一直在响，江予夺想仔细听一下判断距离和位置都因为他在说话而没能成功。

现在楼下已经没有人也没有车了。

江予夺趴在窗台上又看了一会儿，这个高度的老北风刮起来，他有点儿扛不住，于是缩回屋里，把窗户关好了。

其实这会儿他有点儿困，但是他很清楚自己要是躺下，也不可能睡着。

那辆车拐出来的时候开着大灯，这种天气在市区里开着大灯，简直是在向人高调地宣布我就是来撞人的。

江予夺现在唯一不能确定的就是这车要撞的是谁——是他还是程恪。

如果目标是他，那他待在程恪这里也会给程恪带来麻烦，但如果目标是程恪……他不相信任何人能在程恪真的有危险时比他更了解对手。

江予夺搓了搓脸。

他守在这里是最好的办法了。

只是这些话他没有办法再跟程恪说，任何有关的内容他都不会再跟程恪说了，程恪跟陈庆不一样，程恪在这些事上，并不相信他。

时间是过得很快的，在你习惯了以某种方式度过的时候，比如现在这样。

江予夺坐在沙发上，没有玩手机，也没有看电视，就这么坐在黑暗里，听着四周的动静。

他能听见很远的街上传来的喇叭声，能听到后面某栋楼里有人在唱歌，再静一些的时候还能听到雪落在窗台上的声音。

他在这些声音里寻找安全和不安全。

时间已经几乎不存在了。

一直到听见阳台那边的楼下有人踩在雪地上的声音，江予夺才动了动，看了一眼手机上的时间，差五分钟到三点。

他站起来，脚步很轻地走进了卧室。

程恪如果不是这会儿还没睡着，根本不可能发现江予夺进了卧室，确切地说，就算没睡着，要是没睁着眼睛，也不可能发现江予夺进来了。

江予夺的脚步轻到完全没有声音，而且屋里铺的木地板，有时候踩上去会有声音，但江予夺一直走到他脚边，地板也没有发出任何声响，呼吸也轻得听不见。

程恪不受控制地想起了很多鬼片儿……

不不不，这套房子江予夺以前经常来，以他那种异于常人的小心谨慎的习惯，应该知道踩在哪些地方不会有声音。

程恪有些紧张，在黑暗里盯着江予夺的身影，琢磨着如果突然被揍，自己应该从哪边滚下床。

江予夺并没有在床边停留，而是一直走到了阳台的推拉门边，轻而平稳地把门打开，迅速地闪出去之后关上了门。

程恪皱了皱眉，阳台是封闭的，也有暖气片儿，但比起屋里，还是非常冷的，他不知道江予夺这会儿跑阳台上去干什么。

但江予夺站在阳台上之后，就那么面对着外面的黑夜不再动了。

程恪也不敢出声，就也那么在黑暗里看着他纹丝不动的背影。

程恪扫了一眼床头的闹钟，已经二十分钟了，他感觉自己眼睛都快瞎了，困得泪流满面，但江予夺还站在那儿，他又不敢睡，担心会有什么意外。

他不光是担心江予夺会揍他，也担心江予夺会……跳楼？

就这么一直盯着，有那么几个瞬间，他在迷迷糊糊中都觉得江予夺是不是已经灵魂出窍就剩下一个壳了。

程恪不知道自己是什么时候睡着的，但是再醒过来的时候，外面的天还是黑的。看到阳台上的黑影时，他先是吓了一跳，心脏蹦得差点儿把舌头顶出来。

想起来那个黑影应该是江予夺时，他猛地就震惊了。

床头的小闹钟上显示着时间，现在是凌晨四点四十五分。

而如果他没有记错，江予夺站的位置和姿势，跟他睡着之前差不多。

他身体那点儿晕乎劲儿这会儿全消失了，整个人清醒了过来。

江予夺在阳台上就这么站了快俩小时！

就算不打算跳楼，阳台的温度也能让只穿了一件长袖T恤的江予夺发个烧、感个冒什么的了。

程恪实在撑不住，坐了起来。

下床的时候他为了不吓着江予夺引起斗殴，咳嗽了一声才站起来，拿起睡衣的时候又抖了抖才穿上，打开阳台门的动作也很慢，让推拉门发出了足够长时间的响声之后，才走了出去。

“尿憋醒了吗？”江予夺问了一句。

程恪猛地松了口气，江予夺会说话，而且是第一时间说了话。

“不是，就是半夜醒了看到阳台有人，”他缩了缩脖子，阳台的气温比他想象中的要低得多，他抓着睡衣领口，“你要是想抽烟，在屋里抽就行，没事儿。”

“我没抽烟。”江予夺说。

“进屋待着吧，齁冷的，”程恪走到他身后，“你在这儿站多久了？”

“不到两个小时吧。”江予夺回答。

程恪有些吃惊在这种状态下他对时间的判断还能如此准确。

“不冷吗？”程恪又问。

“还行，”江予夺说，“你去睡吧。”

程恪站着没动，他本来已经不打算再去探究江予夺到底怎么回事，反正长这么大，忽略不计、不去多想的事儿多到不可计数。

但现在，此时此刻，他实在有些忍不住了，站在江予夺身后问了一句：“楼下是不是有人？”

江予夺微微偏了一下头。

“是不是他们？”程恪又问，从没封严实的窗缝里灌进来的冷风让他有点儿哆嗦。

江予夺似乎是有些吃惊，回过头看了他一眼：“你是听到什么动静了吗？”

“……没有。”程恪如实回答。

“哦。”江予夺应了一声，又转头继续看着窗外了，“我就是在这儿站一会儿，你不用管我，我习惯了，站到明天晚上也没什么感觉的。”

程恪没说话，脑子里飞快地整理着，站在江予夺的角度，其实很容易就能厘清。

如果江予夺觉得“他们”在外面，而目标又是他自己的话，以他的性格，今天晚上不会留在这里过夜。

而让他留在这里过夜且在这里一站两个小时的原因，是他觉得，正在屋里睡觉的这位大少爷有危险，就像当初他会让大斌他们跟着程恪回家一样。

无论这件事是可信还是不可信，有毛病还是没毛病，都说明，江予夺在保护他。

程恪看着江予夺的后背，心里说不上来什么滋味儿。

他只觉得心颤得厉害，心颤得手都跟着有些抖……也有可能是冻的。

程恪抬起胳膊，哆哆嗦嗦的仿佛下一秒就要打摆子了，用了能有三十秒，才从身后抓住了江予夺。

江予夺的身体猛地一绷，偏过头，好一会儿才出了声：“嗯？”

“我不知道到底怎么回事儿，”程恪轻声说，“但是我长这么大，第一次有人大冷天儿的不睡觉给我站岗……”

江予夺没说话。

“不知道该怎么说，”程恪皱了皱眉，说得很费劲，“没有人对我这么在意。”

“那你，”江予夺顿了顿，“混得的确挺惨啊。”

“……滚！”程恪立马感觉自己所有的感动都化成了渣渣，“你不会说话就憋着，情商有没有一寸高啊！”

8

江予夺的体质的确有些特别，程恪抓住他的时候没有想象中抓住一个在阳台上冻了两个小时的冰棍的感觉，倒像是抓住了一个大号取暖器。

江予夺身上居然是暖的。

非常神奇。

这是让程恪在感动之情被他一句话击得粉碎之后也没有松手的主要原因之一。

不过这种在骂完一句之后在沉默中继续抓着人不撒手的行为，是需要脸皮的。

程恪一直觉得自己脸皮在某些方面是挺厚的，在忍受“废物”这个头衔的时候，以及眼下。

“你是不是练过什么独门内功？”他说。

“什么？”江予夺问。

“你不冷吗？”程恪问，“身上居然是暖的。”

“我一直这样，陈庆说我是火体。”江予夺说。

“火体？”程恪笑了笑，“那你夏天是不是得裸奔啊……”

“我冬天也裸啊。”江予夺说。

程恪瞬间就想起了那天江予夺给他开门时的场景，顿时这话就接不下去了。

“你不冷吗？”江予夺问。

“冷。”程恪回答。

“那你进去睡吧。”江予夺说。

“你……别在这儿站着了。”程恪看了看外面，还是一片漆黑，附近的居民楼都黑着灯，只有远处的那些商业大楼还亮着灯牌，在黑夜里，那样的光亮让人突然觉得很孤单，他下意识地收了收胳膊。

去夜店的时候，他也就玩到凌晨两三点，五点的时候就算没有睡，也不会有什么机会这么看着外面。

这差不多是他第一次看到这个城市五点时的样子，很陌生，很远，跟他记忆里的完全不是一个样子。

“我再待一会儿。”江予夺说。

“外面没有人了，这么冷的天儿，”程恪把他轻轻往后拉了拉，“没有谁能在外面雪地里站几个小时，只要没有新停过来的车，就不会有人。”

江予夺没说话。

“下面的车动过吗？”程恪问。

“走了三辆，”江予夺说，“能看到的还有二十六辆。”

“动过吗？”程恪又问。

“下雪之前就在这里了，”江予夺说，“车顶上的雪都差不多厚。”

“那就是了，”程恪继续慢慢把他往门边拉，“现在是安全的，我现在是安全的，你现在也是安全的。”

“你现在安全了。”

江予夺已经很多年没有再听到过这句话。

这句话已经很陌生，就像从未有过的拥抱这样陌生。

程恪给了他一个安慰性质的拥抱，这样结结实实被抱住的感觉，在第一瞬间，让他惊恐。

但这个跟背后袭击相似又有着完全不同的力量和角度的动作，让他的身体比他的脑子更快反应过来。

脑子靠的是经验，身体靠的大概是直觉，不，不是直觉。

江予夺从来没有试过与朋友拥抱的感觉，也从来没有想过。

一直到程恪抱住他的时候，他才知道，自己似乎已经期待了很久被朋友这样拥抱。

这跟他做噩梦醒来被程恪安慰时的感觉不同，跟他之前在街上搂住程恪时也不一样，像是被拆掉了什么支撑物体一样，整个人都有些发软。

很困。

程恪再次把他往屋里拉过去的时候，他隔着栏杆往楼下又看了一眼，跟着程恪进了屋。

屋里很暖和，还有程恪喷在衣柜里的淡淡香水味。

“我去睡沙发……”他犹豫着说了一句。

“不折腾了，还得拿铺盖，”程恪松开了他，从柜子里扯出一床小被子扔到床上，“就睡床吧。”

江予夺看着这床没有被罩的小被子：“没套被……”

“你睡一会儿！”程恪在后头推了他一把。

他扑到床上，脸埋进了枕头里。

舒适的晕眩，松软而安全的包裹感，淡淡的混在暖意里的香味，暂时没有了需要他紧绷着神经的事……

“江予夺？”程恪看着扑到床上就没再动的江予夺，“麻烦你起来把衣服脱了！”

江予夺半张脸埋在枕头里，闭着眼睛一动不动。

“哎，衣服就算了，”程恪推了推他，“裤子在外头折腾一天了！”

江予夺还是没动。

几秒钟之后，他居然发出了很低的小呼噜声。

程恪震惊了。

他第一次亲眼见着秒睡的人，要不是确定自己刚才推的那一把没用劲，他都怀疑是自己一掌把江予夺震晕了。

震惊完他愣了半天，又叹了口气。

江予夺这种站在那里几个小时，甚至一天不动不睡的本事，靠的大概是紧绷的神经和已经变态了的意志力，一旦放松下来……这其实就跟晕过去差不多吧。

程恪站在床边看了一会儿，确定江予夺的呼吸是正常的。

然后犹豫几秒，程恪伸手在他后腰上拍了拍："哎，我帮你脱了啊。"

程恪没有洁癖，也不见得有多讲究，但穿了一天或者两天的外裤就这么上床，他还是不能忍的。别说他不能忍，江予夺这种在床上抽烟往地上弹烟灰的人都不能忍，上回在江予夺家过夜被勒令脱裤子一点儿面子都不给的场面他还记忆深刻。

江予夺没动静，程恪也不忍心再叫醒他，于是上手抓住了他裤腰。

还好他穿的是条运动裤。

程恪清了清嗓子。

……为什么要清嗓子？

不知道。

他清了清嗓子，抓着裤腰往下一拽，就把裤子拽到了腿上。

疤。

江予夺简直就是一个伤疤组合。

但很快他就又愣了一下，这么冷的天儿，这人居然就只穿了一条运动裤，虽然运动裤是厚绒的……就算是个年轻人，还有总护法给盖章的火体，但是下雪天儿连个秋裤都不穿是不是有点儿嘚瑟了？

程恪"啧"了一声，又走过去抓着他裤腿，唰的一下把裤子扯了下来。

然后他抓过小被子狠狠一抖。

抖大发了，小被子整个掀过去兜在了他头上，他被自己兜得猛地往前一晃，差点儿摔在床上。

他咬着牙控制好力度又抖了一下，然后把小被子盖到了江予夺身上。

盖上去的时候，江予夺哼了一声，翻个身抓着被子侧身团了起来。

现在刚过清晨五点，程恪平静下来之后顿时就又困得不行，把自己的被子往旁边扯了扯，钻了进去。

守着这么多时不时就起伏一下的想法，程恪感叹自己居然连梦都没做一个就直接睡到了天亮。

他醒过来的时候连姿势都没变，唯一的变化是，江予夺翻了个身平躺着，把他的手压在了下边儿，而且他的中指还是曲着的，这会儿已经被折叠着压得失去了知觉。

程恪小心地抽了一下手，没能抽出来。

手被压出的酸麻感瞬间扑向手臂，接着是整条胳膊，酸得他皱着眉无声地骂了一串。

等酸劲儿过了之后，就剩下了中指的疼。

疼疼疼疼疼……

他顾不上会不会惊醒江予夺了，赶紧把自己的手往外抽，刚抽出来，江予夺突然动了动，没等他把手收回自己被子里，就已经被江予夺一把抓住了。

这条件反射非常让人佩服。

江予夺先抓住了他的手，然后才猛地一跃而起，程恪甚至感觉到江予夺是在翻身跃起用膝盖压住自己手臂的时候才睁开的眼睛。

“我！”程恪赶紧吼了一声，“程恪程恪程恪！”

江予夺一只手按着他手腕，膝盖压在他肘关节上，瞪了他半天，才说了一句：“你干什么了？”

“松开！”程恪活动了一下自己的中指，“我手指要断了！”

“我抓的是手腕。”江予夺还是盯着他。

“你刚才压着我手指头了！”程恪皱着眉。

“我为什么会压着你手指头？”江予夺转头看了一眼自己睡的那半边，“我也没睡过界啊。”

程恪非常尴尬地沉默着。

“你手为什么在我被子里？”江予夺转回头继续盯着他。

“我哪儿知道？”程恪说，“我习惯一个人睡，我手想放哪儿就放哪儿，想往哪儿伸就往哪儿伸。”

江予夺叹了口气，松开了他：“我瞌睡都让你吓没了。”

“吓着你了？”程恪问。

“睡着觉呢，突然感觉有人碰到自己了，”江予夺坐到床上，用手抱着头在脑袋上扒拉了几下，“你手指头没事儿吧？”

“没事儿。”程恪捏着中指搓了搓。

“几点了？”江予夺问。

程恪转头看了一眼床头的小闹钟：“十点四十。”

江予夺有些吃惊地转头确定了一下："居然睡到现在？"

"你五点才睡的，"程恪说，"睡到现在也就不到六个小时。"

"我平时不论几点睡，差不多都七点醒。"江予夺说。

"你昨天那不叫睡，"程恪坐起来，甩了甩手，"你那叫晕倒，好听点儿叫昏睡。"

江予夺笑了笑，又低头看了看自己的腿，半天才抬头："你脱我裤子了？"

"嗯，"程恪看了看他的腿，"唰就扒下来了。"

江予夺没说话，叹了口气，愣了一会儿下床，穿上裤子："上回我洗漱用的牙刷什么的还在吗？"

"在，放那儿没动呢。"程恪说。

"哦，"江予夺点点头，往卧室门口走过去，"我去洗漱。"

"我叫两份早点过来吧，"程恪摸过手机，"洗漱完了正好送到，齁冷的不想出去吃了。"

"嗯。"江予夺应了一声。

程恪抱着被子倒在了床上。

江予夺进了浴室，先拧开水龙头放凉水洗了洗脸。

他感觉脑子有些晕，不是没睡醒或者没睡好的那种晕，也不是眩晕发作的那种晕。

应该是……

泼了一脸凉水之后也没有什么好转，他就被冰凉的水激得有点儿难受。

发烧了吧？

他摸了摸自己的脑门儿，感觉不出来。

洗漱完他去了客厅，拉开抽屉，拿出昨天程恪打算用来量水温的那支体温计。

"你发烧了？"程恪正好拿着手机从卧室出来。

"没，"江予夺甩了甩体温计，"我玩一会儿。"

程恪没接茬儿，两步过来一巴掌拍在了他脑门儿上。

虽然这一巴掌因为惯性拍得有点儿重，啪的一声，不过江予夺没什么反应，他也就没收回手，在江予夺脑门儿上按了两秒。

滚烫的。

这温度昨天晚上他就应该反应过来了，杵江予夺后背的时候，就能感觉到是滚烫的了。

“你火体个头，你就是发烧了！”他说。

“……我身上平时也热，”江予夺把体温计夹好，“就是好像没有这么热而已。”

“发烧应该怎么弄？”程恪问，“是不是红糖水煮块儿姜什么的？”

“不知道，”江予夺犹豫了一下，“那个不是痛经喝的吗？”

“是吗？”程恪愣了愣，“那喝点儿什么能发发汗啊？你不是生活小能手吗，也有跟废物一样不知道的时候？”

江予夺坐到沙发上：“我很多年没发过烧了。”

“那很多年前发烧的时候呢？”程恪问。

“扛着啊。”江予夺很平静地回答。

程恪顿了顿，拿起手机：“先量量体温，看看是多少。”

“嗯。”江予夺点点头。

程恪上网查了一下发烧应该怎么办，网友说得都差不多，喝大量温水，酒精擦全身……擦全身？喝姜糖水，以及吃退烧药。

“姜糖水没错，”程恪说，“可以喝。”

“你有姜？”江予夺问。

“……没有。”程恪说，“还有喝水，酒精擦全身……”

吃药那一项他没有说，江予夺不愿意去医院，他不确定江予夺是不是愿意为了发烧吃点儿药。

“你这儿也只有水了吧。”江予夺笑了笑。

“酒精……也有，”程恪说，“不过……”

“你不用管，”江予夺说，“发个烧而已，一会儿我回去再睡一觉就好了，以前我还是小孩儿呢也从来没管过。”

“行吧。”程恪坐下，“早点大概半个小时就送过来，你发着烧吃得下吗？”

“吃得下，”江予夺说，“我什么时候都吃得下。”

体温计上显示38摄氏度，程恪拿着体温计又看了一次："38摄氏度，这个算高烧了吧？"

"不算。"江予夺很肯定地回答。

"我发烧38摄氏度的时候都住院输液了。"程恪说。

"你是不是咳嗽一下都住院啊？"江予夺问。

"反正没有38摄氏度自己扛的，随便你吧。"程恪也没再多说，江予夺这么多年就这么过来的，跟他这种从小娇生惯养长大的人相比，发个烧可能真的就跟咳嗽两声差不多吧。

而且江予夺看上去跟平时没什么区别，要不是亲手摸到了，他也根本不会发现江予夺发烧了。

人和人，还真是不一样。

送餐的电话打了过来，程恪接完电话准备去开门。

江予夺站了起来，抢在他前头到了门后，从猫眼往外看了看，然后才打开门。

程恪接过餐盒放到了桌上："都是我想吃的东西，不知道你爱不爱吃。"

江予夺坐到桌边看了看："煎饼豆浆？"

"嗯。"程恪坐下，拿起一个煎饼咬了一口，"我以前吃早点，都是西餐，我爸和程怿爱吃。"

江予夺叹了口气："你好歹一个少爷，想吃这些让人单弄一份不就行了吗？"

"算了，"程恪说，"麻烦，反正现在想吃就能吃。"

"哪天我带你去卢茜那儿吃饭吧，"江予夺说，"她做的煎饼非常好吃，她妈以前就卖煎饼，别人都排队买呢。"

"是吗？"程恪立马有了兴趣，"方便吗？"

"方便什么？"江予夺喝了口豆浆看着他。

"就是过去吃煎饼方便吗？"程恪问。

"……谁方不方便？"江予夺没听懂。

程恪放弃了，咬了口煎饼，换了一句："什么时候去？"

"过两天吧，等她妈回去了，她这几天要陪着老太太呢。"江予夺说。

"好。"程恪点点头。

吃完早点，江予夺穿了外套准备走。

程恪看着他，突然感觉自己有点儿孤单，从早上起来到现在，哪怕是尴尬、没面子、不爽，心情一直都不错。

这会儿江予夺要走了，他也并没有多难受，但就是觉得很孤单，江予夺人还没出门，他就已经开始有这个感觉了。

“我一会儿把猫和它用的东西拿过来，”江予夺说，“老太太下午就过来了。”

“嗯，”程恪应了一声，心情猛地又扬了起来，“要不我过去拿吧，你发着烧呢。”

江予夺看着他没说话。

“怎么了？”程恪有点儿心虚。

“你笑什么？”江予夺问。

“啊？”程恪愣了愣，赶紧摸了一下自己的脸，“我笑了吗？没有吧？”

“没有笑出来，”江予夺说，“但是能感觉到你在笑。”

“少装半仙儿了，”程恪拿了自己的外套，“走吧，我跟你过去拿，东西多吗？”

“也不少了，笼子、水碗、饭碗、厕所、猫砂、猫粮还有罐头……还有块毛巾它特别喜欢，要抱着睡觉，”江予夺说着说着有点儿不好意思了，“不过就两天……”

“没事儿。”程恪说。

江予夺在线叫了辆车，车过来之前，他拉着程恪强行挤进了已经有两个保安的保安室里待着。

他说是冷，其实保安室也没比一楼电梯厅暖和多少。

程恪知道他大概是为了安全。

一直到车来了，他俩才跟保安道别，出去直接上了车。

一路上程恪都憋着一句话没好意思说，总觉得说出来太明显了。

但让他更郁闷的是，他怎么也没想到会有这么一天，他会为了一个只认识几个月，还疑似精神有问题的、身世来历不明的“混混”而如此坐立不安。

他的确在很多事上是个随心所欲的人，老爸说他没有毅力、没有决心、没有自制力、没有取舍……各种不满，有时候想想觉得也很有道理，他随心所欲得自己都控制不住自己。

江予夺的屋子已经收拾过了，非常整洁，猫用的那些东西也都已经打包好了。

“就这些。”他拎起东西，“你拿猫吧。”

程恪过去把猫抱了起来，想了想又塞进了外套里。

江予夺准备开门出去的时候，他说了一句：“要不你就住我那儿吧。”

“嗯？”江予夺看着他。

“就……”程恪捏着猫耳朵一下一下地搓着，“安全起见……”

“你，”江予夺的眉头又皱了起来，盯着他，“是不是有什么想法？”

江予夺的表情让程恪瞬间就想一脚踹到他脸上。

9

江予夺没有回答，只是看他一眼，拎着东西走了出去：“那儿还有个袋子，你帮我拿一下吧。”

程恪一只手抱着外套里的猫，另一只手拎起地上那个袋子，跟在他身后关上了门：“用不用反锁一下？”

“不用，老太太下午过来要是发现拧两圈儿才能打开门会骂人的。”江予夺说。

“这什么毛病？”程恪愣了愣。

“会说是不想让她进门。”江予夺说。

“这么难伺候的老太太……”程恪有点儿无奈。

“我屋子都收拾了一天，就怕哪儿没收拾好，”江予夺叹气，“她骂我能骂俩小时。”

“这屋子是卢茜租给你的吗？”程恪问。

“不是，”江予夺说，“我白住的。”

“哦，”程恪应了一声，“老太太经常来吗？”

“几个月来一次吧，”江予夺说，“一般我就出去待几天，现在有猫了就有点儿麻烦。”

“其实你，”程恪跟他一块儿站在楼道口，不知道他是要打车还是要干吗，“自己租个房也挺好的，不用受老太太的气了。”

“没受气，”江予夺看了看路口那边，小声说，“‘三岁半’他奶奶也成天骂我，我觉得挺好。”

“你这是什么爱好？”程恪看着他。

“你不懂，”江予夺说，“活在人间的感觉。”

“是吗？”程恪皱了皱眉，“那我是死在人间了吗？我就受不了有人骂我。”

江予夺看了他一眼：“我跟你不一样。”

我们不一样。

程恪在心里唱了一句。

站了大概两分钟，一辆“陆巡”开过来，到他俩跟前儿停下了，陈庆从车上跳了下来。

“路口有个破三轮儿坏在那儿了，人也没了，我把三轮儿拖开了才进来的，”陈庆看了看他俩拿着的东西，“就这点儿东西？”

“我说了有很多东西吗？”江予夺瞪着他，“你怎么不开个皮卡过来呢？”

“今天店里没有皮卡，”陈庆接过他手里的猫笼子，放进了后备厢，“积……恪……”

“求求你了，”程恪说，“就叫我积家吧，忘了我名字吧，行吗？”

“积哥，”陈庆说，“东西放过来吧。”

程恪把手里的袋子放到后备厢，然后抱着猫上了后座。

“三哥，”陈庆发动了车子，“要不你上我家住去吧，还能按点儿吃饭。”

“我什么时候不都按点儿吃饭吗？”江予夺说。

“你要住旅店就不方便了啊，又不能自己做。”陈庆说。

“你算了吧，你妈看我相当不顺眼，她看你都不太顺眼，”江予夺说，“我住程恪那儿。”

“啊？”陈庆从后视镜里看了程恪一眼，“你是过去给他收拾屋子做饭的吧？”

“……不至于。”程恪叹了口气。

不过听江予夺的这句话，是要住在他那儿了，只是这会儿他有点儿高兴不起来，江予夺心里怎么想的他也不知道。

“那……”陈庆想说什么，但犹豫了一下又没说下去，“行吧，反正也就这两天。”

把他俩送到楼下之后，陈庆就急着回店里了。

程恪把猫从衣服里拿了出来，这猫大概是跟着江予夺时间长了，野得很，在他衣服里来回蹿，爪子估计在他身上抓出好几道印子了。

江予夺一直没说话，看上去一副沉思的样子。

进门把东西都放下了，他才看着程恪说了一句：“我有句话，说出来你别生气。”

“说吧，”程恪坐到沙发上，“我脾气好。”

“我是把你当朋友的，”江予夺说，“所以你的交际圈，我都不在乎，不会觉得你……那什么的。”

程恪看了他一眼，没说话。

“就，”江予夺说得挺费劲的，但脸上的表情非常严肃，看得出来他要说的内容对于他来说是很重要的，“你的很多事儿，我也不会说什么，毕竟是……你自己的事儿，但是……反正……就你别让我感觉到。”

程恪沉默了。

他没有吃惊，没有愣住。

这会儿他就想起身打开窗户跳出去得了。

江予夺严肃认真得仿佛下最后通牒一样的语气，就像当面扇了他一个耳光。

这种尴尬和一点儿面子也不给的直白打击，他还是第一次品尝到。

“三哥，”程恪点了根烟，“你到底感觉到什么了？”

“我感觉，”江予夺看着他，“你有时候会有一些……奇特的想法。”

程恪指了指门：“给你一分钟，不，一秒钟，滚。”

江予夺犹豫一下，往门那边跨了一步，又停下了：“你别生气啊，我就是……”

“我现在让你滚，你也别生气，”程恪说，“一秒。”

江予夺顿了顿，过去打开门走了出去。

门关上之后，程恪把烟掐掉了，低头愣了一会儿，手插到头发里抓了抓，一阵烦躁，又在脑袋上一通扒拉，怎么弄成这样了？

抬起头的时候，他看到喵坐在茶几上，正专注地看着他。

“你看什么啊？”程恪瞪着它，“走开！”

喵没理他，也没动。

程恪看着还没有整理的各种猫用品，发了五分钟的呆，然后站起来把东西都打开了，一样样拿出来。

猫笼、猫窝，江予夺平时是放在暖气片儿旁边的，他把猫窝挨着暖气片儿放好了，食盆子、水盆子是放在厨房门边的，抱着睡觉的小毛巾放到窝里，猫厕所放到人厕所里。

他把猫厕所拎进厕所的时候在门框上磕了一下，猫砂唰地撒了一地，喵在后头叫了一声。

“知道了！”程恪回头吼了一嗓子，“少儿颗猫砂你也能拉屎的放心吧！”

喵没有被他吼住，很平静地坐下，抬起爪子舔了舔。

程恪现在扫地倒是挺熟练了，把猫砂都扫好只用了二十秒，准备倒回猫厕所的时候，看了一眼一直盯着他的喵，最后还是把猫砂倒进了垃圾桶。

“行了吧。”他说。

喵站起来进了厕所，转了一圈又出来了，估计是视察。

程恪给水盆子里倒好水，回到客厅，坐到了沙发上，喵很快跟了过来，跳上沙发，趴到他腿上。

“边儿去！”程恪把它拿起来扔到旁边。

它很快又过来，重新趴回了他腿上。

程恪又扔开它两回，它都重新趴回来了，程恪叹了口气，没再管它，躺到沙发上，拿着遥控器把投影仪打开了。

看部电影吧。

他在机顶盒里找了一会儿，随便挑了部一看就是打得鸡飞狗跳上天入地飞车赛艇的片子点开了。

刚看了个开头，片头都还没出来，他就睡着了。

不过没睡多长时间，他醒过来的时候电影还在拉片尾。

本来应该能睡到晚上，他是被憋醒的，喵不知道什么时候趴到了他胸口上。

还好没看恐怖片儿，要不他肯定做噩梦。

他坐起来，看了看时间，午饭是错过了，下午茶时间差不多。想到吃的，他看了一眼猫粮，喵一直这么跟着他，是不是饿了？

猫一天吃三顿吗？

每顿吃多少啊？

每顿都给罐头吗？

程恪对这些完全没有概念，拿出手机，盯了半天，黑屏之后把手机又扔到了一边。

吃一点儿吧，喵又撑不死。

他从猫粮袋子里抓了一把猫粮，放到食盆子里。

喵立刻过去，埋头就开始吃。

程恪印象里猫啊，狗啊，都是用舌头卷着东西吃的，他还是第一次看到一只不大点儿的小猫，张开嘴对着猫粮就哐哐咬着吃的。

“你这东西是遗传的江大寸吧？”程恪蹲下去看着它，“啊？你吃东西也太野蛮了吧小寸？”

说完这句话，他突然又有点儿烦躁。

他站起来给自己倒了杯水，一口气儿灌了下去。

他在两个小时之前刚把江予夺从这儿赶走，说实话到现在那种既尴尬又羞耻的劲头还没有过去，一想到江予夺神情严肃说的那些话，他就一阵坐立不安地尴尬。

但偏偏喵就在他眼前来回晃着，一看到它，他就能想到江予夺。

一想到江予夺，他就浑身上下都像是被烧着了似的，那种在大庭广众之下颜面扫地似的烫得疼。

他就这么一会儿尴尬，一会儿郁闷，一会儿又怒火中烧地想骂自己是个傻子。

废物！

下午四点的时候程恪感觉自己饿得不行了，平时午饭没吃也不至于饿成这样，今天估计是气尬攻心内力消耗太大。

他给自己点了份外卖，然后走到窗边，盼望着送餐小哥的身影快些出现。

这会儿不下雪了，不过风还挺大，以前他没叫过外卖，现在差不多天天要叫外卖。他对在这种天气里满街跑的外卖小哥非常佩服，每次都有给点儿小费的冲动，但又怕不礼貌。

要不今天就送罐酸奶吧……大冷天儿的让小哥喝酸奶好像不合适……

他满脑子稀里糊涂地瞎琢磨着，突然看到一个送餐小哥包头包脑地开着摩托过来了。

这么快？

没等他拿手机过来看看是不是给他送的，楼里走出去一个人，走到了小哥跟前儿。

这楼里还有别人点餐并不奇怪，但是……

程恪把窗户打开，伸脑袋出去又盯了几眼——但这人是江予夺！

这就非常神奇了！

程恪并不能从天灵盖上认出江予夺来，但他认识江予夺那件外套，几个小时之前，江予夺就穿着那件外套被他从屋里赶了出去。

现在江予夺居然还在楼下！

并且……江予夺截和了他的外卖？

程恪愣了愣，转身快步走到沙发旁边拿了手机打开，显示小哥刚刚进店。

那不是他点的餐，是江予夺点的。

程恪赶紧又走到窗边，往下看的时候，送餐小哥已经掉转车头骑走了，江予夺也已经不在楼下。

程恪顶着北风在窗台上愣了好半天才缩回去，关好了窗。

这会儿心里是什么滋味儿他连个大致的比喻都想不出来了。

他坐在沙发上愣住。

江予夺被他赶了出去，但并没有走，或者是走了又回来了？

这是什么意思？

江予夺单纯地觉得有人要弄死他所以守着？

可无论真假，有人要弄死他，关江予夺什么事呢！

因为……

“我是把你当朋友的。”

江予夺说这句话的时候很认真，跟说“别让我感觉到”的时候一样认真。

我把你当朋友，所以我会保护你。

程恪叹了口气。

他不知道江予夺对朋友的定义到底是什么样的。

因为他感觉自己不可能对一个普通朋友做到这个地步。

手机响了，程恪接了电话，这回才是他点的餐送到了。

他去开门的时候，从猫眼里往外看了看，看到外面是送餐小哥的时候，才打开了门。

他点的是一份回锅肉盖浇饭。

他挺喜欢吃回锅肉，尤其喜欢回锅肉的汤汁跟饭拌在一起……汤汁呢？！

程恪震惊地看着饭盒里界线分明的饭和菜，又用筷子扒拉了两下。

他忍不住骂了一声——这叫盖浇饭吗？！

没有汤汁的盖浇饭对食客来说就是一种侮辱！

程恪本来就不爽了一下午，现在不爽到了顶点，狠狠地把筷子摔到桌上，坐回了沙发上。

谁愿意吃谁吃去吧！

保安的话挺多的，应该说是非常多。

江予夺坐在保安室里，吃饭之前保安就一直在跟他说小时候的事儿，从幼儿园刚说到小学，吃完饭之后开始说初中。

换个人可能已经烦得不行走人了，但江予夺听着觉得挺有意思。

幼儿园、小学、初中，绝大多数人哪怕就是个街头混混都会拥有的人生经历，他却完全是空白的。

这些啰里啰嗦的叙述，让他有种正在慢慢体会别人人生的感觉，有些茫然、有些羡慕，也会觉得安全。

那么多人在阳光里，无论过得自认为有多不幸，都还在阳光里。

他喜欢听这些，就像他喜欢听“三岁半”奶奶还有卢茜妈妈骂自己一样，那种特别世俗、特别普通、满大街满世界都有的感受，让他觉得很真实。

程恪在沙发上一直睡到天黑透了才醒，看了看时间，已经是晚上九点。这回他是活活饿醒的，在梦里进了三家饭店，都因为身上没有钱被赶了出来。

他起身去洗了个脸，抓了点猫粮给喵，又开了个罐头，不知道应该喂多少，看喵的吃相，十个八个可能都吃得下去，他犹豫着打算先给两勺。

他舀了一勺，还没伸到食盆边儿上，喵就已经站起来一把抱住了勺子开始吃。

程恪叹了口气："饿了吧。"

喵狼吞虎咽吃完两勺罐头，又继续吃猫粮，程恪没敢再喂，毕竟是别人的猫，还是悠着点儿。

它主人还在……楼下？

程恪犹豫了一下，走到窗边，贴着玻璃往下看了看。

它主人还真在！

江予夺估计一直在保安室里待着，可能已经跟保安混熟了，这会儿跟保安正一块儿站在楼下空地上打军体拳。

俩神经病吗？吃撑了吗？

程恪不知道自己哪儿来的火，这会儿气得胃都有些疼了。

他狠狠地拉上窗帘。

对着窗帘愣了很长时间之后，他突然感觉自己可能找到了火源——除了他，每一个人都可以跟江予夺自在地相处。

只有他，无论怎么样，都找不到跟江予夺之间平衡相处的那个点。

"我跟你不一样。"

江予夺的话还在他脑子里。

那你跟谁一样？

程恪没有再点外卖，不想再给自己站到窗边往外看的理由。

他去烧了一壶开水，给自己泡了一碗方便面，然后坐在客厅里点开了一部电影看着。

许丁的电话打过来的时候，他有一种得救了的感觉。

虽然许丁只是提醒他明天要去拍视频，再跟他确认了一些细节，全是与工作相关的，但对已经烦闷了一天的他来说，确实算是救命了。

"明天我还有个事儿想跟你聊聊。"许丁说。

"什么事儿？"程恪问。

"我跟朋友弄了家主题餐厅，"许丁说，"关于沙画的。"

“嗯？”程恪把电影按了暂停。

“你愿不愿意过来帮帮忙？”许丁说，“现在还在装修，你帮忙看看，艺术指导，平时请人来表演，你偶尔来做个表演嘉宾什么的，有兴趣吗？”

“你觉得我行吗？”程恪问，许丁这个问法，就肯定不是许丁说得这么简单。如果真的只是请他帮忙看一看，偶尔去表演一下，许丁不会在餐厅还在装修的时候就跟他说。

“我想来想去只有你行。”许丁笑笑。

“许丁，你别是想帮我才这样啊，”程恪说，“我不想欠你这么大的人情。”

“如果只是家普通餐厅，我找你算是我帮你，”许丁说，“这方面的事儿，我找你都得算是我求你。”

“那行，”程恪想了想，“明天细聊。”

“好。”许丁说，“对了，明天要是方便，叫老三一块儿来吧，我上回说了，再有你的表演，就叫上他。”

“……明天这个算表演吗？”程恪问。

“算吧，拍视频比单纯表演更有意思啊，”许丁说，“不过你要是不方便就算了。”

“有什么不方便的？”程恪不想让许丁觉察出什么来，“叫他一块儿吧。”

“那我一会儿给他打个电话，”许丁说，“明天我派车去接你们。”

“好。”程恪应了一声。

挂了电话之后，他轻轻叹了口气。

电影看完，程恪起身又走到了窗边，楼下值班的保安这会儿应该要换班了，江予夺混熟的这个得回去休息了。

下一个还能让他在保安室里待着吗？

……他还在楼下吗？

程恪在窗边站了没几分钟，江予夺和保安一块儿从楼里走了出去，保安跟他挥挥手，转身往小区里面保安宿舍的方向走了。

江予夺没再回楼里，在空地上站了一会儿，慢慢地往楼后走过去，过了一会儿从楼那边绕了出来。

程恪控制住自己，拉好窗帘回到沙发上坐好。

电影看完之后，他又走到窗边。

江予夺不在楼下了。

他往四周看了看，没看到有人影，正想洗个澡睡觉的时候，江予夺又从楼道里走了出来，在空地上活动一下之后，跑了起来。

程恪看着他顺着路跑进了小花园，没多久又从小花园另一边跑了出来，接着又往楼后面绕了一圈。

夜跑?

虽然已经不下雪了，但这种气温……

程恪猛地抬起头，这一瞬间感觉自己大概真的是个废物，也真的不配有什么朋友，处了这么多年的朋友没有一个站在他身边估计不是没有原因的。

他到这会儿了才突然想起来，江予夺发着烧。

这种内疚和懊恼让他对自己到底有没有“关心”这种情绪都产生了怀疑。

他跑出门的时候连外套都没顾得上穿，就记着拿钥匙了，发现外套没穿的时候，电梯已经往下走了。

算了，就这一会儿。

冲出电梯的时候，保安大概被他的穿着惊着了，喊了一声：“程先生！有什么事儿吗？出什么事儿了吗？！”

“没事儿！”程恪冲他摆了摆手，“我一分钟就回来了！”

冲出去之后程恪才感觉到冷，他刚才看到江予夺又跑进了小花园，所以也直接跑了过去，用了最简单的方法。

他冲着小花园里头吼了一声：“江予夺！”

两秒钟之后一脸震惊的江予夺就从旁边跑了出来：“怎么了？！”

没等他回答，江予夺已经一把拽着他的胳膊，把他甩到了旁边的柱子和墙的夹角里，这个动作快到连程恪都没明白自己是怎么被甩过来的。

等他回过神来的时候，江予夺已经从兜里掏出了刀。

“我没事儿！”程恪吓了一跳，赶紧抓住了他握着刀的左手，“我就是下来找你的！”

江予夺又看了看四周才转过头：“找我？”

程恪皱着眉在他脑门儿上摸了一下：“你烧还没退吧？”

“退了。”江予夺往后躲了躲。

“上来。”程恪转身往楼里走。

江予夺站着没动。

程恪转头看着他，压着声音吼了一声：“上来！”

江予夺犹豫两秒，跟了过去。

10

站在那儿等电梯的时候，程恪感觉自己冻得全身僵硬，肌肉都绷得酸疼了。晚上就一部电梯运行，不知道是有人夜班回来还是上面有人要下来，就这几分钟，电梯已经到了十楼，还没有停下的意思。

程恪僵着身体蹦了一下，想要动一动让自己暖和点儿，但蹦了这一下就停了，跟个木桩似的，根本蹦不起来，感觉就是踮了踮脚。

江予夺拉开了自己外套的拉链。

程恪看了他一眼，立马明白了他的意思，于是抢在他把外套脱下来之前说了一句："不用！"

江予夺犹豫一下，又把拉链拉上了。

电梯到十五楼停了，然后开始往下走。

江予夺的左手放进兜里，往他身边靠了过来，胳膊肘把他往边儿上挤了一下："站边儿上。"

程恪有些无奈，往旁边儿走了两步，盯着江予夺的手，就怕他这一言不合就拿刀的习惯。

电梯门打开，程恪看到江予夺的手微微抬了抬。

里面走出来个小姑娘，程恪见过她，住十五楼的，这会儿她估计是有事儿要出去，一边打电话一边走出来。

一抬头看到江予夺的时候程恪都能看出来她蹦了一下，身体往后倾了倾。

江予夺这长得就不像个好人的人，大晚上往电梯门口皱着眉一站，出来的是谁都得被他吓一跳。

这要真是个什么有危险的人，一开始就得从气势上败给江予夺了。

小姑娘转头又看到程恪，才松弛了下来，程恪冲她笑了笑，她有些吃惊地看了程恪一眼："你不冷啊？"

"冷，"程恪说，跟在江予夺后头进了电梯，"冻死了。"

"得像我这么穿才不冷啊。"小姑娘笑着跑了出去，看上去很愉快。

一辆车停到了楼道口，车上跳下来一个小伙子，小姑娘扑上去跟他拥抱，接着就是一通热吻，电梯门关上的时候他俩还没吻完。

"不像话。"程恪笑了笑，靠在轿厢墙上看着楼层数字。

他余光里能看到江予夺，沉默地对着门站着。

程恪莫名其妙又有点儿恼火，楼层到了，电梯门打开的时候，他一把推开想要先出去的江予夺，冲了出去，然后示威似的看了一眼还在电梯里站着的江予夺。

江予夺站着没动，电梯门开始关闭。

程恪愣了愣，很有骨气嘛。

正想骂人的时候，江予夺伸手往门中间晃了一下，走了出来。

在外头一直冻着，除了冷也没觉得有什么，但是进了屋一暖和，程恪跑进浴室一连串打了能有十个喷嚏。

"哎，"他洗了把脸，出来的时候看东西都有点儿晃，"这喷嚏打得我都缺氧了。"

"喝点儿那个什么姜糖水吧，"江予夺兜住顺着他腿爬上去的喵，"我查了一下说得了感冒喝点儿那个也好，没得喝点儿还能预防。"

"我这儿有姜吗？没有，"程恪往沙发上一倒，"我这儿有红糖吗？没有。"

江予夺犹豫一下，从外套兜里掏出了一袋东西。

程恪看了看："什么啊？"

"姜和红糖。"江予夺说。

"哪儿来的啊？"程恪非常吃惊。

"早上回去拿猫的时候，从厨房拿的，我那儿有。"江予夺说。

程恪看着他没说话。

他大概是想着拿上这些到这边儿来煮了喝，结果刚进门就被赶了出去，一直到现在。

“我去煮吧，”程恪站了起来，虽然一看到江予夺就还能想起之前让自己尴尬万分、恼羞成怒、怒火中烧的那一幕，但内疚也是实实在在的，“你得发发汗什么的，冻了一晚……一天吧？”

“没，之前我一直在保安室，听保安给我讲故事呢。”江予夺脱掉了外套。

程恪不知道该说什么好，拿了那一袋糖和姜进了厨房，想想又退出去：“喵一天吃几顿啊？今天喂了它三次，每次一小把，有两次给了罐头。”

“差不多吧，我也是随便喂，它糙得很，给多给少都没什么影响。”江予夺把挂在他裤子上的喵拿起来扔到沙发上。

“你……再量一下体温吧，”程恪说，“先把这个姜糖水煮了。”

“嗯。”江予夺点点头。

姜糖水，顾名思义，就是姜和糖煮的水，所以应该就是他想的那样，把姜和糖放到水里然后煮开了就行，反正这种防病治病类的饮料，就不讲究味道了。

他往袋子里看了看，三块生姜，四块条状的红褐色物体，应该就是红糖了。

这好像是他第一次看到红糖。

犹豫一下，程恪从袋子里捏了一小块碎的放进嘴里。

呦！

很好吃！

非常香的甜味儿。

袋子里没有碎的了，他拿起一块整的，想再掰一点儿下来吃，掰了两下发现这个糖还挺结实，搓了一手末子也没掰下来。

他拿着这块糖，有些犹豫。

但是这会儿他有点儿饿，毕竟之前一怒之下没有吃晚饭，现在一口红糖，把他胃里那点儿已经饿成小魂儿的馋虫都复活了。

于是犹豫两秒之后，他直接在糖上咬了一口。

哎哟好吃。

他心满意足地又咔嚓咬了一口，行吧，就吃了半块，应该不会影响一会儿姜糖水的甜度……

他转过身，伸手去后面的架子上拿锅准备烧水，这动作做一半就停下了。

江予夺正站在厨房门口看着他。

“你怎么不出声儿？”程恪说话的时候嘴里还没咽下去的一坨红糖让他吐字都有些含混。

“……那块你都吃了吧，这糖挺甜的，用不了四块那么多。”江予夺说。

“不了，”程恪有点儿不好意思，赶紧把嘴里的糖咽了，拿锅去接水，“我就是尝尝味儿……有点儿饿了。”

“你叫了外卖怎么没吃？”江予夺问。

“不好吃。”程恪说。

“你都没吃啊，筷子都是干净的，”江予夺说，“就知道不好吃了？”

“一看那个菜一点儿汤汁都没有，就什么胃口都没了，”程恪接好一锅水，从袋子里拿出姜洗了洗，然后跟几块红糖一块儿扔进锅里，“我喜欢稍微有点汁儿可以拌着饭……”

“你就这么煮？”江予夺震惊地打断了他的话。

“怎么了？”程恪赶紧把已经放到灶上的锅捧了起来，“不是姜糖水吗？”

“我来吧，”江予夺走进厨房，洗洗手，把锅里的姜拿了出来，“这个得切碎。”

“为什么？”程恪问。

“不切开不出味儿啊，”江予夺说，“喝了不就没用了吗？”

“那切碎了不是一嘴姜末？我不喝。”程恪说。

江予夺看了他一眼，把姜放到案板上，拿起刀，没等他反应过来，哐地一刀拍在了姜上。

程恪被这动静吓得差点儿把抱着的锅扔出去：“干吗啊？！”

“不切碎就拍一下，这样就不会吃一嘴姜末了。”江予夺把拍好的一坨姜放进了锅里。

“哦，”程恪把锅放回灶上，“就一块？”

“都放进去味儿太大了，受不了。”江予夺说。

“那你还拿三块。”程恪打着了燃气灶。

“应该是越多越好，所以我就拿了三块……”江予夺正说着，兜里的手机响了，“你煮上就行，我接电话……许丁的？”

“接吧。”程恪说。

江予夺接起电话：“喂？”

程恪看了看还剩下的两块姜，说实话江予夺这会儿脸色不是太好，一开始他以为是冻的，但进屋这么长时间了，看着还是有些发暗，估计烧还没退。

他拿起刀，把那两块姜放到案板上，学着江予夺的样子，哐哐两刀拍了上去，江予夺猛地转过身瞪着他，他扫了江予夺一眼，把姜扔进了锅里。

“这谁喝得下去啊。”江予夺打完电话指着锅一脸痛苦。

“你啊，发烧的人，”程恪说，“许丁找你干吗？”

“让我明天去看你拍沙画视频，说挺好玩的。”江予夺说。

“哦，那就去吧，”程恪点点头，“是挺好玩的。”

“我去合适吗？”江予夺问，“跟表演不一样吧，会不会添乱？”

程恪靠在墙边看着他：“不合适你就不去吗？之前不是说我去哪儿你就去哪儿？”

江予夺没说话。

“不愿意去就不去，”程恪说，“许丁也就是问问，你跟他说你不去就行了。”

“我去。”江予夺说。

程恪叹了口气，组织了好半天的语言才又开口：“江予夺。”

“啊。”江予夺应了一声。

“我不知道你这样是为什么，”程恪说，“你是不是对每一个朋友都这么上心，或者给人这样的感觉……”

江予夺看着他，似乎没明白。

“我没有能对我这样的普通朋友，也不会对一般的朋友做到这样的程度。”程恪也看着他。

江予夺张了张嘴像是想说话。

“去你的漂亮的小可爱，再说一次这锅姜糖水你就得用脸喝。”程恪说。

“我不是要说这个。”江予夺说。

“那我说完了你再说。”程恪说。

“嗯。”江予夺点点头。

“对我来说，你这种二十四小时守着的状态，就不是普通朋友，”程恪也不打算说得太复杂，“如果你不打算告诉我为什么，就离我远点儿。”

“我就是……”江予夺皱了皱眉。

“我知道，你怕我有危险，”程恪说，“但是我有没有危险跟你并没有什么关系，你也不用保护我到这个地步，你这样超出了我概念里朋友的范围，懂了吗？”

江予看着他，表情回到了迷茫。

“好了，我说完了，”程恪看了一眼开始冒泡的糖水，已经能闻到浓浓的姜味儿了，“你去歇会儿吧，体温量完了吗？”

江予夺低头看了看自己，又在身上拍了拍，体温计从他衣角那儿掉了出来。

但没等体温计落地，江予夺已经弯腰一抄接住了。

“神反应啊。”程恪说。

“38……37 了。”江予夺看着体温计说。

“38 和 37 没什么区别，”程恪说，“你这烧一点儿也没退啊。”

江予夺甩甩体温计，重新夹好了。

“你刚想说什么？”程恪问。

江予夺想了半天：“……我忘了。”

程恪转身看着锅里的糖水：“这个开了就可以喝了吧？”

“嗯。”江予夺回答。

“出去歇着吧。”程恪说。

听到江予夺转身离开厨房之后，他撑着案台长长地舒出了一口气。

糖水开锅之后，他用两个碗盛出来，端到了客厅。

江予夺坐在沙发上，仰着头已经睡着了。

但是他把碗轻轻放到桌上时那一点儿声音，就让江予夺猛地睁开了眼睛。

“可以了，”程恪说，“一人一碗。”

江予夺起身，坐到了桌子旁边，然后他俩就一块儿盯着自己面前的那碗姜味儿浓郁的糖水。

“我从来没喝过颜色这么深的红糖水。”江予夺说。

“能发汗就行，”程恪说，“你还担心胖吗？”

“早知道还不如要一杯鲜姜撞奶了。”江予夺说。

“赶紧喝了！”程恪说，“我困死了要睡觉。”

“这怎么赶紧得了？”江予夺叹了口气，拿起碗呼呼地吹着气。

程恪跟他一块儿呼呼了能有两分钟，才小心地顺着碗沿儿舔一口，然后就把碗放下了："我就不喝了，我没发烧，留给你吧。"

江予夺看了他一眼："三块姜放砸锅了吧？"

程恪没说话，瞪着他。

江予夺低头慢慢地喝了两口，眉头皱了起来。

"加油。"程恪说。

江予夺喝得虽然一脸痛苦，但一直没停，没一会儿就把那碗姜糖水喝光了，程恪看到了他脑门儿和鼻尖上细细的一层汗珠子。

"有效果，出汗了，"他把自己那碗推了过去，"把这个也喝了。"

江予夺很无奈地拿起碗，闭着眼睛皱着眉头把这一碗也灌了下去。

喝完姜糖水，程恪看一眼时间，进了浴室洗漱。

挺晚了，明天他还得拍视频，虽然说按以前的习惯，许丁的视频里很少会拍到他全脸，重点都在手上，但偶尔也会有个边边角角的脸入镜，他不想睡太晚，以免状态不好，毕竟是工作。

出来的时候江予夺又一次在沙发上靠着睡着了，他叹了口气，进屋拿铺盖，把枕头放好，然后把被子往江予夺身上一裹。

"嗯？"江予夺迷迷瞪瞪地睁开了眼睛。

"睡吧，"程恪扳着他的肩把他按倒在枕头上，然后把喵抓过来塞在他脸旁边，"晚上不要起来了，你敢起来，我就把你打趴下。"

"不可能，"江予夺说，"你打不过我。"

"闭嘴睡觉！"程恪吼了一声。

江予夺闭上眼睛翻个身把脸埋到了喵的肚子上。

程恪进屋，把卧室门关上了。

他躺到床上之后，又长长地舒出了一口气。

话已经给江予夺说得很明白了，无论江予夺能不能明白，什么时候能明白，他都轻松了很多。

但他还是忍不住又把自己说的话回顾了好几遍，生怕有哪一句没说合适又让自己陷入尴尬。

而且顺着惯性，他这一夜梦里都在说。

跟演讲似的，他好几次都把自己念叨醒了。

他早上起来的时候走进客厅，江予夺看到他的第一句话就是："你昨天说梦话了。"

"说什么了？"程恪非常惊恐地问。

"隔着门听不清，嘟嘟囔囔，"江予夺说，"你还说梦话啊？"

隔着门都能听得见，程恪感觉自己大概真的演讲了。

"不知道，大概第一次说吧。"程恪进了浴室。

江予夺拿过手机看了看，早点大概还有二十分钟能到。

"我买了早点一会儿到，"他对着浴室说，"油条豆浆，行吗？"

"买都买了还问个头。"程恪在里头说。

江予夺放下手机，走到窗户边往楼下看着。

程恪昨天晚上的梦话喊得挺响的，他也不是完全没听清，只能说是没听懂。

"很多事不是你想怎么样就能怎么样的！"

"我就是想知道，猫为什么掉毛！"

"一顿应该吃多少？！什么回锅肉？！"

程恪大概还念了诗，什么"其鸣"，什么"有声"、"有生"，还是"友声"的……

江予夺想想就有点儿想笑，他没有告诉程恪，程恪脸皮薄，要知道自己半夜说了这么一大堆，肯定会发火。

不过程恪念诗的时候，调子比问猫为什么掉毛要好听。

他看了一眼喵，按理说现在应该不会掉毛，喵一直在长毛，都快成一个球了……

吃完早点，程恪给许丁打了个电话，问几点到。

"收拾一下，过二十分钟出门，"打完电话程恪看了看他，"还发烧吗？"

"不烧了，一晚上都在出汗，我刚起来洗了个澡，"江予夺有些担心地看了一眼沙发上的被子，"被罩得洗。"

"嗯，今天回来洗吧，"程恪说，"再换一个，正好你在，可以把被罩套一下。"

"你不是学会了吗？"江予夺愣了愣。

“你弄脏的被罩要我套吗？”程恪“啧”了一声。

“哦。”江予夺点了点头，“一会儿是许丁开车过来吗？”

“嗯，他刚已经接到模特了。”程恪说。

“模特？”江予夺愣了愣，“沙画还要模特吗？在模特身上画？”

“……你想什么呢？”程恪听笑了。

“要模特干吗啊？”江予夺并不是特别明白，只觉得挺高级的。

“哎，”程恪看着他，“你这个想法也真的可以，就是表现起来可能不太容易……”

江予夺等着程恪说下去，但程恪眼神已经飘开了，似乎是在思考。

许丁的车到楼下的时候，江予夺和程恪正好从电梯里出来。

“吃早饭了吗？”许丁坐在驾驶室里，打开车窗跟他俩打了个招呼。

“吃了。”程恪拉开了车门。

“程哥。”副驾驶座坐着的一个人回过头。

“这是林煦，今天的模特，”许丁介绍了一下，“程恪你肯定知道了，这位是他的朋友，江予夺，叫三哥吧。”

“三哥。”林煦又冲江予夺笑了笑。

“嗯。”江予夺应了一声。

看清林煦的脸时，他有点儿吃惊，这大概是他长这么大，在现实生活里见过的最帅的人了，果然模特长得就是跟普通人不一样。

在车上坐好之后，许丁递了几页纸给程恪：“那天没定下来的细节，你再看一下，主要是你跟林煦有互动的一些地方。”

“嗯。”程恪接过去。

“程哥多关照，我以前没拍过这类的，”林煦说，“主要是平面。”

“没事儿，我也没拍过，”程恪看了看他，“我是不是在许丁那儿看过你照片？看着眼熟。”

“可能吧，”许丁笑笑，“我那儿有好些模特的照片呢。”

“一般帅的我都会有印象。”程恪低头开始看纸上的内容。

江予夺转头看了看程恪。

这个林煦不知道算不算……不过的确帅，程恪也多看了林煦好几眼。

但说实话他有点儿佩服程恪，能把“我看你眼熟”这种跟“我们是不是在哪里见过”一样俗套，连他这种没追过女孩儿的人都知道的话说得一点儿都不让人反感。

也许是因为程恪全程没有一丝笑容，说出这些话时江予夺莫名其妙地有种压迫感，突然就没法把他跟那个说了一晚上梦话，连姜糖水都煮不利索的人联系到一起。

11

视频要在哪儿拍，许丁和程恪都没说，江予夺也不好意思问，程恪先是在看纸上的内容，看完以后就有一搭没一搭地跟许丁和林煦讨论着，说的那些东西，都是跟拍摄有关的，江予夺听不懂，他唯一接触过的“拍摄”，就是陈庆的小视频。

所以他只能一直偏着头看着窗外。

车一直往南开，穿过市区，开到了近郊。

这边有不少农庄，现在这么冷，居然还有不少车停在门口。

“这会儿了还有人跑来这儿，玩什么？”程恪问了一句。

“快过年了，体验一下村里年前的气息，睡睡火炕什么的吧，”许丁说，“反正想玩的人在哪儿都觉得有意思。”

“那倒是，”程恪想了想，“今儿咱们拍的也是这样吗？土味视频？”

“没，”许丁笑了起来，“里头有一个我们的点，苍凉风格。”

“苍凉风格是什么样的？”林煦问。

这也是江予夺想问的问题，于是认真等着回答。

“就是什么也没有。”程恪说。

江予夺看了他一眼。

他转过头笑了笑。

这是程恪上车之后第一次笑，之前他一直挺严肃的，无论是讨论还是闲聊，看上去有点儿不好接近的样子。

有文化的人严肃起来大概就这个范儿吧。

这会儿这么一笑，江予夺居然有些受宠若惊的感觉。

但是刚想跟程恪说句话的时候，他又已经把头转开了。

江予夺只得继续往窗外看。

车停在了一栋独立的小院跟前儿，已经有几辆车停在那儿了。

几个人下了车，江予夺看了看四周，这个院子跟之前看到的那些农家小院不太一样，应该也是个农家院，但是大了很多，像个农舍款别墅。

“布景搭后头了，中午暖和的时候把室外雪地那部分拍了，别的就好说了。”许丁说。

“嗯。”程恪应了一声。

江予夺跟在最后，这种陌生的环境和陌生的人，让他有些紧张……不，紧张的其实不是陌生，他平时也不是总能见着认识的人，也并不是永远在自己熟悉的环境里待着。

而是眼下这种……完全想象不出来的场面——不是陌生与否，而是距离，非常遥远的人和场景，是他平时完全接触不到的。

对很多人来说，应该会好奇、新奇，对江予夺来说，却有些无措，完全失去掌控，失去了安全感。

“过来，”程恪不知道什么时候走到他面前，往他手里塞了一杯热茶，“这边儿。”

程恪是他在这里唯一熟悉的人，听到程恪声音的时候，江予夺茫然的情绪稍微缓解了一下，看了看四周。

他们已经穿过了这座农庄的一楼，到后面的一个大厅，再出门就是一个平台和后院。

这个大厅的装修挺特别的，朴素里透着高雅，各种原色的木头和一些看不懂的画，屋里的气息透过窗户跟外面带着雪的院子融为一体。

程恪把他带到角落的一个小沙发前：“你就坐这儿看吧，这儿不会影响他们干活儿。”

“嗯。”江予夺点点头。

“要是看着觉得没意思了，”程恪说，“别的屋子都可以去转转的，这儿是个私人博物馆，免费对外开放的，可以随便看。”

“博物馆？”江予夺愣了愣。

“嗯，”程恪笑笑，“就是自己收藏的一些艺术品。”

“哦，明白了。”江予夺说。

程恪挺忙的，毕竟是拍摄主角，把江予夺安排在沙发这儿后就走开了。

江予夺坐到沙发上，喝了口热茶。

这杯茶应该是很好的，挺香，他从来不喝茶，但这会儿喝着也觉得不错，不知道是不是因为这张沙发很软，而且这个角度能把眼前整个大厅都看全，所以他慢慢踏实下来。

能看到所有的角落和所有的人，对他来说就是一种安全感。

大厅里人也不算太多，他一眼过去差不多就能看全，也判断得出有没有问题了，目前看着都是普通的工作人员，每个人手头都有事情。

程恪跟许丁去了旁边的房间，江予夺突然有些坐立不安，但眼前这种情况，他不可能跟过去，只能一直盯着门。

没过几分钟，他俩又出来了，程恪换了身衣服。

江予夺愣了愣，他还从来没见过程恪穿这种衣服……当然，这种看着跟拳师服一样的衣服平时也没人会穿。

他不知道这种衣服的具体名字，反正穿上了就感觉像个归隐山林的大师。

然后就化妆……化妆？程恪居然还要化妆。

拍视频嘛，应该都得化妆……男的也化妆？不会把程恪弄得跟那天那个花店老板一样吧？

江予夺脑子里飘过了无声的六个字。

他觉得程恪平时就很帅了，皮肤也好，不知道有什么可化妆的。

“不是不拍我脸吗？”程恪闭着眼睛，“不用折腾了吧？”

“会有一些半脸和侧脸的镜头，”旁边不知道是谁在说话，“总不能只弄一半吧。”

“行吧。”程恪说。

睁开眼睛的时候，林煦正好换了衣服出来，穿的是敞着怀的一件长衫，里头只有一条黑色短裤。

跟林煦目光对上之后他才问了一句："冷吧？"

"还行，在屋里不冷，"林煦笑笑，"出去的话能扛几分钟吧，反正镜头也不多。"

程恪点了点头，没再说话。

林煦也没走开，拉张椅子坐下了："程哥，我看过你好几次演出。"

"是吗？"程恪应了一声，"你喜欢沙画？"

"嗯，"林煦说，"我上学那会儿学过，工作以后就没学了，自己玩玩。"

程恪看了他一眼，其实脱离爱好者这个圈子，沙画在很多人眼里很陌生，接触的无非各种给小孩儿办的沙画学习班，而大多数小孩儿学沙画也只是为了玩沙子……

林煦让程恪有些意外，也许是因为帅得太张扬，看上去不像是个会自己在家玩沙画的人。

"没听许丁说过。"程恪说。

"我也没好意思跟许哥说，自娱自乐的水平。"林煦笑了。

"我也就是自娱自乐，"程恪说，"有空让我看看你画的吧。"

"嗯，"林煦看着他，犹豫了一下，摸过自己的手机，"程哥……"

"我手机搁屋里了，"程恪说，"你让许丁把我名片发给你吧。"

"好。"林煦笑着点了点头。

江予夺看着跟林煦说话的程恪，心里有点儿说不上来的感觉。

这样的程恪，跟他印象里的完全不同，虽然他之前看程恪表演的时候就有过这样的感觉，但今天格外明显。

他不知道应该怎么说，只觉得现在的程恪才像是个二十七岁的人——冷静、成熟，有一点点疏离感。

如果现在这样的程恪过来问他燃气灶为什么打不着，他恐怕做不到肆无忌惮地嘲笑这个少爷。

不过今天他也看出来了，程恪的确……

之前表演的时候，不少人认识他，会跟他打招呼，他也就是随便点个头而已，除了许丁，都没跟别人说过话。

这会儿他虽然也没笑容，但跟林煦嘚嘚嘚地一直在聊，化妆结束了他俩才站起来停止了聊天。

接下去就开始拍了，江予夺捧着个杯子看得挺茫然的。

这跟表演不一样，表演的时候有个投影，他能看到程恪在画什么，现在他只能离得老远地看着程恪在沙画盘上撒沙子的动作。

他只知道是先拍程恪和林煦一起的镜头。

林煦穿得挺不正经的，但很会摆造型，随便一个动作都很帅气，不过大多数时间里江予夺看的都是程恪。

有几个镜头拍的是他俩一块儿画沙画，林煦拿一把沙子往上一撒，程恪再接着画，因为动作不连贯，来来回回拍了好几次。

江予夺突然也有点儿想玩，看着挺有意思的，早知道上回玩你画我猜的时候应该让程恪教教他。

现在大概是没机会了，程恪脾气挺大的，昨天他说完那些话之后，能感觉到程恪的火一直都没下去，看他的眼神儿都跟平时不一样了。

江予夺叹了口气。

正看着的时候，突然感觉手里的杯子沉了沉，余光里看到了一个晃动的影子，江予夺想也没想，反手一把抓过去接着一拧。

"哎！"影子低声喊了一声，摔在了他旁边的沙发上。

江予夺看过去的时候，许丁正皱着眉，手里拿着个茶壶，茶洒了一地。

"不好意思……"他赶紧先接过了许丁手里的茶壶。

"没事儿，"许丁看着他，甩了甩手，有些吃惊，"你这反应，怎么跟杀手似的？"

江予夺愣了愣，没有说话。

许丁笑着拿过茶壶，往他杯子里续了些茶，又揉了揉自己的手腕："你是不是练过？"

"……没有。"江予夺说。

"难怪都得叫一声三哥，"许丁说，"厉害。"

江予夺低头喝了口茶。

“好玩吗？”许丁看着那边的程恪和林煦。

“看不明白。”江予夺说。

“拍的时候是乱的，剪完就能看明白了，”许丁说，“你要是觉得有意思，下回也可以来玩。”

“我又不会这些。”江予夺说。

“不用你去玩沙画，”许丁看着他，“你挺上镜的，可以跟程恪一块儿拍视频，你俩熟，拍起来也轻松。”

“啊？”江予夺愣住了。

许丁笑了起来：“上回不是表演的时候拍到你了吗？我就发现你挺上镜的。”

“……哦。”江予夺应了一声，没再说话。

他实在不愿意怀疑许丁。

许丁是程恪的朋友，对他也一直很客气，上回碰到程怿的时候，还给他解了围……

但许丁开口就说杀手，又想让他拍什么视频……甚至还会注意到一场程恪的表演视频里只有十多秒的他的镜头……

今天的拍摄一直到下午才结束，中午大家一块儿吃的盒饭。

江予夺跟程恪没有太多的交流，只是发现程恪吃得有点儿少，这个盖浇饭有汁儿，还挺好吃的，应该符合他对盖饭的要求，但他只吃了半盒。

结束之后有人喊着去吃点儿东西，程恪拒绝了，说要回去。

许丁让司机送他们。

坐到车上之后，程恪立马就往后座上一靠，车还没开出去一公里，就睡着了。

“三哥，”林煦坐在副驾驶座上，回头冲江予夺笑了笑，“今天累吗？”

“不累，”江予夺说，“你们才累吧，一直也没歇着。”

“习惯了，明天再有一天估计就差不多了，还挺顺利的。”林煦说。

“哦。”江予夺应了一声。

还没拍完？

怎么要拍这么久？

陈庆录个小视频有时候还挺好看的，也就一分钟不到……

“三哥，”林煦看着他，“我今天刚见着你的时候还以为你是模特呢。”

“……我不是。”江予夺说。

“你条件挺好的，”林煦笑笑，递过来一袋零食，“吃点儿吗？”

“不了。”江予夺说。

他不知道林煦说的条件是什么，也不知道做模特得有什么条件，好在林煦也没再说别的。

他趁着林煦吃东西的时候，往窗户上一靠，闭上眼睛开始装睡。

一直到程恪拍了他两下，他才睁开眼睛。

“到了。”程恪打开了车门。

江予夺下了车。

“程哥，”林煦放下了副驾驶座的车窗，“那有空联系。”

“好，”程恪点了点头，车开走之后，程恪打了个能有五秒钟的哈欠，“饿死我了。”

“饿得打哈欠？”江予夺看着他。

“又困又饿，”程恪往楼道里走，“是不是该吃晚饭了？”

“现在刚下午五点，”江予夺拿出手机看了看，“要不……我去买点儿菜吧？”

“嗯？”程恪转头。

“你冰箱都是空的，”江予夺说，“又吃外卖吗？”

“我天天都吃。”程恪说。

“吃不腻吗？”江予夺说，“中午刚吃的外卖。”

“我不想再去超市买菜了，”程恪皱了皱眉，“我就想窝在沙发上张嘴等吃的，就跟喵那样。”

“没让你去买，我是说我去买菜。”江予夺看着程恪，就在车上的时候，他还觉得程恪是个二十七岁的成熟男人，现在就几分钟，突然又变回了那个什么也不会的大少爷。

“你也别去了，折腾，”程恪按了电梯按钮，“我看你今天在那儿两眼发直愣了一天，估计也累了。”

“你看我了？”江予夺有些吃惊，他感觉今天一天他在程恪面前都跟不存在似的。

“废话，我肯定得看你啊，”程恪进了电梯，“那么长时间，我担心你无聊。”

“不无聊，”江予夺站在电梯外面，“那我……”

“进来，”程恪说，“吃方便面。”

江予夺犹豫一下，走进了电梯。

一进屋程恪就把外套脱了往地上一扔，躺到了沙发上，差点儿把喵直接压屁股底下。

“你这儿除了方便面还有别的东西吗？”江予夺挺饿的，只吃方便面他有点儿不过瘾。

“有鸡蛋，”程恪摊在沙发上，“还有一包火腿肠吧……”

“行吧，”江予夺说，“我随便弄点儿。”

“嗯。”程恪应了一声。

江予夺从冰箱里找出了六个鸡蛋、四根火腿肠，把水烧上之后，琢磨了一下，决定把这些东西都吃掉。

火腿肠和鸡蛋炒到一块儿，方便面煮好之后，他把鸡蛋火腿肠倒了进去，打卤方便面，不错。

江予夺端着两碗面回到客厅，程恪正躺在沙发上看手机。

“弄好了。”江予夺说。

“嗯，”程恪起身走到桌子旁边，“很香啊。”

“我把鸡蛋和火腿肠都搁里头了，”江予夺说，“我平时自己也这么吃，还可以，你尝尝？”

程恪放下手机，夹了一筷子放到嘴里，然后冲他竖了竖拇指：“不错，真的。”

“你以后自己煮面也可以这么弄，”江予夺坐下，“特别简单……”

“不了，”程恪摆摆手，“别教我，学不会，你在的话就做，你不在我就吃原版方便面。”

江予夺刚想说话，程恪手机响了一声，他拿起来看一眼，在屏幕上点了几下，估计是在给人回消息。

江予夺感觉有些奇怪，程恪的手机在他看来几乎跟个老人机没什么区别，平时除了接电话，程恪基本不会拿手机，这会儿居然还有消息可发。

“其实这个鸡蛋炒……”江予夺说了一半，程恪的手机又响了，他只好停下。

“你说。”程恪拿起手机看着。

江予夺没再说话，低头吃面。

“忙完了再说吧。”程恪说。

“嗯？”江予夺没明白他在说什么，抬起头发现程恪是在发语音。

“这两天不想晚上出门，累。”程恪说完把手机放到了一边。

“你要出去？”江予夺问。

“没，”程恪吃了一大口面，“林煦约我一会儿去喝酒，我不想出去了。”

“林煦？”江予夺愣住了。

“嗯，”程恪又吃了一口面，“哎，要不你明天早上也做这个面吧，挺好吃的。”

“没有鸡蛋和火腿肠了。”江予夺说。

“……哦。”程恪叹了口气。

江予夺皱了皱眉，这个林煦，他本来没有太留意，但突然就要约程恪去喝酒，让他开始有些不安。

程恪录视频的工作是许丁给的，而林煦也是许丁叫来的……现在只是一起工作了不到一天时间，林煦就要约许丁喝酒，江予夺不管怎么想都感觉有问题。

“你要跟他去喝酒吗？”江予夺问，“忙完了以后？”

“嗯，”程恪应了一声，“挺长时间没跟人喝过酒了。”

“为什么跟他去喝啊？”江予夺不知道该怎么说，他不想让程恪觉得他多管闲事，也不想把自己的担心说出来，怕会吓到程恪，“你平时也不跟别人出去喝酒。”

“真逗，”程恪笑了笑，“我平时跟谁喝啊？”

江予夺沉默了好半天，程恪都吃了好几筷子面还喝了三口汤，他都没有说话。

他不知道在想什么。

程恪有时候也不太看得懂江予夺，他昨天已经跟江予夺说得很明白，自己对朋友之间“关心”的度，但江予夺似乎并没有打算有什么改变。

对于他跟林煦要去喝酒的事，江予夺的反应很明显是在担心。

他实在不知道江予夺为什么会这样。

江予夺坚持这样守着朋友的原因到底是什么。

12

江予夺抬眼看着他，张了张嘴。

看着江予夺一脸小心而又认真的表情，程恪实在是不知道还有没有必要再跟他交流下去了。

“不是，你担心啥？”程恪把最后一点儿面和汤都吃了，拿纸巾擦了擦嘴，“就是想交个朋友而已。”

“知道了。”江予夺说。

程恪看了他一眼，不知道他一脸若有所思地在想什么。

第二天还是拍视频，跟头一天没什么区别，江予夺依旧坐在角落的小沙发上，捧着杯茶看着。

今天有一个人，是昨天没来的，昨天来过的人今天都在，这个是多出来的，江予夺盯了他半天，也没发现他有什么具体的工作。

许丁坐到江予夺旁边休息的时候，江予夺问了一句：“今天人比昨天多吧？”

“嗯，”许丁笑笑，“我一个朋友过来了，想跟程恪谈一下合作。”

“……哦。”江予夺没有继续问。

反正无论是什么合作，他都听不懂。

今天拍摄结束得比较早，午饭刚过就完事儿了，程恪却一直没走，跟许丁还有那个朋友一块儿聊了两三个小时还没完。

江予夺中途去上厕所的时候程恪跟了出来。

“还得一会儿，”程恪说，“要不要先让人送你回去？”

“不用，太麻烦了，专门跑一趟，”江予夺说，“你们说你们的，不用管我。”

“无聊吧？”程恪问。

“嗯，”江予夺笑笑，“我每天都无聊，没什么感觉。”

“你可以上楼去看看，”程恪低声说，“楼上有一个房间，里面收藏的……”

“什么？”江予夺也小声问。

“各种……奇特的收藏。”程恪说。

“什么？”江予夺愣了愣，两秒钟之后反应过来，“还有收藏这些玩意儿的？”

“不是平时你在店里能买到的那种，”程恪清了清嗓子，“你要是无聊可以看那些解解闷儿，那屋平时不开放，今天就许丁和我们在，就可以进了。”

“你看过？”江予夺问。

“没，”程恪说，“我还没时间去看呢。”

江予夺犹豫了一下，声音非常低地问：“要我拍点儿给你看吗？”

程恪看了他一眼，忍了半天最后没绷住笑起来，靠着墙乐了好半天：“不用了，我就是怕你无聊，帮你找点儿乐子。”

“嗯。”江予夺笑了笑。

“那我进去了，”程恪看了一眼屋里坐着的人，“差不多半个小时也就聊完了。”

“好，我……”江予夺往楼梯那边看了看，“一会儿上去看看。”

程恪转身进了屋。

江予夺从厕所出来之后犹豫了一下，看看四周也没有人，就顺着楼梯上去了。

这两天他都坐在沙发上，差不多已经跟拍视频的那个大厅的背景融为一体了，好几次有工作人员走过来，到跟前儿了才猛地看到他坐在那儿，吓一跳。

这种感觉非常好，很安全。

所以这是江予夺第一次参观这个私人博物馆的一个个小厅。

不过他把展厅挨个儿都看了一遍之后，感觉突然明白为什么程恪会让他来看那些私人收藏品了，大概程恪也知道，别的展厅里的东西，他根本看不懂。

对于他来说，画就是画，瓶子就是瓶子，盘子就是盘子，一坨铁就是一坨铁……

他站在屋子门口，愣了很长时间，最后还是没有进去，转身趴在了走廊的栏杆上。

栏杆上挂着一个小烟灰缸，根据他这两天的观察，这就表示这儿可以抽烟，他摸根烟出来点上了。

有时候他会琢磨，自己把程恪当作朋友，是不是有些草率。

这么多年，他第一次在只认识几个月甚至还并不了解的时候，就把这个人当作了自己的朋友。

他甚至不知道，像程恪这样的人，会不会把他当作朋友，或者能不能接受有这样的一个朋友。

跟程恪接触得越多，他越觉得，这样的朋友，是注定会消失的，自己也许是无聊和沉闷的日子过得太久，程恪就像是一小点亮色，他盯着这一点亮色，就看不到四周的灰暗了，一旦这点亮色消失，本来的灰色就会变成黑色，要过很久才会淡一些。

只是现在想要退开已经来不及了，无论程恪是怎么想的，他都得守着。

朋友可以消失，但朋友不能因为他而消失。

楼下传来了说话声，应该是程恪他们聊完已经走了出来。

江予夺掐掉烟，转身正要下楼的时候，一楼斜对着走廊的窗户外面，有个人影一晃而过。

他猛地转头，盯着窗户。

窗户外面是停车场，大家的车都停在那里，透过窗户就能看到，但现在他只看到了被车轧得乱七八糟的雪地，还有几小块黑黄色裸露的地面。

程恪掏出手机正想给江予夺打个电话，就看到他从二楼下来了。

一个私人收藏品的展厅，这小子居然看了快四十分钟……不愧是他。

不过等江予夺走过来的时候，他又发现江予夺脸色不太好。

别人也许看不出来，他却看得很清楚，江予夺有些紧张，冲他和许丁几个人扯着嘴角笑了笑之后，就一直盯着右边的窗户了。

程恪顺着他的目光看过去，除了窗外停着的几辆车，其他什么也没看到。

“你说不吃饭，那就不吃饭了啊，”许丁看了看表，“我让司机送你和三哥回去？”

“嗯。”程恪点点头。

“那过两天我出差回来，咱们就找个时间去店里看看。”梁义说。

梁义是许丁的朋友，之前许丁说的那家沙画主题餐厅，就是跟他一起做的，不过梁义只管出钱，不参与管理，前期敲定没问题之后，他就不管了。

“行，”许丁说，“别的就我跟小恪处理了。”

几个人一块儿去停车场，经过窗户外侧的时候，程恪又特意看了一眼，没有看到任何异常，停车场也没有人。

他甚至专门盯了一眼窗户下面墙根那儿，只看到了一层积雪，连野猫野狗的脚印都没有。

许丁开车送他和江予夺回去，上车之后，江予夺还是有些紧张，两次回头往后看。

离开市郊回到人来人往的大街上之后，他似乎才放松下来，一路也没有说话，但又不是无话可说的发呆的样子。

回到楼下，许丁的车开走之后，江予夺才像是憋了很久似的终于开了口：“你是不是看到什么了？”

“嗯？”程恪愣了愣。

“停车场的人。”江予夺说。

“没有。”程恪回答，他猜得果然没错，江予夺紧张的就是这个。

他的回答让江予夺皱了皱眉：“真没有？”

“真没有，”程恪轻声说，“只能从那个窗户看到停车场，真有人在那儿的话，会有脚印吧？”

江予夺看着他没有说话。

“从窗户那面墙到停车线那里，连个脚印都没有，”程恪说，“我专门看了。”

江予夺沉默了很久，盯着程恪的眼神很复杂，程恪甚至无法判断他眼神里的任何一种情绪。

“你什么都没看到，”江予夺也轻声说，“为什么会专门去看有没有脚印？”

程恪叹了口气：“你从楼上下来的时候就往那儿看了，我觉得你是不是看到什么了，所以去停车场的时候就专门看了一眼。”

“但是你没跟我说。”江予夺皱起了眉。

“我能说什么？”程恪问。

这次他看清了江予夺眼神里的情绪，满满的全是难受。

他从来没看到过这样的眼神，一瞬间就能让人清清楚楚地感受到这个人的痛苦。

江予夺再次开口的时候声音很低，还有些哑：“程恪。”

“嗯？”程恪应着。

“你不相信我。”江予夺说。

程恪愣住了，不知道应该怎么回答。

“你不相信我，”江予夺又轻声重复了一遍，“是吧？”

“我不知道应该……相信什么，”程恪回答得有些艰难，眼前这样的江予夺让他隐隐有些害怕，却觉得心疼，他更多的是想要拍拍江予夺的后背，但又不敢，于是只能在江予夺胳膊上隔着外套搓了搓，“我根本不知道发生了什么。”

“没关系。”江予夺说。

晚饭依旧是一个难题，本来就空空如也仿佛是在浪费电的冰箱，昨天被江予夺扫荡掉鸡蛋和火腿肠之后，就真的可以拔掉电源当柜子使用了。

“外卖？”程恪拿起手机。

江予夺没说话，看起来有些犹豫。

“行吧，外卖吃着烦，要不……点几道菜吧？”程恪说，“平时我一个人，点一道菜没意思，点俩又多了……”

“好。”江予夺点点头。

程恪研究了一会儿，点了一道大骨汤、一道粉蒸肉，再加一道糖醋排骨。

“够了吧？”他问江予夺。

“你……”江予夺看着他，“是怎么保持身材的？”

“嗯？”程恪愣了愣。

“两菜一汤，都是纯肉，一口素的都没有啊。”江予夺感叹着，“难怪要去健身房。”

“滚蛋，”程恪笑了笑，“我就是喜欢吃肉，想吃素的可以买水果嘛。”

“水果呢？”江予夺说。

“明天去买吧。”程恪说。

全肉菜很快就送来了，程恪今天跟许丁他们聊得有点儿累，很久没这么用过脑子了，这会儿一闻到肉香，就想扑上去把两菜一汤都抢过来一个人吃了。

江予夺倒是还和平常一样，吃得很认真，不让不抢。

“你不饿吗？”程恪边吃边问。

“我这一天什么也没干，”江予夺说，“就在那儿坐着，没有消耗。”

程恪叹了口气：“我是真挺佩服你，让我一整天就那么……”

话还没说完，楼下突然传来一声炸响，程恪吓得一抖，接着又是一声，楼下停着的车也都叫了起来，哔哔叭叭呜呜地叫成一片。

等他反应过来应该是有人在放鞭炮的时候，江予夺已经站到了窗户边儿上，正往下看着。

他放下筷子，看着江予夺，等了一会儿看江予夺没有回来继续吃饭的意思，才说了一句：“是小孩儿放鞭炮呢吧？快过年了。”

“嗯，我知道。”江予夺说，但还是站着没动。

程恪没再管他，低头继续吃饭，一碗饭扒拉光了，江予夺才回到桌子旁边。

吃完饭，程恪想要找部电影看看，非恐怖片儿的那种，但江予夺吃完饭之后快一个小时了也没说过几句话。

紧张的情绪应该没有，但是他很警惕。

程恪不知道怎么样能让他放松下来，感觉也没有办法能让他放松下来。

程恪躺在沙发上只觉得有些压抑。

不知道该怎么办，是最让人崩溃烦躁的一种状态。

愣了不知道多长时间，感觉趴在他腿上的喵都快被他把毛都摸光了，他打开投影仪，随便点了部片子开始看。

这是部爱情片，除了知道这俩人在谈恋爱之外，其他的程恪完全没看进去。

片子快播完的时候，他的手机响了一声，有消息进来。

这一声铃声让他突然觉得喘了口气，他拿过手机看了看，消息是林煦发过来的。

——程哥，今晚有空吗？

程恪看着这条消息，没有马上回复。

今晚有空吗？有空。

但其实他并不太想出去，可眼下这种烦闷压抑的情绪，又让他很难受。

一直到手机黑屏了他也没做出决定，只是拿着手机一下下地转着。

最后他又打开手机，点几下，点进了林煦的朋友圈。

林煦的朋友圈发得不多，基本都是照片，但他想象中的私人照片一张都没有，全是工作照，而且都是在工作过程中随手拍的。

这莫名其妙让他有些好感。

盯着林煦头像上的照片看了一会儿之后，他给林煦回了一条消息。

——在哪儿？

林煦回复得很快，说还是那天的酒吧。

程恪想了想，又问了一句。

——还有谁？

——我一个人喝酒呢。

——行吧。

程恪回完消息之后把手机放到了茶几上，转头看着在一边看小说的江予夺。

“嗯？”江予夺抬头看着他。

“我出去一趟，”程恪说，“跟朋友约了喝酒。”

江予夺愣了愣，下意识地看了一眼手机上的时间，然后才应了一声：“哦。”

程恪没再说别的，起身穿上了外套。

收拾好准备出门的时候，他发现江予夺一直有些迷茫地看着他，于是想了想，走到了江予夺跟前："纸笔。"

江予夺从兜里摸出笔和烟壳纸递给他，他在上面写下了酒吧的名字。

"我就去这儿。"他说。

江予夺接过烟壳纸看着，他还想说点儿什么，但又不知道该说什么了。

他不想让江予夺太担心，但从自己这个角度，又确实找不到任何需要把自己目的地告诉江予夺的理由，最后只好什么都不再说了。

一辆车开到了江予夺面前，陈庆探出脑袋："三哥。"

"你是不是已经回家了？"江予夺打开车门坐到了副驾驶座上。

"嗯，不过在家也没什么事儿，"陈庆把车掉了个头，"去哪儿？"

"一个酒吧，叫'类似'。"江予夺把地址告诉了陈庆。

"还挺远的呢，"陈庆说，"积家还挺能玩，要我这会儿去酒吧，肯定挑个近的了。"

这片儿大概是没有这类型的酒吧，大概是没有……江予夺回忆了一下。

车开了一阵儿之后陈庆看了看后视镜："三哥，后面那车……"

"知道。"江予夺说。

后面那辆车从他们打小区出来，就一直在后头，这会儿已经跟了快三条街。

"拐弯了。"陈庆又说。

"嗯。"江予夺应了一声。

那辆车岔开之后，就没再有别的车跟着了。

但江予夺并没有觉得安全，毕竟现在"他们"的目标不仅是自己，还有程恪。

按导航的提示，他们已经到了酒吧所在的那条街，江予夺往车窗外看着。

世界上的酒吧街，都长得差不多，黑暗里无处不在的各种霓虹灯，无论多少霓虹灯也照不亮的街道，十米一换的音乐，高兴了又哭又喊，难过了又哭又喊，在这种地方，情绪表达都变得单调而歇斯底里。

"再往前应该就是那个'差不多'了，"陈庆看着外面，"这一个个眼花缭乱的，三哥，你也看着点儿。"

"什么'差不多'？"江予夺看着他。

"酒吧啊，是不是叫'差不多'还是'差不离'的？"陈庆想了想，"哦好像是俩字儿的……”

“类似。”江予夺捏了捏眉心。

“对，‘类似’……是那个吧！”陈庆指了指前面。

江予夺顺着他指的方向看过去，很大的一个牌子，一眼过去就能看到一大片银色，银色中间有黑色的镂空，简单的两个黑色的字。

“是，”江予夺点点头，“找个地儿停车。”

陈庆开着车慢慢蹭着，往前大概开了二十米，有一辆车正好开走。

“有了有了有了，”陈庆赶紧转了一把方向盘，前面也开了一辆车过来，看样子是准备抢，陈庆立马一脚油门先抢了半个车身的位置，然后边骂边倒车，“想跟你大爷抢位子还嫩点儿！让你看看你大爷是怎么停车的！”

江予夺一巴掌甩在他胳膊上：“给你十秒，不下去抽他就闭嘴！”

陈庆闭了嘴。

停进车位之后，那辆车从他们车头前经过，开车的人转头瞪着他们，一脸挑衅。

“来劲儿了嘿。”陈庆打开车门下了车。

江予夺叹了口气，陈庆这样的，下去十个，人家也不带多看一眼的。

他打开车门也下了车，慢慢走到车头，盯着那人。

那人跟他对瞪了两秒之后，收回目光，车继续往前开了。

“我这个，就叫狐假虎威，对吧？”陈庆说。

“这会儿找着脑子了啊。”江予夺回到了车里。

“不进去吗？”陈庆愣了愣，“在这儿坐着？”

“嗯。”江予夺应了一声，低头点了根烟。

“不是，要是积家碰上什么事儿，”陈庆有些茫然，“咱们在这儿也帮不上忙啊。”

“我怕进去碰上他了，”江予夺说，“我不想让他知道他出来喝个酒我还跟着他。”

“你保护他呢，还不能让他知道？”陈庆皱着眉，“再说了，咱们也经常去酒吧，还不能进去喝杯酒了啊？那么多人呢，有几个人能跟你似的在一堆人里一眼就认出人来。”

江予夺没说话，盯着酒吧的大门，这会儿进去了七八个人，都是男的，估计里头大多也是男的……他和陈庆要是进去了，应该不会太引人注目。

而且就像陈庆说的，在这里坐着，程恪要真碰上什么事儿，他们发现动静的时候恐怕已经晚了。

“行吧，”江予夺一咬牙，推开了车门，“进去。”

第三章

瑞雪兆丰年

P125 — P177

13

江予夺平时不太喜欢去酒吧，他那帮小兄弟喜欢去，叫他次数多了他才会去个两三次的。

音乐太吵，灯光太闪，人太多，酒不好喝，出来的时候脑浆子疼。

所有人都以为他只是不喜欢这样的环境，没有人知道这样的混乱会让他紧张，会在很多时候把他猛地拉回记忆中的某些片段里。

虽然不太一样，但他不知道什么时候就会有一个点，一个细节，甚至只是一闪而过的一抹光影。

江予夺拉低自己的帽檐，又低头看了一眼自己手上盖的戳，跟在陈庆身后走了进去。

进门的时候看到门边站着两个正在打电话的女孩儿，他愣了愣，看来不全是男的啊……这俩是女孩儿吗？还是跟那个花店老板……哦，他听到声音了，是小姑娘……

酒吧挺大的，进去存完衣服之后江予夺顾不上看别的，先扫几眼把地形看清了，有两层，走廊过去是厕所，穿过舞池是吧台……现在是酒吧人最多的时间了，舞池里、吧台前，都是人，四周的人或站或走，把桌子都埋掉了。

"三哥！"陈庆进去之后就转头冲他吼了一嗓子。

江予夺还没来得及弄清他想说什么，就感觉有人撞了他一下，被他一把抓住了。

他转过头看到一个四十多岁的中年人，看到他转头，冲他笑了笑。

这个笑容实在是太诡异，这一眼已经让江予夺明白了这个笑容里包含着的危险与挑衅。

他猛地甩开这个人的手，转身推了陈庆一把。

“三哥！”陈庆在他耳朵旁边吼了一声。

江予夺没理他，就在这儿站着两分钟不到，已经有三个人走过他身边的时候有意无意地撞到了他，他已经没办法在这种情况下做出正确的判断，分不清各种触碰到底是危险，还是随手的一个动作。

他需要找个角落待着。

“找张桌子！”他冲着陈庆喊。

“这个点哪儿还有桌子！先去吧台！”陈庆说。

“干吗？”江予夺看了一眼吧台，从这里到吧台，要穿过人群，他实在不想再往里去了。

“送酒啊！”陈庆晃了晃手上的荧光章，“门票里带一杯酒啊！”

“喝个头的酒！”江予夺瞪着他，“你开车来的！”

陈庆愣了愣：“你什么时候还管我酒驾了？”

“我不去。”江予夺皱着眉。

“那不正好，”陈庆说，“一会儿你开车！”

没等江予夺说话，陈庆往四周看了看，指了指靠近楼梯的一个角落：“三哥，你在那儿等我吧！我拿了酒就过来！你想喝点儿什么吗？我请客！”

“不是酒就行，”江予夺叹了口气，推了他一把，“滚吧。”

看着陈庆挤进人群往吧台那边去，江予夺走到了楼梯旁边。

陈庆给他挑的这个地儿还可以，能看全一楼，背后是墙角，很安全。

他不知道程恪会不会去二楼，打算先在一楼看看。

眼前闪动的光影，仿佛一帧帧卡顿播放的人影，跟轰头的音乐混乱成一团，如果只是跟陈庆来随便玩玩，他还凑合能忍，但现在他在一个左右都有人，前方还有人在跳舞，时不时被蹭一下碰一下，什么都听不见也什么都看不清的状态下，得找到程恪，还不能被程恪看见，还需要发现潜在的危险……

他甚至连眼前这个小伙子是什么时候站在他跟前的都没看到。

小伙子个子挺高，长得也挺清秀的，拿着一杯酒冲他晃了晃：“你一个人吗？”

“……不是。”江予夺说。

“哦，”小伙子说，“跟朋友来的吗？”

江予夺从来没有回答过这么困难的问题，他看到了举着两个杯子从人群里往他这边艰难地奋力挤过来的陈庆，用了两秒的时间才咬牙切齿地回答了一句：“是的。”

“这样啊。”小伙子笑了笑。

江予夺愣了愣。

“三哥！”陈庆离着好几米就开始冲他喊，“三哥——”

转身准备离开的小伙子看了陈庆一眼，又回头看了他一眼，然后才慢慢走开。

“给你个喇叭行吗？”江予夺瞪着陈庆。

“来这家酒吧的都是些什么人啊！”陈庆把一杯不知道是什么玩意儿的东西塞到他手里，一脸的惊魂未定，“刚有人掐我后背，三哥！是掐！”

江予夺喝了一口杯子里的水，酸甜酸甜的还有气泡，也不知道是什么，叹了口气，没说话，用手把陈庆往旁边扒拉了一下，眼睛继续在人群里搜索着。

“积家怎么跑到这种地方来喝酒！”陈庆凑在他耳朵边儿说，“你说他是不是有问题！”

“你不也来了吗？”江予夺说。

“……哦。”陈庆迷茫地应了一声。

江予夺很久没有这样做了，随便找个东西盯着，一直盯着，直到耳边的声音都消失，然后再抬眼在被隔绝了一般的环境里寻找。

一般是盯着对手，当所有的东西都被隔绝在自己和对方之外，他就能看到对方所有的动作，哪怕是最细微的。

其实程恪是很好找的，他很帅，有着跟很多人不一样的气质，如果再跟林煦那样的大帅哥在一起……

他哪怕是坐在阴影里，江予夺也能看到。

舞台右斜方，正好有一片阴影，程恪和林煦在一张高脚桌旁靠坐着。

林煦穿了一件灰色的T恤，略贴身的那种，微微绷出肌肉线条，加上那张普通人里很少见的帅气的脸，江予夺隔着一个舞池的距离，都能看到四周毫不掩饰的目光。

但是大概三分钟的时间里，程恪的视线始终是游离的，偶尔会稍稍侧过头听林煦说话，嘴角挂着一丝不明显的笑容。

锁定了程恪的位置之后，江予夺以他的位置为中心点，视线慢慢往四周扩散，寻找任何可疑的人和可疑的动静。

他没有什么发现，除了满眼不适应的心惊肉跳。

林煦居然把程恪约到了这样的地方来。

虽然四周很混乱，但江予夺并没有发现什么问题，只是心里的不安始终都没有缓解。

这种不安来自某种感觉，对江予夺来说，却是很准的。

一直到他再次看到林煦，终于猛地找到了不安的源头。

那就是林煦。

林煦冲程恪笑着一直说话的样子有些过头了，拍视频的时候并没有看出来他跟程恪有这么熟，交流也不算太多，但现在这种不断主动接近的状态，怎么看都不太正常。

江予夺皱了皱眉。

“三哥，”陈庆在他耳边吼了一嗓子，“我好像看到积家了！”

“嗯。”江予夺被他这一嗓子从隔绝的环境里猛地拉了回来，四周的声音像是一下子炸了似的，让他好几秒才缓过来。

“那男的是谁啊？”陈庆继续喊着说，“看着跟他很熟……”

“闭嘴，喝你的酒！”江予夺打断了他的话。

“那男的好像挺帅啊，”陈庆说，“像个模……”

“你要喜欢让积家给你介绍一下怎么样？”江予夺瞪着他。

“算了吧，”陈庆说，“哎这里头有不少女的，我刚还看到两个，真漂亮啊……”

“你赶紧滚。”江予夺看着他。

“……我上二楼转转吧，”陈庆叹了口气，“我还没咋上酒吧玩过呢，来都来了。”

江予夺没说话，陈庆顺着楼梯上二楼，他才松了口气。

但陈庆刚走开没一会儿，他又感觉到了四周让他有些别扭的动静——靠近的人，死盯着的视线……

他只能一直冷着脸，尽量让想靠近的人感觉到杀气而不敢靠近。

江予夺实在不知道就像程恪那样坐着有什么意思，林煦倒是两次想起身叫他去跳会儿舞，但他都只是笑了笑，林煦就又坐下了。

林煦想跳舞为什么不能直接去跳，一定要拉着程恪?

江予夺扫了一眼舞池里正在疯狂蹦着的人群，以两个人面对面蹭着跳的为主。

这样的距离，这样没有防备的接触，想干点儿什么简直太容易了，别说捅一刀，就是捅十刀人倒地了都未必会有人发现。

程恪放下杯子，偏过头跟林煦说了句什么，林煦点了点头，程恪站了起来。

他们要走?

江予夺立马把手里的饮料放到了楼梯上，盯着程恪周围。

程恪离开那张桌子，往这边走了过来，江予夺迅速把自己藏进了阴影里，不过以程恪的迟钝程度，自己这会儿就是站他跟前儿可能都会被直接无视。

程恪进了舞池，估计是要穿过来，江予夺能看到他几次皱眉以及转头……

穿过舞池后，他俩之间的距离只有不到三米，程恪没有发现他，径直走进了走廊。

程恪应该是去上厕所。

江予夺犹豫着要不要调整到一个能看到厕所门的位置，但随便往之前程恪坐的那张桌子扫了一眼之后猛地停住了。

桌子旁边没有人了，林煦不见了。

江予夺顿时紧张起来，摸了一下裤兜，但什么也没有摸到。

他盯着往走廊方向去的人，如果林煦跟着去了厕所，就肯定是有问题的。

只过了不到一分钟，江予夺看到了从舞池里穿出来往走廊去的林煦。

林煦走得挺慢的，看步速不像是想要上厕所。

江予夺跟了过去，路过一张桌子的时候，顺手拿了一个空了的高脚杯。

林煦没有发现他在身后，甚至没有回头或者东张西望，只是不急不缓地走到了厕所门口。

走廊上有两个人正搂在一块儿，具体在干什么江予夺没有时间看，他一直盯着林煦。

林煦走到厕所门口并没有马上进去，而是犹豫了两秒钟。

就这犹豫的两秒，让江予夺确定了他接近程恪的目的。

江予夺没有犹豫地冲了过去，在林煦吸了口气似乎是要缓和紧张情绪然后转身要进厕所的那一瞬间，一把抓住了林煦的胳膊，把林煦狠狠地往墙上一抡，胳膊肘顶住了他的喉咙，另一只手同时在墙上轻轻一敲，接着碎了沿儿的酒杯也抵在了林煦脖子上。

“三哥？”林煦从震惊里回过神看清他之后，吃惊地喊了一声。

“说，”江予夺沉着声音，“谁让你来的。”

“什么？”林煦看着他，想要把他顶在咽喉的胳膊肘拉开。

“别动，”江予夺说，“说。”

“我说什么？”林煦一脸的震惊和惊恐，“不是，这怎么回事儿啊？！”

余光里那两个人已经跑开，走廊那头也开始有人看了过来，他需要在最短的时间里把林煦从这儿带走。

但没等他动，程恪就从厕所里走了出来。

“程哥！”林煦喊了一声，“这怎么回事儿啊？！”

程恪整个人都愣在原地，半天才说了一句：“你怎么在这儿？”

“我就来上个厕所。”林煦说。

“没问你。”程恪回过神之后，视线先是落到了江予夺脸上，接着落到他顶在林煦咽喉上的胳膊肘，最后落在了那个碎掉的杯子上。

江予夺能看到程恪脸上表情的变化，从震惊，到不解，最后是混夹着无奈的愤怒。

“江予夺，”程恪往走廊那头看了一眼，然后凑到他眼前，一字一句地说，“给你三秒钟，放开他。”

江予夺没有动，看着程恪。

他知道程恪不相信他，也知道程恪此时此刻的心情，他冲过来的时候就已经想过会有这样的局面，但直到这样的局面出现了，他也没有想出对应的办法来，他只想在林煦伤害程恪之前阻止对方。

“一，”程恪盯着他的眼睛，开始数数，“二……”

江予夺的手有些发抖，他知道如果自己没有松手，后果会是什么。

虽然就算他现在松了手，程恪也不会再是他的朋友。

“三。”程恪说。

江予夺松了手。

林煦摸了摸自己的脖子：“程哥……”

“你先回去吧，”程恪说，“这事儿我找时间跟你解释。”

林煦没有动，看了看江予夺，犹豫了一下：“可是……”

“没事儿了，”程恪说，“我跟三哥有些误会。”

林煦又站了几秒，然后才转身走了。

程恪看了一眼江予夺手里的杯子，伸手过去轻轻拿过来放到了旁边的垃圾桶上：“江予夺？”

“嗯。”江予夺应了一声。

“去拿衣服，”程恪看着他，“我们走。”

“……好。”江予夺说。

酒吧的服务员和保安跑过来的时候，他们已经离开走廊进了存衣室。

他们刚拿了衣服要走，门口冲进来一个人：“三哥！”

程恪看清这人是陈庆的时候，都已经震惊不起来了，只觉得无力。

“开车来的吗？”程恪问陈庆。

“是。”陈庆点点头。

“钥匙给我，”程恪说，“你打辆车回去。”

有时候他特别明白，为什么江予夺会相信陈庆，因为陈庆会无条件地相信跟江予夺有关的任何人和事。

这会儿他连问都没多问一句，就拿出车钥匙递了过来。

“我明天帮你开回店里？”程恪问。

“没事儿，”陈庆说，“这车后天才取，我跟车主熟。”

“嗯，”程恪点点头，“你也别在这儿待着了，赶紧走。”

走出酒吧大门之后，陈庆直接打车走了。

程恪跟江予夺一块儿走到了停车的地方：“我开吧？”

“你今天喝的那个不是酒吗？”江予夺问。

程恪轻轻叹了口气，不知道江予夺什么时候来的，又是躲在哪里的，看了他多长时间。

“我喝的是饮料，”他说，“上车。”

“我也没喝酒。”江予夺说。

“我知道，”程恪拉开车门坐到驾驶室里，“我闻得出来你没喝酒。”

江予夺上了车。

程恪扶着方向盘，没有发动车子。他这会儿脑子乱得很，不知道应该说什么，也不知道是不是应该说点儿什么。

坐了一会儿，他的手机响了。

他拿起来看了一眼，是许丁的电话。

“喂？”他接起了电话。

“这么安静？”许丁在那边说，“没在酒吧了？”

“嗯，出来了，怎么？”程恪问。

“没，”许丁笑了笑，“林煦刚给我打电话，说老三可能喝多了，让我问问。”

程恪松了口气，林煦没有把刚才的事告诉许丁，估计是怕出事，又找个借口让许丁再来问问。

“没事儿，已经在车上了。”程恪说。

“那行，我挂了。”许丁说。

“谢了。”程恪笑笑，挂掉了电话。

沉默了一会儿，他转头看着江予夺：“给我个理由，你认为林煦有问题的理由。”

“你不知道他也要去厕所吧？”江予夺说，“你刚走开没一会儿，他就跟过去了。”

程恪实在不知道该怎么解释，靠着椅背闭上了眼睛，过了一会儿才又开口：“江予夺。”

“嗯。”江予夺应了一声。

“我知道你是想保护我，”程恪说，“但是我真的扛不住这样。”

江予夺没有说话。

“今天晚上，我问你的所有问题，你都要回答，”程恪说，“如果你不愿意回答，我下个月就搬走，我的日子已经够烦的了，扛不住再处理这么多事儿。”

“搬走？”江予夺愣了愣。

“你就当没我这个朋友。”程恪说。

“别！”江予夺猛地提高了声音。

这声音里的焦急让程恪有些吃惊，他睁开眼转过了头，不知道江予夺为什么会有这么大的反应。

江予夺看着他，过了很长时间，才再次开口，嗓子都有些哑：“你想问什么？”

“‘他们’是谁？”程恪问，“你看到了什么？”

14

程恪一直以来的疑问，就是“他们”，这也是江予夺主动跟他提起时，会稍微不那么回避的内容，虽然自打上回打了一架之后江予夺已经刻意不再说起这些。

程恪怀疑过江予夺有精神问题，被陈庆指着骂的时候，也心存怀疑，因为有太多从他的角度无法解释的疑点。

只是他向来不愿意琢磨这些东西，尤其是在面对江予夺时，更是不愿意多想。

在江予夺不回答他的疑问时，他选择的也都是不再追问。

可现在江予夺对他做出的这种超出了他对“朋友”认知范围的保护已经让他有些吃不消了。

他感谢林煦没有跟许丁说出真实情况，也许是林煦觉得不方便说，也许是林煦根本就不知道该怎么说，但至少他不需要再向许丁解释他跟江予夺之间到底是怎么回事。

就像他不愿意多想一样，他也害怕解释，就连被赶出家门，他都没多解释。

程恪问完之后，江予夺没有说话，只是看着他。

他也不着急，他有一整晚的时间跟江予夺慢慢磨，如果江予夺真的无法给他一个让他能够理解的理由……他不能确定自己还能做到哪一步。

他不敢想象，刚才如果他没有正好从厕所出来，会发生什么样的事。

如果江予夺像上回那样陷入疯狂没有听他的话松手……

那个戳在林煦颈侧动脉上的杯子，还有江予夺带着杀气的眼神，他现在想起来都还感到后怕。

“你应该见过他们，”江予夺轻声开了口，“只是你不一定知道。”

“比如？”程恪问。

“那天你站在对街，”江予夺说，“真的什么也没有看到吗？你的左边。”

这话说得程恪后背一阵发凉，他记得江予夺问过这个问题，但他甚至不知道自己往旁边看过，也许只是随意的一个转头而已。

“我真的，什么也没看到，”程恪说，“你告诉我，他们是谁。”

江予夺皱着眉，沉默很长时间才说了一句：“他们跟着我很多年了，我差不多……每天都能看到他们。”

“是人吗？”程恪问。

“谁？”江予夺愣了愣。

“跟着你的是人吗？”程恪小心地问，“还是……鬼？”

“你鬼片儿看多了吧？”江予夺说，“当然是人。”

“是什么人？”程恪又问，“有几个？”

江予夺犹豫一下，垂下眼皮，沉默了一会儿：“是我……爸爸妈妈的人。”

程恪愣住了，想起了之前江予夺说过的小狗，还有别的小狗。

“是你说过的，你叫他们爸爸妈妈……”程恪问，“是亲的吗？”

江予夺还是垂着眼皮，睫毛轻轻颤着：“我不知道。”

“不知道。”

这个回答不是敷衍，程恪看得出来，江予夺是真的不知道，但这个“不知道”，又让程恪很迷茫。

如果这段回忆让人这么痛苦和害怕，大多数人的回答应该是否定的，而不是“不知道”。

这让他突然做出不寒而栗的猜测。

程恪不知道怎么问下去了，摸了根烟出来点上，想想又递给了江予夺。

“开窗。”江予夺接过烟。

程恪把天窗打开一条缝，冷风很快灌了进来，他的身体像是这会儿才睡醒，发现自己已经冻得全身都有些僵硬了。

但看了一眼江予夺，似乎没什么感觉，他也就咬牙没有表现出来，以免江予夺又脱衣服什么的。

程恪又给自己点了根烟叼着，抽了一半之后又问了一句："那你爸爸妈妈……为什么要叫人跟着你？"

江予夺夹着烟的手指抖了一下，烟灰掉在了裤子上。

他低头盯着那坨烟灰看了一会儿，拍了两下。

"因为我跑了。"江予夺说。

跑了，应该就是江予夺跟陈庆第一次见面那会儿吧，从某个地方逃出来了？

"那你已经跑了很久，"程恪说，"他们怎么还……"

"跑不掉的，"江予夺打断了他的话，语速很快，带着一耳朵就能听出来的焦躁，"他们说过，无论我跑到哪里，都会被找到……都会被找到。"

程恪没有说话。

"所以他们找到我了，"江予夺放下车窗，把烟头弹了出去，转过头看着程恪，"他们一直都跟着我。"

"是你爸爸妈妈吗？"程恪问，"跟着你的人。"

"不、不是，"江予夺烦躁地摇了摇头，"是我不认识的人。"

程恪看着他，犹豫很久才又追问了一句："跟着你的人，你都不认识？"

"是。"江予夺说。

"这么多年，一直都有人跟着你，而这些人，都是你以前没见过的，"程恪皱着眉，"是这个意思吗？"

"是。"江予夺说。

程恪看着他，沉默了。

"问完了吗？"江予夺轻声问。

"你一开始，"程恪低下头，脑门儿顶着方向盘，"是不是觉得我也是他们中的一个？"

"……是。"江予夺回答。

"为什么后来又不是了？"程恪问。

"你连燃气灶都打不着，"江予夺说，"什么都不会。"

程恪笑了起来，转过头看着他：“为什么现在你会认为他们要伤害我？”

“我们一起吃过饭，走得近。”江予夺回答。

“陈庆跟你更近不是吗？还有你那些小兄弟，”程恪说，“他们为什么没事儿？”

“你跟这些人不一样。”江予夺说。

不一样？

也许吧，的确不一样。

程恪又点了根烟，按打火机的时候，发现自己手都有些发麻，按了两三下才把烟点着了。

他看了一眼江予夺。

江予夺看上去有些紧张，但身体似乎并没有因为寒冷而有什么反应。

“我跟这些人有什么不一样？”他问。

“陈庆他们不会想要问我这些。”江予夺说。

“你不相信我。”

程恪还能清楚地回忆起江予夺说这句话时的样子，他的表情，他的眼神，他的语气。

程恪觉得自己脑子里很乱，他想要知道的，江予夺似乎都能回答，但这些回答又让他陷入了更大的混乱里。

江予夺小时候在某个地方，跟着“爸爸妈妈”和别的孩子，经历了一些不能提的痛苦，之后他从那里逃了出来，接下去这么多年的日子里，“爸爸妈妈”派来的人，一直跟着他，每次都是不一样的人，都是他没有见过的陌生人。

而一开始江予夺觉得他也是这些陌生人之一，在确定了他不是之后，江予夺又发现这些人想要伤害他。

而在江予夺看来，林煦应该就是想要伤害他的人。

程恪觉得自己脑子不够用了，他到现在还记得陈庆指着他大骂时的场景，他也不愿意做出这样的猜测，但现在江予夺给出的信息，让他根本无法想明白。

“你是怎么判断，哪些人是……”程恪找不出合适的词语。

“我能看出来，”江予夺转过头看着他，“也能感觉到，发现我看到他们了，他们就会跑掉。”

“那林煦……”程恪的话没有说完就又被江予夺打断了。

“我能看出来，”他说，“我见得太多了。”

程恪没有说话。

“有时候我会受伤，”江予夺看了看窗外，“不是特别严重的伤，他们只是要让我知道。”

“知道什么？”程恪问。

“跑不掉的，”江予夺说，“永远也跑不掉。”

“为什么不报警？”程恪说。

“没有用。”江予夺回答得很快。

“你报过警吗？”程恪盯着他，“没有报过警为什么说没有用？”

江予夺皱了皱眉，没有说话。

“报过警吗？”程恪又问了一遍。

江予夺依旧皱着眉，像是没有听到他的话。

程恪已经不知道还能问什么，也不知道自己还想知道什么了。

从一开始，他所有的疑问，也许在心里就已经有了答案，他只是带着鸵鸟一样的心情，不多管不多问，甚至有一丝侥幸，有些事不知道，就可以稀里糊涂地继续下去。

哪怕只是“朋友”。

他甚至为了让江予夺不担心，把去向告诉了江予夺。

如果没有今天那一幕，如果不是他不得不面对江予夺真的有可能会伤害完全不相干的人这样的现实……

现在这场看似问了跟没问一样，答了跟没答没什么不同的对话，猛地让他在害怕中清醒过来。

他带着最后的挣扎，看着江予夺：“你能告诉我……”

“别问了。”江予夺说。

程恪顿了顿，但还是开了口：“我想知……”

“别问了。”江予夺说。

程恪咬了咬牙："告诉我，小狗在干什么！"

江予夺猛地转过头，从副驾驶座扑过来一把抓住了他的衣领，吼了一声："我让你别问了！"

程恪想要拉开他的手，但没成功，江予夺整条胳膊都在颤抖，但力量惊人，程恪根本拉不动。

这一瞬间，恐惧像车窗外灯光闪烁却怎么也照不亮的黑暗一样漫了过来。

"江予夺！"他也吼了一声，"松手！"

"我说了别问！别问！他们会知道！他们会找到你！"江予夺瞪着他，"小狗训练！小狗在打架！小狗很饿！小狗想睡觉！但是小狗不能哭，不能说话……"

程恪觉得自己有些喘不上气来，想要抬腿用膝盖把江予夺顶开，但江予夺突然起身，膝盖已经抢先一步压在了他的腿上。

"小狗很害怕，"江予夺的声音开始抖，眼睛有些发红，"我害怕。"

"不怕，"程恪说得有些艰难，"你现在是安全的，没有谁会伤害你，没有谁能伤害你。"

"我害怕。"江予夺声音低了下去。

程恪回手摸到车门，抓住门把拉了一下，车门猛地打开了。

他往后摔了出去，江予夺抓着他衣领的手滑开了。

程恪的腿还在车里，肩膀着地摔在地上，他挣扎着想要站起来的时候，江予夺已经从副驾驶座下了车，绕过车头走到他身边。

程恪感觉下一秒，江予夺兜里的那把刀可能就会扎到他身上。

但江予夺没有拿刀，只是抓着他衣服把他从地上拎起来，狠狠地掼在了车上："你知道为什么我不愿意告诉你吗？"

程恪后脑勺往后仰着在车上撞了一下，顿时觉得一阵发晕。

"因为你不相信我，"江予夺凑到他眼前，一个字一个字地说着，"程恪，你不相信我，我说什么你都不会信！"

"是！"程恪吼了一声，"你让我怎么信？！"

江予夺盯着他，喘着粗气。

"我信你想保护我，我信你不想伤害我，"程恪说，"但我所有的危险，都是你带给我的，换一个人，我早就躲得远远的了！"

“那你为什么不躲？！”江予夺几乎贴着他鼻尖吼着。

“还用问吗？！”程恪也吼，不知道自己身体里横冲直撞的到底是怒火是恐惧还是迷茫。

江予夺没说话，盯着他看了很长时间，最后松开手，靠到了身后的车上：“你是不是觉得我有病？”

程恪看了他一眼，没说话。

“以前也有人这么说过，后来我就没再见过他了，”江予夺说，“你也是这么觉得的，只是你没有说。”

程恪咳嗽了两声。

“我知道你不想我跟着你，”江予夺声音慢慢变得平静，“我也不想让你发现我跟着你，但是……”

江予夺低下头，停顿了很长时间。

“不能再有人因为我出事了，”江予夺说，“我害怕。”

江予夺说出这句“害怕”时，已经没有了之前的情绪，平静得像是什么也没有发生，平静得甚至不像平静。

“谁出事了？”程恪问。

“他说，你现在安全了，”江予夺看着他，“你现在安全了……我本来不记得是谁跟我说的了。”

“现在想起来了？”程恪问。

“没有，”江予夺说，“我想起来他死了……没有安全，不会安全的……”

程恪感觉自己的呼吸有一瞬间的停顿。

哪怕是江予夺在说小狗那些事时，他都没有像现在这样震惊，他没有想到江予夺的那些经历里还有死亡。

曾经想让江予夺相信自己安全了的那个人，死了。

程恪不相信那些“他们”，但不知道为什么，相信江予夺那些不肯提起的过去。

“怎么死的？”他问。

江予夺没有回答，只是重复了一遍：“他死了。”

程恪没有再问下去，他已经精疲力竭，甚至已经不知道自己还有没有其他想法。

"你会搬走吗？"江予夺问。

程恪没说话。

"会吧。"江予夺看着他，"你害怕了。"

程恪看了他一眼："没有。"

"你害怕了，"江予夺说，"我看得出来，我特别了解什么是害怕。"

"我害怕也正常吧，"程恪说，"但我现在就是累了。"

"那回去吗？"江予夺问。

程恪犹豫一下，转身拉开了车门。

他不知道自己为什么在这种情况下还要跟江予夺待在一起，但还是坐进了驾驶室。

发动了车子之后，暖气出来的一瞬间，他觉得松了一口气，愣了半天才把车开出去。

一路上江予夺都没有说话，只是把椅子放倒了躺着，程恪也没说话，他本来觉得自己有满肚子的疑问，如果一个一个地问，也许这一夜都问不完。

现在疑问还在，他却没有再问下去的勇气了。

他一开始就只想要一个虚无的证明。

他只想要江予夺证明他的判断是错的。

但其实他一开始也已经知道，江予夺证明不了。

没有人见过的"他们"，永远不会重复出现的"他们"，只会是陌生人的"他们"，所有的一切都只由江予夺的"我能看出来"决定。

程恪觉得整个人都在往下沉，方向盘都有些握不住。

回到楼下找了个车位把车停好之后，他看了看躺在副驾上驶座的江予夺。

江予夺还是闭着眼睛，像是睡着了。

程恪本来觉得自己已经有些麻木，没什么力量去害怕了，但在开口想要叫醒江予夺的那一瞬间，发现自己还是害怕的。

他害怕江予夺会突然一跃而起，会突然抓住他的衣领。

他相信江予夺绝对不会伤害他，但如果江予夺捅了他一刀，他也不会觉得意外。

“到了吗？”江予夺闭着眼睛轻声问了一句。

“嗯。”程恪应了一声，想要打开车门的时候，又停下了。

江予夺的声音有些不对，虚弱而飘忽。

“你怎么了？”程恪打开了车顶灯。

“没。”江予夺还是闭着眼睛，躺着没动。

灯亮了之后，程恪看清了他的脸，很苍白，眉头紧紧皱着，额角挂着大颗大颗的汗珠。

“江予夺？”他赶紧凑过去，在江予夺脑门儿上摸了一把，“你哪儿不舒服？”

“我晕。”江予夺低声回答。

“又晕了？”程恪吓了一跳，犹豫一下之后轻轻拉了拉他胳膊，“我背你上去躺着？”

“不动，”江予夺说，“不能动。”

说完这句话后他就皱着眉不再出声，一动不动地保持着之前的姿势。

程恪愣了一会儿，打开车门：“你等我一会儿，你就在这儿躺着，我去拿床被子下来。”

“不用管我。”江予夺声音低得几乎听不见。

程恪没说话，下了车。

程恪从家里拿了两瓶水、抱了床被子回到车里的时候，江予夺还是之前的样子。

程恪小心地把被子盖到他身上，然后把车窗放下去一截，发动车子，把暖气打开了。

他不知道江予夺为什么突然又会晕，也许是碰巧，也许是情绪原因。

按陈庆的说法，他只能等着，也许一两个小时，也许得到明天早上。

不过程恪无所谓，在这里陪着江予夺，或者是在床上躺着，结果都一样，他今天晚上不可能睡得着了。

他拿出手机，想跟陈庆说一声，但想了想还是把手机放了回去。

陈庆对江予夺可以说是两肋插刀，这会儿要是知道他晕了，肯定会跑过来，然后一块儿挤在车上……程恪实在没有精力再去面对陈庆。

想到陈庆，程恪又有些迷茫。

陈庆有时候似乎跟智商势不两立，但程恪也知道他并不是一个完整的傻子，他跟江予夺在一起混了十年，却从来没有怀疑过江予夺，甚至会因为程恪的猜测而发火。

如果陈庆，甚至那些跟着江予夺一块儿混的小兄弟，没有帮着江予夺隐瞒……这些人似乎也并不具备那样的演技和这样隐瞒的理由……那只能说江予夺在跟陈庆他们相处时，除了“他们”，并没有更多让人怀疑的地方。

上次江予夺揍他的时候，陈庆说过，江予夺已经很多年没有这样了。

程恪皱了皱眉，不知道能不能这样理解，因为自己的出现，因为他这个“不一样”的人的出现，江予夺才开始这样频繁地有了异常。

江予夺之前说过，陈庆和那些小兄弟，“他们没事”，也就是说，只有他才会有事。

程恪有些烦躁地搓了搓脸，手指插进头发里狠狠抓了几下，抱着头没再动。

这一夜过得很快。

江予夺说，时间越打发过得越慢。忽略掉时间本身，时间就过得很快了。

江予夺在身边轻轻动了一下的时候，程恪看了一眼时间，已经凌晨四点多了。

“怎么样？”程恪问，出声的时候把自己都吓了一跳，声音像是从糊满沙砾的石缝里挤出来的一样，干涩得都带着哨声。

“你怎么了？”江予夺转过了头，“像尖叫鸡。”

“胡说八道，”程恪说，声音还是“吹着哨”，“还晕吗？”

“好多了，”江予夺慢慢坐了起来，抱着被子，“不想吐了。”

“喝水吗？”程恪问。

“嗯。”江予夺点点头。

能点头了，应该是不晕了，程恪拿瓶水，拧开瓶盖递给了他。

江予夺仰着头灌下去大半瓶，然后抹抹嘴，转过头冲他笑了笑。

程恪也笑了笑。

江予夺的这个笑容让他心里非常不是滋味儿。

“你饿吗？”江予夺问。

“不饿。”程恪说。

“困吗？”江予夺又问。

“没感觉，应该是不困。”程恪说。

“哦。”江予夺点点头，抱着被子，似乎是不知道该说什么了。

程恪也不知道该说什么。

他是个得过且过的人，一旦危险和麻烦过去，他就不会再去纠结为什么、怎么办、怎么会，他长这么大，很多时候就是这么稀里糊涂地混过去的。

可现在，跟江予夺这么挤在车里，疲惫而放松地坐着的时候，他却怎么也没有办法再得过且过了。

“程恪。”江予夺叫了他一声。

“嗯？”程恪转过头。

“我还能当你是朋友吗？”江予夺问。

程恪觉得自己呼吸都顿了顿。

“我们是朋友。”他说。

江予夺像是松了口气，笑了笑又问了一句：“那你还要搬走吗？”

程恪沉默了一会儿，看着江予夺轻声说：“如果他们……就是，跟着你的那些人，如果他们，知道我们没有走得很近了，或者……不来往了，你是不是就……就不用再担心我……不安全了？”

15

“是搬走的意思吗？”江予夺捏了捏手里的瓶子，又仰头把剩下的水都喝光了，然后叹了口气，抹了抹嘴。

程恪看着他。

很多时候，他感觉江予夺像是有两种状态，他不知道应该怎么界定，但能感觉出来。

比如眼下江予夺的平静，跟昨天晚上的那种平静，就是两种状态。

“我是想……”程恪想了想，“要不我先回家待一阵儿。”

“回家？”江予夺笑了起来，“你要不要先跟程怿说一下，说完你看他能不能让你顺利地回这个家？”

程恪叹了口气，侧过身把腿曲起来，扯过一角被子盖在自己腿上。

“冷啊？不是开了暖气吗，怎么关了？”江予夺把被子推过来一些。

“开了那么久，就算开着窗空气也不好了，”程恪说，“再说我还怕把油烧没了呢。”

“你一夜没睡吗？”江予夺问。

“没吧，可能睡了一会儿，我也不知道，迷迷糊糊的。”程恪搓了搓脸。

“你脸色真难看。”江予夺看着他说。

“比你好点儿，”程恪也看着他，江予夺脸色苍白，一看就知道这次头晕很严重，“没睡着吧？”

“嗯，睡不着也不能动，”江予夺笑了笑，“我以为你睡着了呢。”

“怎么……睡得着。”程恪说。

“一夜没少琢磨吧？”江予夺问。

程恪没说话，摸了根烟出来点上，把烟盒和打火机扔到他手边。

江予夺点了根烟，叼着靠在车门上，看着窗外："又下雪了。"

"瑞雪兆丰年。"程恪说。

"不能回家的话，"江予夺问，"你想去哪儿？"

"我跟……"程恪犹豫了一下，没有说出许丁的名字，"朋友弄了个店，想正好赶着年前把硬装先弄个大概，可以先住店里，或者……"

"许丁吗？"江予夺问，还是看着窗外。

"……嗯，"程恪看了看他，"我跟许丁认识很多年了，一直都有来往……"

江予夺没有再说话。

"这会儿……"程恪也看了看窗外，"有早点卖吗？"

"有，"江予夺转过头，"你饿了吗？"

"好像有点儿，要一直睡着觉也没什么感觉，就是……"程恪话没说完，江予夺已经掐了烟，掀开被子，他赶紧拉住了江予夺的胳膊，"我跟你一块儿……你要是不饿，我就……自己去。"

"我去。"江予夺说。

"不用，你这刚不晕了，"程恪拉着他没松手，"齁冷的。"

"我去。"江予夺说。

"我不饿，不想吃了。"程恪说。

"我饿。"江予夺看着他。

程恪一时之间无言以对，江予夺看了看他的手："撒手。"

程恪只好松开了手。

江予夺下车，把车门关上了，又往四周看了一圈，这才低头往东门那边走过去。

其实对他来说，现在外面这样的温度，不算多冷，但这一夜他躺那儿连外套都没脱，程恪还给他堆了一床被子，身体适应这个温度之后这么猛地一掀被子就到了雪地里，还真觉得有点儿冷。

他把外套拉链拉到了头，快步往前走。

四周很安静，这个时间晚睡的人刚睡了，早起的人还没起，对他来说，是个非常安全的时间。

早点铺也就刚开门，他可能还得等一会儿才能买到吃的。

其实再晚半个小时出来就正合适了。

但江予夺还是坚持现在，倒不是跟程恪争，也不是怕程恪有危险，只是想出来而已。

他不想太尴尬。

他也不想程恪太尴尬。

程恪是个好人，虽然程恪并不相信他的话，至少不全信，但程恪的确是个好人。

“你是不是有病？”

这句话有人对他说过，也许不止一个，但他记不清了，那些消失了的人，他都已经记不清。

一切都并不陌生，但又很不一样。

程恪是唯一始终没有把这句话对他说出口的人，甚至愿意顺着他的思路小心地说话。

程恪是唯一在认为自己会被他伤害的时候没有马上消失的人。

也许是善良，也许是有教养，程恪跟其他所有人都不一样。

他有些害怕。

他怕如果有一天程恪消失了，他会一直记得。

早点铺果然刚开门，江予夺到的时候，包子铺的老板正在把卷帘门往上推。

“这么早，”看到他走过来，老板看了看墙上的钟，“还得等一会儿才有，包子刚蒸上。”

“没事儿。”江予夺说。往店里走的时候，他感觉自己脸上有点儿痒，伸手摸了一下。

他在眼角摸到了一条细细的、正在融化的小冰条。

角落的桌上堆着一些杂物，日用品和没处理的菜，江予夺走过去，拿起桌上的一面小镜子，对着自己照了照，翠绿色的圆圈中间，是他苍白的脸，估计是太冷了，脸上的那道疤都被冻得跟旁边的皮肤没有色差了。

眼圈没有红。

他揉揉眼睛，在凳子上坐下了，点了根烟叼着，看着外面。

外面是灰白色的，路灯穿过雪雾，勉强照出一块空间，像个黄底白花的喇叭筒。

对面街的街灯杆下面，站着一个人。

看第一眼的时候，还没有人，看第二眼时，江予夺就注意到了。

“是要赶火车吗？”老板把桌上放着的椅子一张张拿下来，“这个点儿，怕是车都打不着啊，街上鬼都没有一个。”

“没，睡不着起早了，”江予夺移开了目光，“就饿了。”

再看过去的时候，灯杆下面已经没有人了，他低下头，闭了闭眼睛。

“这么年轻就失眠，”老板笑着说，“我一个老头儿了，天天都是倒头就睡着，你还是不够累。”

“大概吧。”江予夺说。

包子蒸好之后，江予夺买了二十个，挺大个儿的，再加上热豆浆，估计吃不完。

他把包子和豆浆都塞进外套里抱着，快步走回了小区。

远远能看到车的时候，他又低头摸了一下眼睛四周，没摸到什么东西，离得还有二三十米，车门就打开了，程恪从车里跳了下来。

“干吗？”他走过去，“列队欢迎啊？”

“欢迎大雪天儿步行买包子还不戴帽子的英雄归来。”程恪说。

“没多远，就过个街走几步路，”江予夺拍了拍身上的雪，上车关好车门，把衣服里的袋子拿出来放在了座椅上，“开门的店只有包子铺。”

“嗯，”程恪也上了车，伸手拿个包子咬了一口，“我挺长时间没吃包子了……这包子个儿还挺大。”

“是啊。”江予夺也拿了一个。

程恪手里拿着咬了一口的包子，看他一眼，又转开了头。

“看我干吗？”江予夺说，“想说这个比我大吗？”

“闭嘴吧，”程恪说，“你怎么就盯着吃的毁？”

江予夺笑笑，低头咬了一大口包子："你们少爷就是娇气。"

程恪叹了口气没说话。

吃完包子喝完豆浆，在车上又愣了一会儿，程恪偷偷看了一眼时间，五点半了。

车里一直没再打开暖气，这会儿有点儿冷了，他犹豫了一下："上楼吧，屋里暖和。"

"嗯。"江予夺应了一声。

程恪抱着一团被子走进楼里的时候，保安正好在门口站着。

"这是干吗啊？昨天晚上就看你抱着被子出去，挺急的样子，半夜巡逻的时候我看你还在那边儿车里呢，"保安说，"看你在里头抽烟，应该没事儿，就没过去。"

"……露营，"程恪说，"你们还巡逻啊？"

保安笑了起来："那肯定啊，晚上都得转两圈，保卫业主安全。"

"哦。"程恪笑了笑。

电梯门打开了，江予夺扯着被子把他拽了进去："我刚说叠一下再拿，就没这么大一团了。"

"车上那么点儿地方怎么叠？"程恪说。

"你是不是根本就不会叠被子？"江予夺说，"就会抖一抖铺平？"

"没叠过，"程恪如实回答，"但还是会叠的，往柜子里放总得叠起来，就是叠的时候得有场地。"

江予夺靠在旁边笑了起来。

回屋之后，暖乎乎的空气让程恪整个人都放松下来，坐在沙发上不想动了。

江予夺把喵的厕所收拾了，又喂好食，出来的时候在客厅站了一会儿："我把车给陈庆开回去。"

"哦，你去吗？"程恪把车钥匙拿了出来。

"我去了他能拉着我聊会儿，你去了他跟你聊什么？"江予夺说。

"总护法这么寂寞吗……"程恪把钥匙扔给了他。

江予夺往门口走过去："中午你自己叫个外卖吧，陈庆肯定要跟我吃饭。"

“嗯。”程恪点点头。他现在想睡会儿，中午都未必能起来。

“老太太可能明天走，她走了我就带喵回去。”江予夺又说。

程恪看了他一眼，没说话，只是点了点头。

“你……”江予夺手抓着门把手，挺用力的，程恪能看到发白的关节，“租房合同上的时间还没到，但是你要搬走的话也不算违约。”

程恪看着他。

“这个月你可以住满，”江予夺说得有些费劲，“就，你要是一下没找着地方搬……可以继续住着……”

程恪不知道应该说什么，心里有点儿堵，把嗓子眼儿也堵上了，开不了口。

江予夺说的这些话，让他感觉仿佛现在江予夺打开门走出去，他们就再也不会见面了。

门响了一声，江予夺走出去，然后很轻地把门带上了。

程恪坐在沙发上，胳膊肘撑着膝盖，瞪着放在茶几上的猫头钥匙扣看了很长时间。

最后他叹了口气，起身进了浴室。

大概是一夜没睡，车里的空气也一直不好，他看了一眼镜子里的自己，跟个逃荒的差不多，眼圈都熬红了。

他拧开水龙头让热水兜头冲着，冲得整个人都开始发软，才关掉水，对着墙长长地叹了一口气。

洗完澡他就进了卧室，往床上一躺，闭上眼睛的时候才发现自己困得都有点儿晕了。

喵进了卧室，程恪能感觉到它跳上床，踩着被子跳到他身上，再从他身上走到他脸上，然后团在了他鼻尖前面的枕头上。

程恪伸出手，用一根手指杵在喵的肚子上，很快就睡着了。

“这一大早的，”陈庆跑过来，“我不说了后天开过来就行吗？”

“那你再给开走。”江予夺下了车。

“昨天晚上没事儿吧？”陈庆跟在他身后，“你是不是跟人动手了？我在二楼听到动静才跑下来的，说有人干仗呢。”

“没怎么动手。”江予夺进陈庆他们店里坐到休息区，拿了烟出来。

“那我看积家脸色不怎么对，”陈庆拿个烟灰缸过来，坐在了他旁边，“吃早点了吗？”

“没到五点就吃了。”江予夺说。

“这么早？”陈庆愣了愣，“我还说正好一块儿吃呢，他们都吃了，就我没吃。”

“你去买，买了我看着你吃。”江予夺说。

“算了吧，那还吃得下去吗？”陈庆了点了根烟，“跟积家一块儿那个男的什么时候走的？我下来的时候就没见着他了。”

江予夺没说话。

“他没什么问题吧？”陈庆说，“他俩什么关系啊？”

“闭嘴。”江予夺说。

陈庆这种时候反应都是很快的，迅速就闭了嘴，但又补了一声“啧”。

“三哥，”一个陈庆的同事走过来，跟江予夺打了个招呼，“是不是感冒了啊？脸色不太好。”

“瞅见你了脸色就好不了，”陈庆说，“三哥是你叫的吗？”

“我叫声三爷，你也长不了辈儿。”同事笑着说。

“欸，你上哪儿？”陈庆叫住同事，拿了钱包出来，“是要出去吃早点吗？我请你吃，帮我带一份。”

“请个头，下回吧，”同事走了出去，“随便给你带了啊。”

“行！”陈庆喊了一声。

江予夺看着陈庆，又看了看店里别的人。

这些人他差不多都认识，有些跟陈庆吵过架，还有些打过架，但事儿一过，就又都有说有笑了。

特别简单。

江予夺有时候很羡慕这样的生活。

虽然一直跟陈庆他们混在一起，十年了，感觉自己就应该是生在这里长在这里，有着这个世界的各种气息和标记，这些人都是自己的同类——但还是会羡慕。

程恪跟陈庆不一样，所以程恪不会轻易相信他。

陈庆他们跟程恪也不一样，所以陈庆他们会无条件地相信他。

程恪被喵一爪子拍醒的时候，窗外的天还是黑的。

他瞪了外面好半天，才摸过手机看了看时间，发现已经是晚上了。

起床的时候有点儿头昏脑涨的，他在沙发上坐了半天才算清醒过来。

手机显示只有一个许丁的未接来电，没有别的消息了。

他看了看屋里，江予夺应该没有回来过。

他给自己倒杯水喝了，给喵喂了吃的，然后打了个电话给许丁："什么事儿？"

"明天有时间吧？"许丁说，"去店里看看。"

"行。"程恪说。

"那明天上午九点我过去接你。"许丁说。

"嗯，"程恪犹豫了一下，"上回说店里是不是有个……休息室？"

"有啊，"许丁说，"不是说先装修出来方便后面休息什么的吗？"

"都弄好了？"程恪问。

"没呢，哪有那么快？"许丁顿了顿，"怎么？"

"没事儿，我就问问。"程恪说，"明天九点等你。"

许丁挂了电话之后，程恪靠着桌子看了看四周。

住的时间不算长，也就几个月，但这屋子里的所有东西，他都已经很熟悉，也完全适应了。

他并没有打算马上把房子退掉，太仓促，太像逃跑，无论是自己，还是江予夺，这种方式都太别扭了。

但江予夺的理解跟他的想法有些偏差，这种偏差也许源自某种自我保护，抢在他之前，替他把后路断了。

程恪轻轻叹了口气，拿过手机给自己点了一份外卖。

如果他判断没有失误，江予夺不会回来吃晚饭，甚至在明天来拿喵之前，都不会再进这间屋子。

这个判断还是很准确的，第二天早上许丁的车停在楼下时，江予夺也没有回来。

程恪拿笔记本出了门。

“积家不在家吗？”陈庆开着车，“为什么非得先去茜姐那儿拿钥匙啊？”

“万一不在呢？”江予夺说。

“不是，”陈庆一脸莫名其妙，“你打个电话问问他不就行了吗？”

“开你的车！”江予夺眼睁睁地看着陈庆又一次从右转红灯下行云流水般把车向右拐过去，一巴掌甩在他后背上，“你这一个月工资够交罚款吗？！”

“我看到红灯了！我右转啊！”陈庆喊。

“让你去配个散光镜！”江予夺吼，“那是个箭头！”

“是箭头吗？”陈庆愣了愣。

“看路。”江予夺叹了口气。

车在楼下停了，江予夺打开车门：“你就在这儿等我，不用找车位了。”

“我帮你拿东西啊，”陈庆看着他，“猫窝、猫厕所的一堆呢。”

“不用。”江予夺说。

“哦，让积家帮你拿吧。”陈庆坐回了车里。

江予夺进了电梯，按下楼层之后就一直没动过，直到电梯门打开。

他在门铃上按了两下，站在门外等着。

里面没有动静，他只隐约听到喵叫了两声。

犹豫一下，他又敲了敲门。

等一会儿之后，他拿出钥匙，把门打开了，暖气扑面而来，混杂了程恪常往柜子里喷的那种香水味。

程恪没在家。

江予夺觉得有些意外，程恪不是个爱出门的人，现在也不是吃饭的时间，按程恪的习惯，就算是吃饭时间，他都懒得出去，外卖、方便面随便一样就解决了。

程恪是去……看房子了吗，是看跟许丁一块儿弄的那家店？

江予夺皱了皱眉，开始收拾喵的东西。

不知道为什么，今天收拾东西比平时要慢，陈庆打电话过来问是不是要帮忙的时候，他才刚把东西打好包。

“马上下去。”他学着程恪的样子，把喵塞进外套里，然后拎起东西。

走到门边的时候他又停下了，这两天总走神，平时一眼能看到的东西，现在居然差点儿忽略掉。

鞋柜上放着一个小便笺本，上面有一行字——我去店里看看，有事打电话。

程恪给他留了条子。

江予夺盯着这行字看了很长时间，然后打开门，走出去之后又退了回来，把便笺本上的这一页撕下来，放进了兜里。

老太太每次在这儿住，走之前都会把屋子再收拾一下，一定要比她来之前收拾得更干净才罢休。

这次走的时候她还把后院枯了的几棵植物都剪掉了，江予夺站在后院门边，看着突然就有些空荡荡的院子出了神。

以前没有觉得院子这么空，哪怕是枯掉的植物，立在那里的时候，也占掉了一块空间，现在就这么没了，江予夺突然有些回不过神。

它们是死了的吗？去年春天还发了芽，虽然长势不怎么好，但也一直有叶子，入秋之后才又枯掉的。

江予夺叹了口气，就算没有死，它们也没有机会在春天的时候发芽证明自己是活着的了。

他回到屋里，把喵的东西重新放好，然后坐到了桌子前。

老太太没有把他压扁了放在桌子下面的烟壳扔掉，可能以为他是要存着卖钱的……

他拿了几个烟壳放到桌上，再从外套兜里摸出了刀，一刀刀慢慢地从铺平的烟壳上划过。

他不需要用尺子比着，也不用量，就这么一刀下去，就能裁出基本上一样大小的纸片来，跟一张扑克牌差不多大小。

他裁过很多很多，每次 55 张，一副完整的扑克牌。

他不会打牌，任何一种牌都不会，平时陈庆他们一帮人打牌，他也不愿意看。

但他打过很多很多次牌，数不清。

每天晚上，小狗们都会坐在一起打牌，用裁开的烟壳纸。

一副牌有 55 张，会用到的是 54 张。

烟壳纸上没有数字和字母，也不需要有，因为看不见。

小狗们会依次摸牌，拿在手里，然后随便说出一个或几个数字，再随便扔下一张或几张牌……

手机在响。

江予夺放下刀，桌上的烟壳纸已经裁好了，先把烟壳纸拢成一沓，然后才拿过了手机——是程恪。

他接起了电话："喂？"

"你嗓子怎么了？"程恪在那边问。

"嗯？"江予夺清了清嗓子，大概是一天没怎么喝水，嗓子有些发紧。

"像尖叫鸡。"程恪说。

江予夺笑了起来："心眼儿真小。"

"你去拿喵了吗？"程恪说，"我现在还在外面。"

"拿了。"江予夺说。

"嗯，"程恪应了一声，"我就是问问这个。"

"好。"江予夺说。

"我晚上跟朋友吃个饭，"程恪说，"都……挺好的。"

"知道了。"江予夺说。

程恪挂掉了电话。

江予夺趴到桌上，指尖在桌上轻轻敲了几下。

程恪是在给他报平安。

程恪是怕他担心吗，还是害怕……他又跟过去？

江予夺把眼睛压到胳膊上，狠狠地深吸一口气，憋了一会儿再慢慢吐出来，眼泪也跟着舒出的这口气涌了出来。

16

“梁义对三楼的想法也太多了，还是得实际点儿。”程恪顺着楼梯往上走。

跟梁义一块儿在店里讨论半天，梁义走了之后，他跟许丁又继续在店里来回看着。

“你再想想吧，”许丁说，“我还是想不完全对外，相对私人一些，可以做沙龙，这样休息室在三楼也不会被打扰。”

这个店比程恪想象中的要大很多，三层，每层都挺大的，转圈的落地窗外景色也不错，挺开阔，还有一边对着一大片绿地。

不过他现在看出去哪儿都是白色的。

程恪不太喜欢下雪，哪怕是在温暖的室内晒着太阳看雪景，都会觉得寂寞，时间长了很累。

他推开休息室的门，走进去站在了窗边，刚才也一直没进来待一会儿。

“现在要住人也能住，都弄好了，就是白天肯定吵，没装修完呢，”许丁说，“空气也不行。”

程恪转头看了他一眼，笑了笑：“你是不是今天就盯着我研究了？”

“今天你一看就不太对劲啊，”许丁也笑了笑，“你就说你是要搬家，还是临时要找地方住一阵儿吧。”

“年后估计得搬，这阵儿先凑合一下。”程恪说。

“老三的房子不租了？”许丁问。

“……嗯，”程恪很低地应了一声，“不过合同时间也没到，到了再退吧。”

“继续交房租吗？”许丁笑了起来。

“是啊。”程恪转开了头，有点儿笑不出来。

“行吧，”许丁没再多问，“你要是找不着合适的，我帮你问问。”

“谢了。”程恪说。

跟许丁吃过饭回家，进楼里的时候保安跟他打了个招呼：“程先生回来啦。”

“啊。”程恪应着。

“今天江先生过来一趟，把猫什么的拿走了。”保安说。

“嗯，我知道。”程恪点点头。

“那猫才这么两三天好像胖了一圈啊，”保安说，“那天你抱过来的时候我看它脑袋都没我拳头大，今天跟我拳头一样大了。”

“它挺能吃的。”程恪笑笑，按了电梯，希望电梯快点儿下来。

“这边儿！”保安指了指旁边的电梯门。

程恪这才发现旁边的门已经开了，赶紧走了进去。

程恪开门进屋，发现屋里基本上都是老样子，除了喵的东西和江予夺放换洗衣服的那个包没了。

程恪洗完澡，抱着笔记本坐到沙发上。

他挺久没有这么在晚上工作了，打开笔记本的时候有点儿不爽，这个状态让他想起了被赶出家门之前的那几个月。

他每天回到家之后还会待在自己屋里，对着一堆文件和表格慢慢研究，最后落了个废物的下场。

他轻轻叹了一口气，点开一个文档。

看到一半的时候他睡着了。

不知道为什么，这几天他又像是刚来到这片儿的时候，每天都很困，各种姿势都能睡熟，没点儿意外动静仿佛就能长眠不醒了。

学校放假了，快过年了，现在他每天都能听到楼下小孩儿笑闹着放炮仗的声音。

今年过年的感觉比往年要明显一些。

以往他不太关注过不过年，家里过年的准备工作也不需要他去参与，一般他不是跟朋友出去，就是在屋里待着，连鞭炮声都得临到年三十了才能听到一些。

有时候他会站到窗边往下看看，一帮大大小小的孩子疯跑着，看得人眼晕。

偶尔他也会往四周看看，墙角、车后头、小花园里，不过一直也没看到过江予夺。

他虽然觉得松了口气，因为实在不希望因为自己的存在让江予夺继续那样的状态，但也会莫名其妙有些失落。

手机在茶几上响了半天，他才过去接起电话。

电话是酒店前台打过来的，告诉他之前预订的房间今天可以入住了。

“谢谢。”他挂掉电话。

今天？

他打开手机记事本，看了一眼时间，还真的是预订的今天……但是他东西都还没收拾。

拿着手机愣半天之后他叹了口气，慢吞吞地进了卧室。

还好他没买太多东西，把衣服和日用品什么的先塞箱子里带过去就行，别的家电之类的……后面再说吧。

“三哥，”大斌接完电话走过来，“积家出门了，两个行李箱，叫了辆车。”

“嗯。”江予夺点了点头。

“用跟着看他去哪儿吗？”大斌问。

“不用。”江予夺说。

“那我让他们走了？”大斌又问。

江予夺点点头。

大斌走开之后，陈庆蹲在花坛边上往他身边蹭了蹭：“他不会是要躲房租吧？是不是又破一次产？”

“他这个月没住满呢，”江予夺看了他一眼，“躲个头。”

“那他也没退租吗？”陈庆小声问。

“没，”江予夺说，“这个月到时间你打个电话问问他什么时候退。”

“好。”陈庆拿出手机看了看日历，想想又凑到他耳边，“三哥。”

“不为什么。”江予夺说。

陈庆叹了口气：“算了，不问了，反正这些人，跟我们也不是一路人，又不是第一个，我还觉得他跟别人不一样呢，不端着，也没看不起咱们，结果还是……”

“闭嘴。”江予夺沉着声音说了一句。

陈庆愣了愣，看了他一眼，没再说话。

江予夺拉了拉帽子，看着旁边一帮正缩着脖子边蹦边笑着聊天儿的小兄弟，也不知道都乐点儿什么，好几个过年连买件衣服的钱都没有，只能臭不要脸地一个个都等着拿了压岁钱去挥霍。

“三哥。”陈庆又凑了过来。

江予夺看着他。

“今年还是去我家吧？”陈庆问，“我妈昨天还问来着，说让咱俩买年货去。”

卢茜每年过年都回家陪老太太，江予夺一般会去陈庆家过年。

但今年……

“不了，”江予夺说，“我过两天要出门儿。”

“……什么？”陈庆愣住了，“去哪儿啊？”

“疗养。”江予夺说。

“不是，”陈庆一脸迷茫，“以前也没过年的时候去疗养过啊，怎么这回挑这么个时间？”

“想去就去了，没特意挑时间。”江予夺说。

“那你换个时间啊，大过年的谁有空疗养你啊。”陈庆皱着眉头。

江予夺没再继续这个话题：“明天叫几个人去出租屋那边楼下盯着点儿，马上过年了，不回家的先不管，别让欠着房租的跑了。”

“行，”陈庆说，“得多叫几个人过去，去年差点儿打起来。”

“你看着安排吧，”江予夺说，“能不动手不要动手，年还得过呢。”

“放心吧，”陈庆说，“能动手我都未必动得了手。”

江予夺乐了，站起来在他脑袋上拍了一下：“我先回去了，困了。”

“嗯。”陈庆点点头。

江予夺走了几步，他又在后头追了一句：“那猫要搁我家吗？”

“不用，我带着，”江予夺说，想想又走了回去，“你是不是开车来的？”

“嗯。”陈庆拿出了车钥匙，“就停路口那排车位那儿了，第三辆。”

“明天晚上给你开回店里。”江予夺接过钥匙。

陈庆今天开出来的是之前违章快能买年卡了的那辆，停在路边的第二辆。

江予夺拐出路口就看到了，但往前走两步，离车还有好几米，猛地停了一下，揣在兜里的手握紧了。

这是这么久以来，江予夺第一次这么近距离地跟“他们”面对面相遇。

那人就站在车头左边，脸冲他站着。

如果这不是在大街上，江予夺会以为自己站在了镜子跟前。

这人穿着跟他一样的外套，戴着一样的帽子，左手也同样揣在兜里。

只是这人的帽檐压得很低，整张脸都埋在阴影里，旁边不断有车经过，亮着的车灯打过去都没能照亮他的脸。

江予夺没有犹豫，把兜里的刀抽出来，猛地冲了过去。

手撑着车头跃起时，那人转身往对街跑了，江予夺踹过去的一脚落了空。

落地之后他听到了一声尖锐的喇叭声，就贴在他耳边。

他收回盯着那人的视线时，看到一辆车停在了他身边，司机一脸愤怒地按着喇叭，一直到跟他的目光对上了，才松开了按喇叭的手。

“你是不是有病？”司机打开车门下了车，指着他，“没长眼睛吗？！”

江予夺没说话，眯缝了一下眼睛，看着他。

司机非常不爽骂骂咧咧地上下打量着他，大概是在判断如果动手，赢的概率是多少。

江予夺帮他算了一下，概率是0。

司机目光往下落到他手上时，一直动个不停的嘴停下了，然后转身飞快地上了车。

发动车子要往前开的时候，他又探出头：“让让还不会了啊？”

江予夺没说话，抬腿一脚蹬在了他车头上。

司机把头缩回去，把车往后倒了一截，绕开江予夺开走了。

跑过对街的人已经不见了，江予夺低头看了看自己的左手——握着刀的左手上全是血。

他转头又看了一眼引擎盖，上面有一个带着血的手印。

他打开车门，在车里找了找，从一个湿巾筒里抽了几张湿巾出来，两张握在手里捏紧，然后再拿两张过去把引擎盖上的血擦掉了。

擦得很仔细，确定完全看不到了，他才坐回车里，把刀也仔细地擦了一下。

他本来想直接去车站买票，现在看来得先回去一趟，把手包扎好。

包扎伤口对他来说是非常简单的事，特别是今天这种不太深的伤，他都数不清自己包过多少回了。

把手收拾好再顺便把喵喂了，打扫好猫厕所，出门的时候，他看了一眼时间，半个小时不到。

他把车停在了拐角，走过去的时候往四周看了看，没有看到人。

上车之后他又发了会儿呆才发动车子，往车站开过去。

车站是汽车站，他很少出门，如果需要出门，选择的都是最普通的长途汽车，停的站比较多，如果出现什么意外，也不会被困在车厢里。

排队买票的时候他看了一眼手机上的日历，后天出发的话，时间会比较充足，不过最后还是买了明天的票，一大早。

走出车站，他随便进了一家小杂货铺："有电话吗？"

老板指了指柜台尽头，放着一个陈旧得都快看不出本色的座机。

江予夺过去拿起电话拨了号。

这个电话号码他从来没存过，一年也打不了一次，但一直都记得很清楚。

听筒里传来振铃声，响了几声之后电话接通了，那边传来一个女人的声音："您好。"

江予夺看了一眼老板，老板正坐在门边入神地盯着一个小电视机看得直乐，他对着话筒低声开口："罗姐。"

"小江吗？"罗姐那边马上问了一句。

"是。"江予夺回答。

"好久没有你的消息了，快两年了吧？"罗姐声音很稳，但听得出带着些许惊喜，"你现在怎么样？"

"挺好，"江予夺说，"我刚买了车票。"

“要过来吗？”罗姐问。

“嗯，”江予夺说，“你有时间吗？”

“你哪天过来？”罗姐又问。

江予夺停顿了一下：“你哪天有时间？”

罗姐轻轻叹了口气，又笑着轻声说：“你哪天过来都可以，提前给我打个电话，我给你留出时间来，好吗？”

“好。”江予夺说。

“那我等你。”罗姐说。

江予夺挂掉电话，又按了一下去电查询，把号码删掉了。

回到车上，江予夺把车票拿出来又看了看，然后放进了钱包。

这会儿又开始下雪了，他看着窗外的雪花出神。

愣了半天，他又拿出手机点了几下。

这会儿他心里有点儿乱，不想开车，但看了几眼朋友圈，觉得更不舒服了。

朋友圈里其实跟平时差不多，不同的是多了不少年货，陈庆他们店里有活动，抽奖什么的，发了差不多十条广告。

他往下翻了翻，犹豫一下，又退出去点了程恪的名字。

程恪的朋友圈是空的，连一个标点都没有。

他叹了口气，把手机放回了兜里。

回家的时候他买了一大兜吃的，明天得在车上待差不多一天的时间，他吃不惯沿途的那些东西。

“明天我们去旅行，”他随便收拾两件衣服，拿个小包装了，“去挺远的地方，要坐长途车。”

喵跳到了他的包上趴着。

“你放心，我不会让你在行李箱里待着的，”江予夺说，“我抱着你坐，不过你最好老实点儿，要不我就给你扔窗外头去。”

喵蹭了蹭他的手，走开了。

陈庆的电话打过来的时候，程恪刚合上笔记本想要躺一会儿，本来手机响的时候他是打算装睡着没听见不接的，但扫了一眼手机屏幕，看到了“陈庆”两个字。

“喂？”他接起了电话。

“我陈庆，”那边陈庆的声音听着有些不爽，“你那房子还租不租了？不租的话就跟我说一声，我过去给你把押金退了。”

“我还……”程恪一时半会儿不知道该怎么说，“要不我下个月……再退吧。”

“再多租一个月是吧？”陈庆问。

“……是，”程恪说，“我东西还没拿完。”

“那行，我下个月再找你。”陈庆说完就把电话挂了。

程恪拿着手机，好半天都没回过神。

他本来想侧面打听一下江予夺的情况，但总护法连一秒钟都没给他留。

程恪叹了口气，把手机扔到一边，躺倒在床上。

算了，还有什么可打听的呢？

本来也是为了避免江予夺为了“保护”他而继续失控才离开的，如果还去打听，万一让江予夺知道了，不仅没什么好处，估计江予夺还会觉得他矫情。

程恪刚躺没两分钟，手机又响了。

“哎！”程恪翻了个身接起电话，“喂？”

“哥。”那听筒里传出了他熟悉的声音。

程恪非常后悔自己没先看一眼来电显示就接了电话，郁闷好几秒钟才开了口：“什么事？”

“哥，是这样，”程怿说，“我过两天去接你回家。”

“接我回哪儿？”程恪问。

“回家，”程怿笑了笑，“还能回哪儿？”

“我能回的地方多了，”程恪皱了皱眉，“你什么意思直说吧。”

“没什么意思啊，”程怿说，“就是接你回家，你难道不回家过年了吗？”

“谁让你接我回家的？”程恪问。

“……哥，你别管这些，”程怿说，“我去接你，你只管回来……”

“程怿，”程恪打断了他的话，他明显有些为难的语气让程恪非常不爽，“咱俩私下就别这样装了行吗？不累吗？”

“我不就想你回家过个年嘛！”程怿的声音听着有些生气。

“你就别说这样的话了，没有人想叫我回家过年，爸妈不想，你也不想，”程恪说，“你要不再开着免提把电话拿到爸跟前让他听听吧。”

程怿叹了口气，没有说话。

“要不你录个音？”程恪清了清嗓子，一字一顿地说，“我，不回家，过年，不过年我也，不回家。”

说完这句话，程恪挂掉电话，把手机狠狠地砸到了枕头上。

手机从枕头上弹起来，落回了他腿边。

程恪拿起手机又往枕头上砸过去。

手机又弹回来，这回稍微远一些，落在了脚那边，他直接一脚把手机踢下了床。

江予夺抱着喵，坐在靠近茶吧后门的一张桌子旁边，盯着门口进来的人。

罗姐从车上下来的时候，他隔着窗户一眼就看到了。

她没有什么变化，胖了一点，头发剪短了，看上去还是一个端庄沉稳的中年姐姐。

罗姐进门之后视线直接往角落这边扫过来，看到他之后就微笑着挥挥手，走过来坐下了。

“罗姐。”江予夺站了起来。

“坐着，”罗姐拍拍他的肩，拉开椅子坐到了他身边，又看了一眼他手里抱着的喵，“养了只小猫吗？”

“嗯，”江予夺坐下，“捡的。”

“很可爱，”罗姐笑笑，服务员过来之后，她点了两杯咖啡和一盘小脆饼，“是不是还喜欢吃小脆饼？”

“是。”江予夺点头。

点的东西都上齐了之后，罗姐看着他：“怎么这个时间出来？不在朋友家里过年吗？”

罗姐不知道陈庆的名字，只知道他有一个关系很铁的朋友。

“我想跟你聊聊。”江予夺拿起一块小脆饼，咬了一口。

不好吃，而且是咸的，不过他一直告诉罗姐他喜欢吃小脆饼。

“聊什么？”罗姐问。

江予夺又咬了一口小脆饼，没有说话。

“还经常看到‘他们’吗？”罗姐放轻了声音。

江予夺停了一下，抬眼看了看她：“没，很少看见了。”

“比以前要少吗？”罗姐又问。

“嗯。”江予夺点点头。

罗姐沉默了一小会儿：“那你愿意去我那里，做一些小测试吗？”

江予夺没有说话。

“小江，”罗姐在他手上轻轻拍了拍，“没关系，不想去就不去，我们可以就这么聊天儿，你定时间地点，我出来就行。”

“我现在没什么问题，”江予夺说，“我也不需要测试和……各种评估，我只是来跟你聊聊，普通聊天，随便说的那种。”

“好，那就普通聊天。”罗姐看着他。

“不要用心理医生那种说话方式，特别注意措辞，特别注意我的反应，”江予夺也看着她，“我不是你的病人，我也不是病人。”

“行，”罗姐笑了起来，喝了口咖啡，“你不是病人。”

“不是，”江予夺说完之后又很快补充了一句，“现在不是了。”

“小江，如果你希望我们就像普通认识的人之间那样聊天，姐姐就随便问了？”罗姐看着他。

“嗯。”江予夺点点头。

“你来找我，是想告诉我你现在已经好了，”罗姐的声音很柔和，“还是想要让我看到你的表现，然后告诉你，你已经好了？”

罗姐的这句话有些绕，但江予夺还是马上听懂了，他看着罗姐，没有说话。

17

自从那天程怿打电话过来叫他回家被拒绝之后，程恪的手机就没有再响起过了，没有电话，也没有消息。

大家都放假了，过年了。

要过年的人相互联系，不过年的被遗忘了。

何况是他这种已经离开了从小到大的生活圈，却又没有融入任何新的生活圈子的人。

在这种特殊的日子里，怕是没有任何人会再想起他。

不，酒店还记得他。

他收到了酒店送来的一份新年礼物。

不，这不算记得。

在这里他跟别的人一样，叫作“尊敬的客人”，而不是程恪。

他打开了礼物，里面有好几盒东西，有点心、有干果，还有一盒新鲜水果，都是过年的时候家里会准备的东西。

程恪拿了一盒蛋卷吃了，看了一眼时间，还没到中午。

这会儿如果出去，肯定没有地方吃饭了，于是他又把一袋蛋卷塞到了外套兜里，然后拿笔记本出了门。

车还是能打到的，就算打不着车，从酒店到店里，走路也只需要二十分钟。

出门的时候程恪把自己挂在酒店柜子里的外套挨个儿看了一遍，今天特别冷，早上他开了一小会儿窗，窗外灌进来的风扫到脸上跟被蘸水的鞭子抽过似的。

他来回扒拉几下，挑了一件最厚的，伪江予夺同款。

他一直想找江予夺那件厚外套同款，但不知道江予夺是从哪个批发市场买的，他试着去了一趟旁边的菜市场，在服装区找到了这件。

说实话，除了很厚重之外，这件跟江予夺的那件没法比，还要五百多，他老感觉是老板看他像个傻子，临时涨了价，张嘴就要八百，这还是他讲了价的……

要是江予夺在旁边帮着点儿，估计三百就能拿下吧，毕竟他那件比这件好，也才四百多……不，江予夺要在的话，程恪直接就去买他那件同款了。

程恪穿着这件大厚外套，拎着一兜昨天买的烟花站在电梯门口的时候，发现自己一直在琢磨江予夺。

犹豫半天，在电梯门打开的时候，他转身回了房间。

他换了第二厚的外套。

他重新去按了电梯。

这件外套明显不如之前那件抗冻，从出了酒店到上出租车就这么几秒钟，他就已经感觉到了冷。

这会儿街上已经没有人了，四处都响着鞭炮声，窗外的整个世界都被鞭炮放完后的烟雾和飘雪笼罩着，司机一路飙着车，赶着拉完他这一单就回家了。

手机响了一声，程恪看了一眼，是许丁的消息。

——真的不来我家吗？我家现在人特别多，热闹。

——真的不了，谢谢了，正月初三见。

——好吧，新年快乐。

——新年快乐。

程恪把手机放回了兜里，没过两分钟，消息提示音又响了，他又把手机拿出来，这次是林煦的信息。

——程哥新年快乐，有空出来喝酒。

——新年快乐。

程恪轻轻叹了口气，林煦算是挺有数的人，上回在酒吧碰到过江予夺之后，就没有再联系过他，也没有多问一句。

这会儿看着这句看似很随意的话，他才想起来自己一直也没给过林煦任何解释，顿时有些不好意思。

程恪回完消息没一会儿，车就到地方了。

程恪下车之后，车嗖的一下就蹿没影儿了，他站在混夹着雪花和烟雾的老北风里差点儿连方向都找不着。

拿出钥匙开门的时候都有点儿哆嗦，跟末世逃难似的，四周的人都已经逃光了，他找到了一处可以藏身的小屋……

这卷闸门是怎么开的？

哦，开了。

店里没什么变化，他打开灯，坐到了一楼的一个油漆桶上。

他打算从一楼开始往上，把那天他们商量过的细节再过一遍，画个草图感受一下。

这种日子里，他要不给自己找点儿事干想扛过去有点儿难。

虽然他给自己准备了一兜子烟花，但现在完全不想多看它们一眼。

手机又响了一声，他叹了口气，没到十二点呢，一个个怎么就这么积极？

这回是小杨教练，发了一通新年快乐的模板祝福，后面又跟着一条。

——程哥，你最近有点偷懒啊，都多久没来练习了？年后得加紧了。

程恪手指在屏幕上来回晃悠好半天，最后回了一个字。

——好。

他很少这么跟人发消息，以前那帮朋友过年也不会发这么一堆“新年快乐”。他面对这类消息一般都是选择忽略，现在倒是想要回复，只是不知道能回复什么。

他觉得累得慌。

他准备退出的时候又犹豫一下，点进了朋友圈，首先映入眼帘的就是总护法九九八十一条刷屏的新年贺图，店里的广告连过年期间都没有休息。

程恪非常认真地往下慢慢翻着总护法这段时间的每一条消息，耗时惊人，眼花缭乱。

然后他有些不安地发现，陈庆最后一次以“江予夺全球后援会官方发言人”面目出现，是十天之前了，文字内容就两个字——“聚会”，附了几张照片——在他们平时总待着的那个街心小花园的花坛边儿上，江予夺和他的小兄弟们。

程恪点开照片，手指扒拉着放大，想要看清江予夺的脸，可是只放大一次，照片就无法再放大了。

程恪非常无奈。

总护法这照片仿佛是用座机拍的，像素低得令人发指，手还哆嗦，每张照片放大了都是模糊的。

他只能无奈地盯着没放大的照片看——江予夺还是老样子，有着在一帮人里一眼就能被看到的独特气质——眼睛不知道在看哪儿，脸上带着不耐烦的漠然。

江予夺去哪儿了？

他没跟陈庆在一块儿了？

按陈庆的习惯，只要江予夺在他旁边，他就一定会发照片，但现在连续十天都没有提到过江予夺……

程恪退出去，点进了江予夺的相册——空空如也，就连那张小寸露点图都看不到了。

程恪瞪着手机愣了很长时间，轻轻叹了口气。

从晚上六点开始，四周的鞭炮声就已经疯狂得如同爆炸。

这会儿是十点多，稍微安静了一些，像是在等着十一点半之后的爆发。

江予夺拎着喵，把它放在了桥栏杆的一个石礅子上，然后把它脑袋上的一顶虎头帽扯了起来，凑过去喊：“别动！我给你拍照片！”

喵不愧是只流浪猫，对四周的疯狂声响已经基本适应，加上身上穿了衣服，头上还扣了顶帽子，这会儿的注意力都在帽子上了，偏着脑袋想要把帽子扒下来。

江予夺拿出手机对着它拍了几张，看了看，觉得效果还不错，看上去很像个土豪。他把照片发到朋友圈，写了几个字——“喵富贵”。

“走，”江予夺拎起它塞进外套，“转转去。”

街上没什么人，有人也看不清，江予夺刻意地控制着自己，没有观察四周。

今天晚上罗姐邀请了他去家里吃年夜饭，但他拒绝了。这么多年，除了陈庆家，年夜饭的时间，他连卢茜家都没去过。

他对过年没有什么感觉，热闹也好，冷清也好，他都挺麻木的。

无论是什么样的情感，都得是跟自己有关才体会得到，在别人的生活里，自己永远只是个配角，来了去了就那么回事。

而自己的生活，是空的。

他的手机响了起来，应该不是陈庆，陈庆今天已经打过“三千六百五十七个”电话过来了，算上前些天每天打来的那些，加一块儿能凑个万足金了。

电话是卢茜打来的：“你怎么不看手机啊？给你发了个红包，赶紧收了！”

“哦。”江予夺应了一声。

“哦什么？给我拜年！”卢茜说。

“新年快乐，姐。”江予夺笑笑。

“乖，玩够了赶紧回来哈，叫上陈庆他们，一块儿吃一顿。”卢茜说。

“嗯。”江予夺应着。

挂了电话之后，他打开微信，看到了卢茜的红包……确切地说是转账——一万块，一个很“胖”的红包。

他收了钱，给卢茜又回了一句。

——谢谢姐。

准备退出去的时候，他停了一下，点开程恪的相册。

这几天他很少想到程恪，哪怕是看到包里的那块积家时，也没有太多的感受，只记得这是程恪的表，并且对程恪来说，这块表的意义是“不爽”。

这会儿看着程恪的名字时，他却突然有些紧张，说不出来是害怕、抗拒还是有些期待。

程恪的相册之前一直是空的，这人从来不发朋友圈。

他今天却发了，就在十分钟之前，没有字，也没有表情，只有一张照片。

照片上是一片仿佛彩色喷泉一样的焰火，几乎占满了整个画面。

江予夺点了一下照片，慢慢放大，焰火的光芒也一点点变大，最后变成了有些朦胧的光斑。

程恪应该是跟朋友在一起放焰火，许丁、林煦，或者还有别的什么人。

那些跟程恪生活在同一个世界里，对他没有任何威胁，也不会给他带去任何麻烦的朋友。

离开了他的程恪，没有受到任何他曾经担心的伤害，很安全。

江予夺点开对话框。

他跟程恪的对话停留在很早以前，几乎没有什么内容。

他犹豫着点了几下屏幕，打下“新年快乐”四个字。

喵从他外套里探出脑袋时，他又飞快地把这几个字删掉了，然后退出，把手机放回了兜里。

程恪说他们还是朋友。

江予夺现在不太确定这是真话，还是出于怕他难过，又或者是出于程恪的教养。

手机在兜里响了一声，他没有动，坐在路边的长椅上。

这边的天气还不错，这个时间，这个季节，没有雪，没有疯狂的老北风，甚至树上还有绿色的树叶。

他把喵从外套里掏出来放到了地上，这套衣服配了根牵引绳，但他没有用。

他如果养狗，肯定是个不良市民，遛狗不拴绳的那种。

任何被拴着的动物，都会让他心悸——记忆里那些被铁链拴着，冲他龇着牙，眼里满是惊恐的小动物，很多是他去抓回来的，夜里，躲在各个角落里的流浪动物。

有些事他还是记得很清楚的。

也许所有的事他都记得，遗忘不过是个借口，每个噩梦都在提醒他，其实他什么也没忘掉。

就像他以为程恪已经开始消失，却突然发现其实连模糊都还没模糊呢。

程恪看着手机，半个小时过去了，江予夺也没有给他回复。

他叹了口气。

不过看到穿着一身镶着白毛边的大红马甲，还戴着顶红色雷锋帽满脸不情愿的喵，他又乐了半天。

江予夺应该是去什么地方旅行了，一个没下雪的地方。

他把最后一个小焰火筒放到空地上，哆哆嗦嗦地点了根烟，过去把引信点着了。

小火花嗞出来的时候，他拿了手机刚想拍，一阵老北风扇过来，筒子瞬间被吹倒，火花对着他就嗞了过来。

程恪转身狂奔，跑几步逃回了店里。

他隔着玻璃门看着焰火一直喷完了才又出来，踩了两脚被喷着的几片碎纸壳，把火苗踩灭了。

在外面待了也就二十分钟吧，程恪已经找不到什么能分散注意力、对抗无聊和寂寞的方法了。

他在店里站了一会儿，穿上外套，把自己裹好之后走了出去。

他打算回酒店睡觉吧。

这会儿没有车，他往酒店方向一路小跑着，倒是没怎么觉得冷就到了。酒店的超市还在营业，他进去买了两瓶酒，拎回了房间。

江予夺没有回复他的消息让他觉得，虽然也没什么大不了的，但还是在这种非常日子里的非常状态下给了他一记非常失落的棉花拳。

这个晚上，他站在所有人的世界之外，甚至站在了神经质一样保护着他的江予夺的世界之外。

为了让自己在这种极度孤独的情况下能睡着，他回到房间之后，把两瓶红酒都喝了下去。

酒还可以，比对面超市开架的那些要好喝一点儿。

他躺到床上，觉得其实应该买白酒，这两瓶红酒除了让他现在觉得有点儿撑之外，催眠效果还没有体现出来。

他就这么瞪眼躺着，后背都开始发麻了，也没睡着。

但似乎有些晕了，手机响的时候他都没听出来声音传来的方向，从枕头旁边摸手机时侧了一下头，发现自己的确晕了，屏幕上的字都看不清。

“喂？”他接起了电话。

“新年快乐。”听筒里有人说了一句。

程恪愣了愣：“江予夺？”

“嗯，”江予夺应了一声，沉默了一会儿，“我刚看到你发过来的消息。”

“哦，”程恪看了一眼手机，都过去快两个小时了，现在已经过了十二点，“太吵了吧。”

“不吵，”江予夺说，“我听到手机响了，就是一直没看。”

“……啊，”程恪笑了笑，江予夺还是这么直白，“新年快乐。”

“你跟……你放烟花了啊？挺好看的。”江予夺说。

“没事儿干放着玩，”程恪说，“就买了那点儿，五分钟就全放完了，最后一个还差点儿烧着我。”

“这都能烧着？”江予夺有些吃惊，“你用火把点的吗？”

“滚蛋。”程恪笑了起来。

“你一个人吗？”江予夺问了一句，有些犹豫。

程恪犹豫着，清了清嗓子：“是。”

“我以为……”江予夺愣了愣，“你没跟你那些朋友什么的在一起吗？”

程恪笑了起来：“我说过，我跟你对朋友的定义不一样，我没有这种时候能混在一起的朋友。”

江予夺没有说话。

“你……”程恪本来不想问，但又觉得不问太刻意，于是还是开了口，“你是不是带着喵去旅行了？”

“嗯？”江予夺笑了笑，“你看到照片了？”

“是啊，挺逗的。”程恪说。

“我没旅行。”江予夺说。

程恪等了一会儿，听他似乎这话就算是说完了，于是只能应了一声：“哦。”

“我是来见我的心理医生的。”江予夺说。

18

江予夺这句话说完，程恪愣住了。

他一直觉得江予夺有心理或者精神上的问题，但只是猜测，哪怕他心里已经觉得不会再有别的可能性了，听到江予夺这句话时，还是觉得自己脑子里有短暂的空白。

不是因为自己的猜测有了明确的答案，而是因为……听江予夺话里的意思，似乎并不是不知道自己的状况。

可如果江予夺能意识到自己的状况，之前那种完全能让人感受到的来自他内心真实的恐惧、担忧、紧张……

程恪抓着手机，张着嘴大概能有二十秒钟都没有说出一个字来，不知道该说什么，也不知道能说什么。

他既不敢问为什么，也不敢问怎么样。

最后他也只是闭上了嘴，还是什么声音也没发出来。

“我很久没有来了，”江予夺说，“我挺抗拒这些事的，揭我伤疤，一刀刀地又戳一圈伤。”

“如果是……治疗……”程恪不知道自己是不是因为震惊加紧张，嗓子眼儿像是被人用根皮筋扎住了似的，说话费劲也就算了，还变调，“那肯定是……会痛苦的……”

“你嗓子怎么了？”江予夺问。

“像尖叫鸡是吧？我知道，不用说了，”程恪用力清了清嗓子，又从小冰箱里拿瓶水喝了几口，“可能是因为我刚喝了点儿酒。”

“不是，”江予夺说，“像太监。”

“……去你的啊！”程恪无奈了，“你就得说一句才舒服是吧？”

江予夺笑了半天：“真的像。”

程恪挺喜欢听江予夺笑的，虽然江予夺这么笑的次数很少。

今天听着尤其好听，他延续了快半个月一直压在胸口的沉闷和孤单像是被撬开了一道口子，突然就松快了很多。

“你才像。”他说。

“我哪儿像了？”江予夺还在乐，“你又不是没看过。”

江予夺光着身子站在门口的场面顿时以蓝光水准的画质再次呈现在他眼前，高清无码，历久弥新。

“你像不像我就不知道了，没看过。”江予夺似乎心情很好，边乐边又补了一句。

听得出来，江予夺单纯地就是在开玩笑，而且还把他自己逗得挺开心，这种大无畏的精神让程恪佩服得五体投地。为了不引起不必要的尴尬，他只能咬牙配合了一句：“那我哪天洗澡的时候给你发个邀请函吧。”

江予夺又笑了一会儿之后猛地收了笑声。

程恪叹了口气。

“哪天啊？”江予夺沉默一会儿开了口，“我以为你以后不会再见我了。”

“什么？”程恪被他问蒙了，怎么也没想到江予夺抓重点的能力能拐出这种层次来。

“我跟医生差不多每天都会见面，”江予夺说，“她说效果还是很好的，我现在基本……看不见他们了。”

程恪还是有些蒙，没有出声。

“我的意思是……”江予夺顿了顿，“过一段时间，我就会好了。”

“嗯，会好的。”程恪有些迷瞪，但还是马上附和了一句。

“如果我好了，”江予夺说，“你就不用再这么……躲着我了。”

程恪再次愣住，他还是第一次听到江予夺绕圈子说话，对于一个说话从来都单刀直入的人来说，能绕这么大一圈，算得上是相当小心翼翼了。

他突然就有些心痛。

虽然江予夺的话他还没有来得及仔细思考，隐隐只觉得有哪里不是特别合理，但眼下他没有细想的余地。

“我明白。”他说。

“我从来没有过你这样的朋友，”江予夺说，“这么优秀的朋友，虽然你燃气灶都不会用还说梦话……”

“能不提这个了吗？”程恪说。

“我不知道该怎么说，”江予夺说得很慢，似乎组织语言非常费劲，“你对我，跟别人对我不一样。”

“嗯。”程恪应了一声，是不一样。

“我不是说你……别的什么方面，”江予夺停了停，说得还是很艰难，“我是说……我在你面前，不是老三，不是三哥，也不是街头混混……”

“你就是一个我新认识的朋友，”程恪感觉自己明白了江予夺的意思，虽然他并没有完全做到江予夺说的那样，“你身上没有什么标签。”

第四章

草莓酒

19

跟江予夺的这通电话并没有打太长时间，也就几分钟，江予夺带着喵还没回住的地方，于是程恪挂了电话。

也不知道怎么就能困成这样，两瓶酒而已，居然就能让他连衣服都没换，直接就一觉睡到了第二天中午。

依旧是被鞭炮声吵醒的，程恪在窗边站了一会儿，今天放晴了，这会儿天很亮，但能见度还是低，看什么都像蒙着一层纱。

手机响了一声，他很快地转过身，走到床头拿起手机看了一眼，发件人居然是程怿。

这种从期待到失望再到烦躁的情绪转变，程恪只用一秒钟就完成了。

——哥，新年快乐。

他看着这行字，还有这行字下面的一条转账六万的提示，简直觉得无奈。

盯了能有两分钟，程恪在屏幕上点一下，收了钱，然后给程怿发了个红包，备注“大吉大利”，里头是一毛八分钱。

然后他又发了个“微笑”的表情。

发完之后他把手机扔回床头，想想又拿过来，点开了朋友圈，程怿不可能只是私下来这么一下。

果然，程恪的朋友圈里有程怿发的两条朋友圈——一条是阖家团圆，九张图上都是老爸、老妈和家里的各位亲戚，跟他熟悉的每年过年的场景一样，热闹而豪华，唯一的区别就是这次他是孤身一人待在酒店的房间里，隔着屏幕看到的。

另一条是半个小时前发的：“难得一聚”。

程恪都怀疑这条是只对他可见，照片里的每一个人他都认识，全是他曾经的那些“朋友”。

他不知道自己心里是什么滋味，只是迅速地把每一个人的脸都看了一遍，确定许丁不在里头之后，才松了口气。

虽然不知道如果在这里头看到许丁，他能怎么样。

放下手机之前，他给许丁发了个两毛钱的红包。

许丁回了个一块一毛一分钱的红包给他。

——比你的气派吧，单身狗专用红包。

他笑了好半天。

江予夺今天没有再联系他，之后也没有。正月初三之后，程恪跟许丁开始盯着店面的装修，每天都很忙，但还是会每天看好几次朋友圈。

江予夺的相册里一直都只有那一张红马甲喵，下面还有一条陈庆发的评论。

——它不是只公猫吗?

程恪笑了笑。

下面还有一条江予夺的回复。

——你的红内裤快脱了吧。

朋友圈里最坚强的就是陈庆的广告了，不过能看出来，江予夺还没有回来，还在心理医生那里，江予夺全球后援会一直没有新图发出来。

总护法太不称职了，就没点儿存货吗?

“设计师说这面墙用这两个颜色都行，”许丁把两张卡片递到程恪眼前，“你觉得哪个合适？”

程恪把手机放回兜里：“偏冷点儿的这个吧，显得利索。”

“行。”许丁点点头，“下午你有空过来一趟吗？楼上铺地板，我下午有个会。”

“虚伪了吧，”程恪说，“我有没空的时候吗？”

许丁笑了起来：“真不是虚伪，你这几天总看手机，是不是有什么情况？你要约个会什么的，我从公司叫个人过来盯着就行。”

“我来就行。”程恪感觉自己这几天也没怎么看手机，居然就明显到让许丁都看出来了？

一楼有工人在锯木头，扬得到处都是木，他俩一块儿逃到了二楼露台上。

“这里可以放两套你会客室里的那种水泥桌椅，挺协调的。”

“那个挺贵的。”许丁说。

“我来做，”程恪说，“当玩了，反正有时间。”

许丁看了他一眼：“那我回去给你拍张照片？”

“不用，我记得什么样，”程恪蹲下，拿了根工人用的粉笔，在地上画了张椅子出来，“差不多就这样吧，我弄简单点儿，好做。”

“我那套下面没有那一道吧？”许丁说。

“有。”程恪说，“但是没有就更好看。”

“有吗？”许丁有些疑惑，“我天天看啊，我怎么感觉没有？”

“赌吗？”程恪说，“六万。”

“……多少？”许丁看着他。

“六万。”程恪说。

许丁笑了起来：“你没事儿吧？我又不是刘天成，跟你打这样的赌。”

“也是，”程恪笑笑，“咱俩红包一块钱都算大的了。”

“你没事儿吧？”许丁也蹲了下来，“六万有什么说法吗？”

“有个头，”程恪说，“程怿给我弄了个六万的红包，直接转账的。”

“收啊。”许丁说。

程恪看着他笑了起来：“你这人怎么这样？”

“那你收了没？”许丁问。

“收了。”程恪说。

“你这人怎么这样？”许丁笑了半天，收了笑容，“说实话，我弟要敢这样，早让我打死了，大概是岁数差得多，不容易有竞争感。”

“竞争？”

“我不知道你爸是什么样的人，”许丁说，“不过应该是那种不轻易给孩子表扬的家长吧，严父什么的？”

“嗯，”程恪看着露台栏杆外面，“十几年我都没听过他说我什么好了，就答应他去公司跟着程怿那会儿，他说了一句‘总算有点儿样子了’。”

许丁叹了口气。

程恪有些出神，程怿就为这一句吗？

“不是，三哥，这都快到元宵节了，”陈庆的郁闷江予夺隔着听筒都能听出来，“你一个人吃饺子，还想一个人吃元宵吗？一个人看灯吗？”

“说得这么惨，”江予夺“啧”了一声，“你是不是找不着人说话了？”

“……当然也是有这么个原因吧，挺想你的，毕竟咱俩天天在一起，”陈庆说，“你疗养什么时候能完啊？”

“再过几天吧。”江予夺说。

陈庆叹气：“要不你回来我给你疗呗，什么按摩推油……”

“你闭嘴，”江予夺打断他，“要不我给你踩踩背？”

“我怕你一脚给我踩两瓣了，”陈庆说，“行吧，你疗你的，这阵儿反正也没什么事，你尽量在元宵节之前回来吧，我妈还给你包了个红包呢。”

“好。”江予夺说。

陈庆的电话挂了之后，他看了看时间，离他跟罗姐约好的时间差不多还有半个小时。

他看着过往的行人。

过了正月初六之后，街上的人就慢慢多了起来，店铺也都开门了，早上也有地方吃早点了。

但江予夺的不安也开始增加。

江予夺没有往右边看，但知道右边有人，就在一排小黄车的那头，如果转头，就能看到。

他一直没有转头，已经大半个月了，他始终努力让自己忽略“他们”。

罗姐是个很敏锐的人，他任何一点异常，都逃不过她的眼睛。

他想要证明，就需要每一个细节都做到位。

甚至连见面的地点，他也选择了露天。

这边的气候还不错，哪怕是大冬天，只要待在阳光里，就能感觉到暖。

喵在他脚边，还穿着那件红马甲，懒懒地趴着。

这件红马甲喵不是很喜欢，一有机会就想咬掉，所以回到旅店的时候江予夺都会帮它脱掉，但出门一定会给它穿上。

毕竟没有绳子，跑开了会比较显眼，他害怕万一把喵弄丢了……记忆里那些被抓回来的流浪动物临死时的惨叫他再也不想听到了。

“小江。”罗姐叫了他一声。

江予夺转过头，拎起喵站起来，冲她笑了笑。

罗姐是从路左边过来的，下出租车的时候江予夺就已经看到了，但一直到她走近开口叫了他，他才转过头。

“罗姐。”他笑了笑。

“就那家是吧？”罗姐指了指前面的咖啡店。

“嗯，”他跟罗姐一块儿往咖啡店走过去，然后帮罗姐拉了椅子，再背对着街坐下了，“今天太阳不错，晒一下挺舒服。”

罗姐看了他一眼，笑着点点头：“是啊，你看小猫都晒眯眼了。”

江予夺把喵放到了旁边的椅子上，在他余光的范围里。

罗姐点了饮料和点心，然后看着他：“我还以为你已经回去了呢，才见两次面，就不给我打电话了。”

“没，回去太冷了，在这边多待几天暖和暖和。”江予夺说。

“以前不是不怕冷的吗？”罗姐说。

“现在怕冷了。”江予夺说。

服务员把饮料和点心拿了过来，江予夺捏了一块小脆饼：“我过几天回去了，元宵节之前。”

“嗯，感觉怎么样？”罗姐喝了一口热可可。

“挺好的，”江予夺说，“换个环境放松不少。”

“现在有什么计划吗？”罗姐又问。

“嗯？”江予夺愣了愣。

“以后的计划，”罗姐说，“你现在没事了，也应该会给自己做一个小规划吧？以前我们提到过的。”

“嗯，”江予夺点了点头，“有的，有一个……朋友的朋友……我可能会去拍点东西。”

“模特吗？”罗姐笑笑。

“……是。”江予夺没有想到罗姐会突然说这些，这种措手不及的感觉让他有些烦躁。

“那还挺不错的，有朋友介绍比较靠谱。”罗姐说。

江予夺没有回答。他不想再继续这个突如其来并且完全虚无的话题，可一下又找不到可以不突兀地切换话题的方式，于是只能选择了沉默。

罗姐也没有再说下去，只是用小勺慢慢搅动着杯子里的热可可。

过了好几分钟，江予夺余光里趴在椅子上的喵动了动，他伸手在喵脑袋上摸了摸。

“小江，”罗姐再次开口，语气变得有些严肃，“你坚持我们之间的交流要像普通的认识的人那样，对吗？”

“嗯。”江予夺应了一声。

“为什么？”罗姐问。

“因为我不是病人了。”江予夺回答得很干脆。

“你能告诉你我为什么来找我吗？”罗姐问，“我们之前见了两次面，你始终不愿意正面回答我。”

江予夺皱了皱眉，看着她有些不耐烦：“这有什么关系吗？”

“小江，”罗姐叹了口气，“其实你是不是好了，是不是还没好，我一句话一个判断是没有意义的。”

江予夺皱着眉不出声。

“我相信很多测试和谈话，如果不是在你我之间进行，你很有可能会得到你想要的答案。”罗姐说，“你很聪明，也很敏感，你懂得怎么样应对能让你看起来‘不是病人’。”

“你想说什么？”江予夺抬起头看着她。

“你一直也不愿意承认自己有些异常表现，这么多年都是这样，”罗姐说，“现在你来找我，只是想用承认自己异常的方式来证明自己正常，这里面是有原因的。”

“有个屁的原因。”江予夺说。

“也许没有吧，”罗姐并没有因为他的话而有什么不快，只是笑了笑，“无论有没有原因，我都觉得这对你来说也许是件好事。”

江予夺没说话。

也许是罗姐跟他太熟悉，十年，或者九年。他们已经认识太久，她见过太多次，江予夺无法准确形容自己现在的心情，只觉得烦躁不安。

没等罗姐再说话，他拎起喵站了起来：“我走了。”

今天气温难得回升了一些，程恪把窗户推开了一条缝，吹进来的风比前几天要温和一些。

他决定回去一趟。

回去干什么他还没想好，但毕竟房子还没退，他的很多东西还都在屋里放着……而且快到交房租的时间了。

不过这房子到底是退还是不退，他还真拿不定主意。

本来是应该退的，之前离开的时候，江予夺也没给他留后路，他也只是想着年后再找个房子，时间上宽松一些。

但那天江予夺的电话，又让他有些茫然，弄不清现在的状况了。

到现在他也没去找新的住处，江予夺也没再联系他。

加上店里装修进度挺快的，他每天也忙，整个人都有点儿迷糊。

打了辆车回到小区，刚下车程恪就听到了保安热情的声音：“程先生回来啦？”

“啊。”程恪应了一声，看到保安从值班室里走了出来。

“怎么没拿行李啊？”保安问。

“啊？”程恪愣了愣。

“不是过年回老家吗？”保安说，“走的时候我看你拖了俩箱子啊。”

“……哦，我行李还……在家里，”程恪说，“我家就在这儿。”

“哦！”保安笑了起来，“我还以为你是外地的呢，心想你语言能力不错啊，一点儿口音都听不出来……”

程恪笑笑，电梯正好下来，他赶紧跑进去，门关上之后松了口气。

屋里没什么变化，落了一层细细的灰，用手摸了才能发现，程恪屋里屋外地转了转，发现客厅里一个插线板插头被拔了下来。

这个插线板插头他一直插在插座上，不用的时候只是把插线板上的开关关掉，但现在插头已经被拔了下来，应该是有人进来过。

陈庆，还是……江予夺？

房东擅自闯入租户家里拔插线板插头，租户是不是可以投诉？

他又进浴室里看了看，想洗个脸的时候发现热水器的插头也被拔了下来。

啧。

他走的时候专门关了热水器，怎么还非得拔下来呢……他把插头重新插好，打开了开关。

洗完脸之后，就没什么事儿可干了，在屋里又愣了一会儿，他看了看时间，打算去吃点儿东西。

去听福楼吧。

他这段时间就吃两种东西，外卖和酒店西餐，实在是腻透了。

要不是一个人去吃火锅有点儿尴尬，他都想去吃顿麻辣火锅了。

这会儿出租车很少，手机上下个单也一直没人接，程恪只能自己往那边溜达。

住了这么长时间，四周的路也都挺熟了，特别是江予夺带他走过的那些近路，他拐进小路，边走边看，不打车也有不打车的好处，看到哪儿想过去，就过去了——比如那个楼后头的街心小花园。

程恪很少来这儿，今天这边儿挺热闹，小孩儿跑来跑去地疯狂追逐尖叫，顺手再放几个炮。

他一边提防着哪个熊孩子把炮仗往他身上扔，一边穿过了两栋楼之间的通道。

一派冬日萧条景象的小花园展现在他眼前的同时，一帮疑似正在开会的街头混混也映入了眼帘。

十多个人同时转头盯过来的场面，让他感觉自己瞬间穿越回了几个月前。

而他也跟几个月前一样，第一眼就看到了蹲在花坛边上的江予夺。

“积哥？”陈庆吃惊的声音传了过来。

程恪往人堆里迅速扫了一眼，没有看到陈庆，大概是太瘦被挡住了吧，他又把目光落回江予夺脸上。

“回来了？”江予夺叼着烟，问了一句。

“啊，”程恪应了一声，“回来看看。”

“是要退租吗？”陈庆的声音再次传来，“还有几天呢。”

这回程恪总算看到了他，但是挺吃惊的，因为他就蹲在江予夺边儿上，第一眼居然没看到。

这种存在感对他来说算得上相当牛的优势了。

“散吧。”江予夺摆了摆手。

一帮人慢慢离开，经过程恪身边的时候都还挺有礼貌的：“积哥。”

积哪门子的哥啊！

程恪扯着嘴角强行保持着微笑。

“那我也先回去了，”陈庆最后一个离开，走的时候又冲江予夺交代了一句，“明天下午我接你啊。”

“嗯。”江予夺点了点头。

陈庆走了两步又回过头：“要不……叫积哥也……”

“快滚。”江予夺说。

陈庆转身走了。

人都走光之后，程恪才感觉放松了一些，走到江予夺跟前：“你什么时候回来的啊？”

“昨天。”江予夺跳下花坛，把烟掐了。

程恪想说“怎么没跟我说一声”，但又觉得没有说这句话的立场。

“我想给你打电话的。”江予夺说。

“那也没打啊。”程恪说。

“我怕打过去你说要搬走，”江予夺皱了皱眉，“就没打。”

“我要想搬走，你打不打我都会搬啊。”程恪说。

“要搬？”江予夺迅速挑出了重点。

“没呢，”程恪有些不好意思，“我还没开始找别的房子，一直住在酒店呢。”

“哦，”江予夺点点头，“那房子你住着吧，也没人赶你走。”

程恪看了他一眼，没说话。

“吃饭了吗？”江予夺问。

“没，”程恪说，“你请我吃吧？”

江予夺皱着眉：“你是不是住的总统套房啊？”

“啊？”程恪没听懂。

“吃饭的钱都没了？”江予夺问。

“……我就是让你请我吃饭，你要不想请，就我请你吃。”程恪有些无奈。

“好。”江予夺点头。

“好什么？”程恪愣了。

“你请我吃啊，”江予夺想了想，“火锅吧，我挺长时间没吃火锅了。”

“……行吧。”程恪叹了口气。

跟江予夺一块儿往饭店走的时候，程恪一直偏着头往江予夺脸上看。

毕竟他挺久没看到江予夺了，而且以为再也看不到了，现在突然就这么一点儿防备没有地看到江予夺，他连起码的礼貌都顾不上了。

江予夺瘦了，从侧面一眼就能看出来瘦了不少。

不知道这段时间江予夺的“旅行”到底进行了什么项目，能让一个人这么快地瘦出肉眼可见的效果。

“看什么？”江予夺转过头问了一句，“看一条街了。”

“……你是不是瘦了？”程恪赶紧问。

“嗯，”江予夺摸了摸自己的脸，“陈庆见我第一句话也是这个，我昨天称了一下，瘦了十斤吧大概。”

“怎么会瘦这么多？”程恪看着他。

“不知道，”江予夺看了他一眼，“你瘦了多少？”

“什么？”程恪问。

“你下巴都瘦尖了，”江予夺抬手在他下巴上弹了一下，“过年是不是没人送外卖啊？”

20

如果是平时，一个月之前，哪怕程恪正在琢磨什么，江予夺的这个动作也不会对他有什么特别大的影响，但现在，他已经挺长时间没见过江予夺，猛地看到时都有些恍惚了，再突然来这么一下，程恪直接就一脚不知道踢到哪儿似的踉跄了一下。

江予夺倒是没什么感觉，看上去心情挺不错的，要不也不会做出这样的举动，这会儿看他踉跄一下，还乐出声了："我内力很强啊，可能已经练成一指禅了。"

"闭嘴，走你的路。"程恪说。

江予夺又笑了一会儿才收了："你过年也一个人吗？"

"嗯，"程恪点点头，"不然呢？我回家吗？程怿也不让我回啊。"

"他说了不让你回吗？"江予夺看了他一眼。

"没，他说让我回呢。"程恪皱了皱眉。

江予夺没说话。

程恪想到这些事儿又有点儿烦，于是换了个话题："你是不是进我屋了？"

"……啊，"江予夺揉了揉鼻子，"我出门之前去检查了一下，你不是不住那儿了嘛，我怕你什么也不懂，弄个火灾啊燃气泄漏什么的。"

"我不至于那么废物吧？"程恪说。

"插头都没拔啊，全插着呢，"江予夺说，"阳台窗户还开着半扇呢，我要没去一趟，那屋现在就全是灰。"

"我没关窗吗？"程恪愣了。

"没关。"江予夺说。

“我大概……”程恪叹了口气，走的时候那种情绪，别说窗户了，门没关都有可能，“没注意。”

过年期间所有的饭店，特别是这个地段平时生意就好的饭店，基本连中餐都得排号，这会儿又正好是用餐高峰期，程恪一看在饭店门口休息室里等位的人，瞬间就没有食欲了。

“不吃了。”他说，“我实在是不想等，太烦了。”

“我请客。”江予夺说。

“嗯？”程恪看着他。

“让你请客你就不吃了，那还是我请吧。”江予夺说。

“滚！”程恪指了指店里的人，“就这阵势，谁请我也不吃。”

“那怎么办？”江予夺说，“换个地方吧。”

程恪拿不定主意，这会儿去哪个火锅店估计都得等，这种天气，没有比火锅更爽的东西了。

“要不这样吧，”江予夺犹豫了一下，“你要实在不想等……就自己做吧？”

“我？”程恪震惊地指着自己，“我自己做？我做出来了你吃吗？”

“不吃，”江予夺皱了皱眉，“我来做。”

“那行。”程恪马上回答。

江予夺看着他，“啧”了一声。

打了辆车到超市之后，程恪又觉得他俩脑子可能冻坏了。

“这从买开始，需要的时间不比在饭店那儿等位的短吧？”他问。

“那在家里坐沙发上看着电视玩着手机等，总比在饭店那儿愣着等强吧？”江予夺的思路倒还挺清晰的，“你是不愿意在那儿等，还是根本就不愿意等啊？”

“买材料去。”程恪指了指超市。

他是根本就不愿意等，但是想想如果就跟江予夺猫屋里的话，那等一会儿也就没什么了。

“麻辣的是吧？”江予夺拿了辆小车推着，“先买底料。”

“嗯。”程恪跟着他，“我不懂，你看着拿，一会儿我结账。”

“那你先去排队吧，”江予夺说，“人多，先排着节省时间。”

“哦。”程恪往收银台那边看了一眼，人的确不少。

有时候他就不明白了，大家从年前就在买，买一个月了，居然还没买够，到底都在买什么呢……

“去啊。”江予夺说。

程恪不想去。

就算不是跟江予夺一块儿在超市里溜达着，他也不想去傻站着排队。

“嗯。”他又应了一声，但还是装死跟在江予夺身边慢慢走着看货架。

江予夺没出声，看着他。

“我不去。”程恪说。

“那你‘嗯’什么呢？”江予夺说。

“随便‘嗯’一声。”程恪厚着脸皮回答。

江予夺没再要求他去排队，飞快地推着车，在货架上抓了一堆东西，又往冷鲜柜那边快步走过去。

程恪就跟在后头看，也不是不想帮忙，主要是并不知道需要什么材料，到了冷鲜柜，才开始伸手。

“这是羊肉卷吗？”他拿起一盒肉看了看。

“你瞎的吧，”江予夺说，“上面有字儿不会看啊？牛肉——呢油、牛，日欧——”

“你认识的字儿真多，”程恪看着他，“给你鼓个掌吧？”

“鼓呗。”江予夺说。

程恪噼里啪啦地拍了拍手。

旁边好几个人看过来，他又赶紧把手揣进了兜里。

江予夺拿肉跟拿配料一样利索，唰唰唰地往车里一通扔，程恪感觉他们能吃掉一半都算是饿急了。

“去排队。”江予夺拿得差不多的时候又说了一次。

“哦，”程恪往收银台走，“再拿几包方便面，放火锅里吃。”

“嗯。”江予夺应了一声。

这种感觉挺好的，起码感觉上是放松的，一块儿在超市里转悠，往购物车里扔东西，一会儿再一块儿吃火锅。

但程恪也承认，在心里的某个地方，还存着一小坨让他不安的疑问——江予夺跟分别之前完全不同了的状态，以及那个心理医生。

只是江予夺没有提，他暂时也不愿意去问。

别人是不是这样不知道，至少对于程恪来说，鸵鸟精神在很多时候，尤其是这种时候，都能发挥最大的作用。

他现在只想跟江予夺把这顿饭吃了。

江予夺一直看到程恪站到了收银台的队伍中，又往他四周看了两圈之后，才转头又拿了几盒肉，再推着车去拿了几包面。

不过方便面不禁煮，吃火锅的时候还是用这种跟方便面长得很像的简单的辫子面更合适。

拿了面条，从货架之间走出来往收银台那边去的时候，他回头看了一眼。

强烈的被人盯着的感觉让他有些不安，但回过头的时候，只看到一个理货员正在往货架上放东西。

超市里的人太多，阻挡视线的东西也太多，他转回头，走到了程恪身边，前面还有四个人，东西不少。

“齐了？”程恪看了看车里的东西。

“嗯。”他把程恪往前推了一步，挤到程恪身后站下了。

后头的大姐有些不高兴：“挤什么啊？有一个人排不就行了？”

江予夺回头看着她。

“……哎哟。”大姐往他脸上扫了一眼，转开头没再说话。

江予夺右手抓着购物车，往前推了一点儿，胳膊顺着过去把程恪的右边挡住了，左边他不太担心，左边过去是墙。

程恪感觉自己跟喝了酒似的一阵阵有些发晕。

江予夺就在他身后站着，右胳膊从他身侧伸出去撑在车上，整个人都贴得很近，他甚至有种后背感觉到了江予夺体温的错觉。

在队伍慢慢往前挪动的过程中，程恪一直在琢磨这个状态。

按他的理解，江予夺不可能对他有这样的亲密动作，而应该是在“保护”

他的安全，但江予夺之前说过“过一段时间，我就会好了”，那现在……是还没有到“好了”的时候？

“想什么呢？”江予夺在后背推了他一下，“走。”

程恪看到前面的人和他之间已经空出一大块，赶紧往前跟了过去。

犹豫半天，他回过了头。

“嗯？”江予夺往后微微让了让。

“是有什么……人吗？”程恪轻声问。

“你看到奇怪的人了？”江予夺问。

“没，”程恪说，“我就是问问你是不是看到了。”

“没看到，”江予夺说，“你别疑神疑鬼的。”

“……哦。”程恪转过头。

江予夺看上去没有什么异常，跟以往看到“他们”的时候眼神都不一样……居然成了他疑神疑鬼？

如果没有“保护”这个原因，那江予夺是……怎么了？

程恪看了一眼还环在他身侧的江予夺的右胳膊，用很随意的姿势把自己的胳膊压了上去，叠在了江予夺的胳膊上。

江予夺没有躲，甚至没有动。

这样的局面是程恪没有想到的，他现在都不知道是应该把自己胳膊拿开还是继续这么架着了。

好在前面的人东西虽然都是大件，但数量不多，很快就结完账走了，程恪赶紧收了神通，把车里的东西往收银台上码。

“我过去。”江予夺从他身后挤了出去，在收银台那边等着。

程恪松了口气。

吃饭的地点在江予夺家，离得近，而且工具齐全，

他们进楼道的时候，对面的门开了，一个小男孩儿跑了出来，手里抓着一个装满了鞭炮的小袋子。

“江叔叔。”小男孩儿冲江予夺扬了扬手里的小袋子，“你猜这里头有什么？”

小袋子被他一扬，里面的鞭炮掉出来好几个。

“萝卜。”江予夺看了一眼地上的鞭炮。

“不对！是鞭炮！还有烟花！”小男孩儿笑得非常得意。

“你奶奶来了。”江予夺看了一眼他身后的门。

小男孩儿吓了一跳，非常着急地抓着袋子跑了。

江予夺捡起地上的鞭炮，打开门进了屋。

“这是三岁半？”程恪问。

“嗯，四岁了，”江予夺点点头，“他奶奶不让他自己出去放鞭炮。”

程恪笑了笑。

进屋关上门之后，喵才从后院懒洋洋地竖着尾巴扭了进来。

“这家伙，”江予夺看了它一眼，“走路就不能霸气点儿吗？扭成这样。”

“猫就这样走路，”程恪蹲下，摸了摸喵的脑袋，“那套衣服呢？喵富贵那套。”

“洗了收起来了，它不爱穿。”江予夺说，“我先把水烧上，你帮着把肉什么的拆一下拿盘子装了。”

“好。”程恪跟着他进了厨房。

江予夺拿锅装水的时候，程恪看到他左手掌心里有一道还没好利索的疤，犹豫一下之后问了一句：“手怎么伤了？”

“帮陈庆家装玻璃的时候划的，”江予夺说，“挺长时间了，我就是伤不容易好。”

“哦。”程恪没再多问，拿了个盘子，把一盒肉卷拆了往上一扣。

盒子比盘子大，两个肉卷掉在了地上。

没等程恪捡起来，喵已经飞身而来，从肉卷上一掠而过，接着就跟肉卷一块儿消失在厨房门口。

程恪看了江予夺一眼。

“没事儿。”江予夺说。

没等程恪感觉心里一暖，他又说了一句：“还有挺多的，接着扔。”

“滚蛋。”程恪说。

火锅还是很容易做的，只要知道锅底和蘸料怎么做……那也不容易了。

程恪站在厨房里，看着江予夺忙活，他长这么大，还是第一次在厨房里观看一顿饭的制作过程。

制作人如果不是江予夺，他肯定早就上客厅看电视去了。

“会澥芝麻酱吗？”江予夺转头问他。

“不会。”程恪回答。

“要学吗？”江予夺问。

“……不了吧。”程恪说。

“废物。”江予夺只好舀了两勺酱，自己开始澥。

厨房里因为有火，比客厅里温度高了不少，程恪靠在墙边觉得暖洋洋的，灶上的锅里冒着热气，麻辣汤底的香味在小小的空间里弥漫着。

自己在家做火锅，跟出去吃还是不一样的。

程恪看着江予夺认真澥芝麻酱的侧脸，今天他外套里头穿的是件短袖T恤，这会儿能看到他胳膊上因为用力而时隐时现的肌肉线条，还有两道疤。

其实以前家里也会吃火锅，但一般他都在自己屋里窝着，有人来叫他吃饭了他才出去。有时候老爸要是心情不好，会直接让人不要叫他，他要不就自己去餐厅，要不就不吃了。

他从来没想到在厨房里看人弄火锅会有这么踏实而放松的感觉。

当然，也许仅仅是因为这人是江予夺而已。

江予夺的确瘦了，不光从脸能看出来，尽管他没敢上手摸，但也看得出来身上也瘦了，估计不止十斤。

“你过年也一个人吗？”程恪问，也许是太放松了，他听着自己的声音有些飘忽。

“嗯。”江予夺点点头。

“没好好吃东西吧，”程恪说，“瘦这么多。”

“我换了地方就容易瘦，不适应，晚上睡不着，”江予夺说，“你过年净吃方便面了吧？”

“没啊，酒店有餐厅。”程恪笑了笑。

“那怎么也瘦了？”江予夺说，“陈庆过个年差不多胖出俩陈庆了。”

“大概是因为身边没啥朋友，也老是见不到你吧。”程恪说。

江予夺正拿着筷子在碗里搅的手停了停。

程恪清了清嗓子，转着头在厨房里四处看着。

“拿出去吧，香油也一块儿拿出去。”江予夺把澥好的芝麻酱递给他。

程恪接过碗，案台上放着一堆刚买的调料，他也分不清哪个是香油，直接把所有的瓶子一搂，都拿到客厅，放在了桌子上。

然后他就没再好意思进厨房，跟喵一块儿坐在桌子旁边等吃了。

江予夺一趟一趟地来回好几次，才把一堆东西都拿出来，最后又拿了瓶酒往桌上一放，坐下叹了口气：“你真是个少爷啊，打个下手都是一次性的。”

“……你要帮忙就叫我啊。”程恪有些不好意思。

“你坐这儿坐得比喵还稳当，”江予夺说，“我哪儿好意思叫？”

程恪把酒拿过来打开了，给他倒了一杯：“息怒。”

“早就怒不起来了，”江予夺说，“你是我见过的‘废物’得最理直气壮的人，特别坦然，被人伺候惯了的是不一样哈。”

程恪笑着把自己的酒也倒上，冲他举了举杯。

江予夺拿起杯子跟他碰了一下：“为了……”

程恪等着他说，但江予夺似乎没词儿了，就那么举着杯子愣着。

“为了朋友。”程恪说。

江予夺定定地看着他，过了一会儿才一仰头把杯子里的酒喝光了，然后把杯子往桌上重重一放：“为了朋友。”

江予夺挑的底料非常香，而且程恪感觉他放了好几包进去，味道很浓，他正想夹一筷子涮的时候，江予夺拿起了盘子。

“三哥、三哥，”程恪赶紧按住了他的手，“我有个请求。”

“嗯？”江予夺看着他。

“咱能一筷子一筷子地涮着吃吗？”程恪说，“你这一次一盘子，我吃不过来，着急忙慌的。”

江予夺皱了皱眉：“事儿这么多，行吧。”

程恪笑了笑。

江予夺把桌上的盘子一个一个地分成了两堆，然后指着他手边的那一堆说：“你的。”

“嗯？”程恪愣了愣。

“我的。”江予夺又指了指自己面前那一堆。

“啊。”程恪没明白，怎么还突然要分而食之了？

江予夺拿起一个盘子，把肉哗啦一下都倒进了锅里。

程恪没忍住乐了，骂了一句。

“怎么样，”江予夺夹了一大筷子肉，“这个安排很妥当吧？”

“幼稚。”程恪笑着说。

“幼稚就幼稚，我比你小那么多，”江予夺喝了口酒，想了想又往他这边凑了凑，“哎，程恪。”

“什么？”程恪看着他。

“你下星期过生日了，是吧？”江予夺说。

是啊，程恪想了一下，还真是下星期就过生日了，只剩下三天。

但如果江予夺没问他这一句，他还真的完全没有想起来。

他一般都不记得自己的生日，记得他生日的是刘天成，每次都是刘天成打电话给他，说出去聚聚。

而每次生日聚会，除了看到一堆生日礼物，他都感觉不到自己是在过生日，就看着这帮人从这儿吃到那儿，从那儿喝到这儿。

家里也就是送一堆礼物，老妈会叫人去买，想要的都会有，不想要的也会有，没什么意思。

“嗯。”程恪点了点头。

“那你……要过生日吗？”江予夺问。

程恪沉默了。

这是他离开家之后过的第一个生日，虽然以前的生日过得都没什么意思，但已经习惯了那样的模式，现在江予夺这么一问，他突然有些茫然。

过吗？

怎么过？

好半天他才叹了口气：“不过了吧。”

“……哦，”江予夺看着他，也叹了口气，“也是，都二十八了，过生日挺伤感的。”

程恪夹着的一筷子肉停在了空中。

“虚岁二十九了，”江予夺说，“‘三岁半’他奶奶说，在他们老家，虚两岁，那你就三十了……”

“你没完了是吧？”程恪无奈地看着他。

“过吗？”江予夺笑了笑，“我给你过，三十岁生日。”

“不过！”程恪说。

“二十八岁生日。”江予夺又说。

“不过！”程恪把肉塞进嘴里，又喝了口酒。

“十八岁生日，”江予夺说，“这总可以了吧？比我小了。”

程恪忍不住笑了起来：“你是不是闲的？”

“陈庆和卢茜的生日，我们都过的，”江予夺说，“过生日挺有意思的，你要是想热闹点儿，就叫上他们一起，要是想清净点儿，就我给你过。”

“你是不是挺喜欢过生日的？”程恪笑着问。

“嗯，有意思啊，一个人来到这个世界的那一天。”江予夺说。

“行吧，”程恪想了想，“你生日是怎么过的？”

江予夺脸上的笑容先是僵了一下，然后慢慢消失了，喝了口酒之后才说一句：“我不过生日。”

“为什么？”程恪愣了，一个兴致勃勃喜欢给人过生日的人，却不过自己的生日？

“我不知道我生日是哪天。”江予夺勾了勾嘴角。

“你身份证上不是写着六月一日吗？”程恪说。

“那个是……随便填的。”江予夺说。

21

“这样啊，”程恪不知道该说什么，“那你……还挺会挑日子的嘛。”

“嗯，儿童节，”江予夺很快恢复了状态，笑着说，“就想找个什么节，从元旦开始一路数过去，发现还是儿童节比较好。”

“嗯。”程恪点头，感觉江予夺这次提到有关以前的事，跟之前有些不同了，虽然他一下还不能判断是哪里不同，但这样的状态会让他跟江予夺的相处轻松不少，他一边涮肉一边又问了一句，“那你出生的年份，应该不是随便填的吧？”

“不是，”江予夺笑笑，“我就是这么年轻。”

程恪“啧”了一声没说话。

“你今天吃完饭……”江予夺想了想，“是回酒店还是回这边住？”

“今天……估计来不及，”程恪说，“我下午还要去店里盯一下装修，酒店里一堆东西都没收拾……我收拾东西你知道的……”

“很慢，”江予夺点点头，“可能还会漏拿东西，也说不定同样的东西怎么也塞不回箱子里了。”

程恪笑了起来：“不至于！”

酒店订的是一个月时间，现在还没到期，在江予夺问他之前，程恪都还没细想要不要搬回来，什么时候搬回来。

虽然这会儿已经被江予夺冲昏了头脑，但当初要搬走的原因，他还是能记得的。

程恪怕是因为自己的出现让江予夺有了频繁的异常，所以希望能用离开的方式让江予夺缓过来，回到以前那种能让陈庆十年都没有怀疑过他的状态里。

但现在按他的鸵鸟习惯，他还有并没完全想清的问题。

江予夺是不是因为他的出现才变得异常？

为什么以前江予夺从来没有提到过“他们”的存在，是因为自己的心理问题？

为什么江予夺现在又突然承认并且马上去见了心理医生？

江予夺真的像他自己说的那样已经“好了”吗？

这些问题都还没有答案，他不是不想知道答案，只是沉迷于眼下这种令人安心的气氛里。

哪怕就一顿饭，先吃完了再说吧。

要不要搬回来，什么时候搬回来，他并没有给江予夺一个明确的答复，但似乎江予夺并不在意，或者说江予夺已经替他做出了决定。

今天来不及搬回来，那就明天，或者后天，总之就是会搬回来。

这让程恪有些不知道该怎么办了，他不想让江予夺失望，但如果什么都没弄清……这一个月就白郁闷了。

“这个酒是不是没有上回那个好喝？”江予夺给他倒了酒，“上回那个我喝完了。”

“我喝着觉得都行，”程恪说，“改天我自己也酿一瓶，什么葡萄酒、李子酒、草莓酒的。”

“你会吗？”江予夺问。

“搜一下教程就行，”程恪拿起手机在上面点着，“照着做应该没什么问题，买点儿酒，把东西往里一扔，然后就等着喝了，差不多就这样吧。”

“草莓吧，”江予夺马上说，“我看超市有草莓卖了，草莓酒。”

程恪看了他一眼：“你居然相信我能酿出酒来？”

“不相信，”江予夺说，“我就是……挺喜欢草莓的，你要是想弄，就用草莓吧。”

“好，”程恪本来只是随便说说，看江予夺一脸期待的样子，他决定把这个随便说说变成一件正经的事儿，“酿上以后再贴个标签，三哥牌草莓酒。”

“老三就可以，”江予夺很愉快地说，“老三牌草莓酒。”

“行。”程恪点点头。

“那就这么说定了。”江予夺举起杯子。

程恪也拿起杯子，跟他碰一下，仰头把酒喝了。

“这个草莓酒，”江予夺拿过瓶子，一边倒酒一边小声说，“到五六月应该就可以喝了吧？”

程恪瞬间反应过来，明白了江予夺的意思。

“应该差不多。”他说，看来这酒打死也得酿出来，酿不出来也得买一份去。

程恪平时吃火锅喝点儿酒什么的，喝个二三两就差不多了，但每次跟江予夺吃火锅喝酒，总会喝到脑子发晕。

今天大中午的吃个火锅也喝掉了差不多两瓶酒，最后一点儿江予夺还想倒，他赶紧拦了一下："不能再喝了，我下午还要监工，万一睡着了怎么办？”

“那你还是不行啊，”江予夺把瓶子放下了，“我喝高了还能上街跟人干仗呢。”

“废话，那是一回事儿吗？”程恪说，“我要喝多了也能上街跟人干仗，就陈庆那样的，我一只手能打八个。”

“我能打十个陈庆。”江予夺说。

程恪往椅子上一靠，笑了半天："陈庆要打喷嚏了。”

“你喝多了真会打架吗？”江予夺把碗里的火锅汤面条扒拉光了，也往椅子上一靠，摸了摸肚皮。

“不会，”程恪笑着说，“我跟你第一回见面那次，是我第一次跟人在大街上动手。”

“我在等陈庆过来帮我掏猫呢，”江予夺想想笑了起来，“它一直在里头叫，结果你过来就给踢翻了。”

“我哪儿知道？我也没听到它叫，”程恪说，“你真暴躁。”

“那你还手的时候一点儿也没犹豫啊，”江予夺一边说话一边慢吞吞地收拾着桌上的东西，“我当时还想，这人好像还是个练过的。”

“那会儿有把握打赢我吗？”程恪问。

“有。”江予夺说。

程恪“啧”了一声。

“我有把握打赢任何人。”江予夺端了锅往厨房里走。

“哪儿来的自信啊？”程恪提高声音追了一句。

“从小，”江予夺转过头，“必须有把握。”

程恪没有说话，看着他，脑袋一直发晕，这会儿看着江予夺都晃，过了一会儿，才不受控制地问了一句：“打不赢会死吗？”

“不会，”江予夺笑了笑，“不至于。”

“哦。”程恪应了一声。

江予夺转身进了厨房。

程恪现在本来就没什么心思琢磨这些，脑袋一晕就更不想动脑子了，但还是能感觉到，江予夺对谈起以前的事已经没有了抵触心理，就像是在说一件很平常的事。

但就在一个多月之前，因为一句“小狗”，江予夺几乎瞬间就爆发了。

那个眼神，程恪记得清清楚楚，这辈子都不一定能忘掉。

江予夺从厨房里拿着杯水边喝边走出来的时候，他还瞪着那边发呆。

“不管做，好歹帮忙收拾一下吧少爷。”江予夺放下杯子。

“哦，”程恪站了起来，发现大概是因为吃了火锅又喝了酒，这会儿渴得厉害，于是把江予夺没喝完的半杯水拿过来喝了，然后捧起一摞盘子，跟在江予夺身后进了厨房，“要不……我来洗吧。”

“我这儿没有洗碗机。”江予夺说。

“手洗啊。”程恪说。

江予夺看了他一眼，过了一会儿才点点头：“行，你洗吧。”

程恪挽了挽袖子，把碗盘都放进了洗碗池，拧开水龙头，等了一会儿之后伸手试了试水温，冻得他一哆嗦：“这水怎么这么久还没热？”

“明天早上也热不了。”江予夺说。

“嗯？”程恪愣了。

“这就是个水龙头，你为什么会觉得它能出热水啊？”江予夺看着他。

程恪又盯着水龙头看了一眼，有些震惊：“那你用凉水洗碗吗？”

“起开，”江予夺从燃气灶上拎起了一个水壶，程恪让开之后，他把水壶里的热水倒了一半到洗碗池里，“洗吧，不够再加，洗完了再用凉水冲。”

“哦。”程恪点点头，拿了洗洁精往里头一挤。

江予夺迅速转开了头。

“怎么了？”程恪赶紧问。

“没怎么，”江予夺说，“用吧，都挤进去吧。”

“多了吗？”程恪又问。

“我就在你边儿上！”江予夺喊了一嗓子，“不用这么大声！”

“我喊了吗？”程恪愣了愣。

“应该给你录下来。”江予夺说。

程恪笑了起来：“哎，我可能是喝得有点儿晕……那我放多了怎么办？”

“慢慢洗呗，”江予夺抱着胳膊，“反正不是我洗。”

“那你就别有动静了，”程恪说，“你一有动静我就紧张，怕弄错了。”

“嗯。”江予夺点头。

程恪试了试水温，低头开始洗碗。

吃完火锅之后的碗和盘子，他还是头一回洗，油啊、酱啊，都不好洗，平时吃个方便面的碗他都要放洗碗机，这会儿简直是体验人生艰难。

“我觉得你挺奇怪的。”江予夺低声说。

“嗯？”程恪扫了他一眼。

“我觉得你表演啊，拍视频啊，还有跟人谈事儿的时候，都特别有范儿，”江予夺说，“怎么洗个碗我说一句你就会紧张啊？”

“因为我不会啊，做不好，”程恪说，“玩沙画什么的我知道我能做好，心里有底儿。”

“那你沙画也不是一开始就玩得这么好的啊。”江予夺说。

“一开始也没让人看，”程恪笑笑，“我自己躲屋里玩了好几年。”

“啊？”江予夺明显有些吃惊。

“我……其实很多事儿都没什么自信，不到确定没问题，我不会让人看到。”程恪说。

“啊？”江予夺还是挺吃惊，“你看上去不像是……没自信的人。”

“那能让你看出来吗？”程恪说，“再说了，你不也一直说我废物吗？”

“我说你废物，也不是真的觉得你废物啊。”江予夺说，“我觉得你很厉害。”

程恪看了他一眼："我知道，不过我爸说我是废物的时候，他就觉得我是废物。"

江予夺看着他半天都没说话。

他低头继续慢吞吞地洗碗，其实在江予夺面前还行，他无所谓被江予夺知道自己什么都不会。

"你什么时候教我玩沙画吧。"江予夺说。

"……你有没有个准谱儿？"程恪说，"之前不是让我教你跆拳道吗？"

"我以为你忘了呢。"江予夺说。

"没忘，"程恪说，"我是二十八，不是八十二，答应了的事不会忘。"

"那顺带再教我玩沙画行吗？"江予夺问。

"嗯。"程恪应了一声，本来想再点个头加重一下语气，但是这会儿挺晕的，怕点头的时候会直接一脑袋扎到洗碗池里。

"还有草莓酒，"江予夺说，"记得住吗？我感觉你不太靠谱啊，钥匙都能忘带的人。"

"钥匙跟这个两回事儿。"程恪说。

他突然有点儿走神。

吃饱喝足之后懒洋洋的气氛里，狭窄的厨房空间，手里温热的水，以为再也不会见面现在却靠在旁边轻声跟他说着话的朋友。

眼下这种只有他自己能体会的舒适感……

他手里拿着的碗掉回了池子里。

江予夺叹了口气，站到他旁边："我来洗吧，你这速度能洗到晚上。"

"不用，你手不还有伤吗？"程恪有些不好意思。

"这个伤不影响洗碗，"江予夺把手伸进了洗碗池里，"伤口到这个程度在我这儿就算是好了。"

"我来我来我来……"程恪赶紧伸手到水里想捞一个碗出来接着洗。

碗啊，盘子啊，勺啊，筷子啊，洗碗池里的东西挺多的。

这会儿他偏偏一把就捞到了江予夺的手。

但让他意外的是，江予夺没有松手。

更让他意外的是，江予夺也没有动，就像是被点了穴似的站在原地，一只手伸在水里，另一只手撑在洗碗池沿上。

程恪正想做出点儿啥反应的时候，脚底下突然打了滑，也许是踩在了从洗碗池里带出来的洗洁精水上……

他拽着江予夺一块儿摔到地上的时候非常懊恼，放那么多洗洁精干吗呢？！

这一跤摔得挺结实的，虽然有江予夺给他垫着，但他为了自己的脸不磕在江予夺脸上，用手狠狠撑了一下地，这个惯性带来的巨大力量完全由右手手腕独自承担。

摔下去的一瞬间，他就觉得手腕先是一麻，接着后脑勺被砸了一下，热水浇了他俩一脑袋的瞬间他才反应过来这是那壶没用完的热水。

还好他洗碗洗得慢！

还好水已经不是开水了！

混乱其实只持续了几秒钟，但一切停止的时候，程恪觉得这是这辈子第二漫长的几秒钟。

第一漫长的几秒钟现在才开始，他引发的混乱结束之后，四周一片死寂。

酒劲儿已经四散逃窜，现在他连起身走开的劲儿都没有了，只希望江予夺赶紧一掌给他劈晕得了。

“你手腕骨折了。”江予夺在沉默不知道多长时间之后先开了口。

“什么？”程恪愣了愣。

“我听到了，”江予夺动了动，抓住了他右手手腕上面一点儿的位置，“别乱动，骨折了。”

“啊——”程恪在这一秒钟才又感觉到了之前那种钻心的疼痛，忍不住号了一声，“好疼——”

江予夺没说话，抓着他手腕没放，又推了他一把，然后坐了起来。

程恪躺在地上，无颜面对出现在自己上方的皱着眉的江予夺的脸，闭上了眼睛：“疼！”

“起来，”江予夺轻轻拉了他一下，“喊什么啊三十岁的人了！”

程恪顺着劲儿坐了起来，又慢慢靠着案台站起来，然后看了看自己的手，似乎已经肿了。

江予夺拉着他回了客厅，让他坐到椅子上，再把他的手放到了桌上：“别动。”

“嗯。”程恪趴到了桌上，实在尴尬到了极点。

他能听到江予夺在给陈庆打电话，让陈庆开车过来送他去医院。

他并不希望陈庆过来，打辆车去医院就行，走着去医院也行，去不去医院都行，只要能快一些从江予夺面前消失就行。

但他没有开口，根本不好意思开口。

一直到听到陈庆的车在江予夺家窗户外面停下了，他才咬着牙抬起了头：“对不起。”

江予夺正坐在他对面低头玩着手机，听了他这话抬起头看了他一眼：“嗯？”

“刚才的事，”程恪咬了咬嘴唇，“我大概是……喝了点儿酒，没站稳。”

“嗯，”江予夺皱了皱眉，放下手机，“我没事儿。”

程恪没说话，看着他。

“就……”江予夺也看着他，“我没生气。”

程恪猛地松了口气，但这个回答的确让他有些意外。

“我感觉我……都快习惯你这样了。”江予夺说。

没等程恪说话，他起身过去给陈庆开了门。

程恪在一片尴尬和震惊中还是留意到了，他没有先看猫眼。

“怎么了？”陈庆一进门就看着江予夺一脑袋的水喊了一嗓子，接着一转头看到同样一脑袋水的程恪时，又喊了一嗓子，“楼上漏水了吗？”

“漏水漏成这样得是楼板塌了。”江予夺叹了口气。

“水管炸了？”陈庆震惊地继续猜测，“不会是下水道炸了吧？！”

“我拿着水壶摔了一跤。”程恪找了个并不算太合理的理由，但对于陈庆来说，这个理由足够了。

“你……”陈庆瞪着他，“我服了你了！赶紧地！是不是手腕断了？走吧，去医院！”

“是骨折了。”程恪站起来看了江予夺一眼，发现江予夺把他的外套递过来的时候，也拿起了自己的外套。

“三哥，你也去吗？”陈庆问。

“我在外头等你们。”江予夺说。

“你俩先擦一下脑袋吧？”陈庆说，“这么出去直接冻出顶帽子。”

江予夺没说话，转身进浴室拿了两条毛巾出来，一条随手搭到了自己脑袋上，然后拿着另一条走到了程恪身边。

程恪看出来他是想帮自己擦，正想说“不用”的时候，毛巾被陈庆一把拿了过去：“我帮积家擦，你擦你自己的。”

“嗯。”江予夺应了一声，低头擦着自己头上的水。

“坐下，”陈庆指着椅子，“快点儿，骨折了呢。”

程恪坐下了。

陈庆拿着毛巾在他头上一阵疯狂地连搓带揉：“不是我说，你是怎么能打架那么厉害的？平地都能摔了的人，你打架的时候怎么不摔呢？”

“我打架的时候没拿水壶。”程恪叹气。

“哦。”陈庆应了一声。

程恪听到了江予夺的笑声，抬眼看了看，江予夺的确笑了。

22

程恪外套只套了一只袖子就出门了，感觉像个残疾人，而且一出门就觉得冷得不行。

“忍着点儿吧，上车就好了，”江予夺说，“一会儿到了医院还得脱。”

“真疼啊。”程恪咬着牙，一旦注意力回到手腕上，就会觉得疼得不行，他长这么大还没有受过这么严重的伤。

其实要单是骨折也没什么大不了的，关键是这个骨折的原因。

他现在不能回忆这个原因，拽着江予夺往下出溜最后把人一块儿拽得摔倒在地还给他垫了底的这个场景，实在不堪回首。

哪怕江予夺现在看上去很平静，没有嫌弃也没有生气，他也觉得自己身上的每一个细胞里里外外都透着丢人现眼。

陈庆上了车，程恪想要上后座的时候，江予夺在他后头说了一句：“我俩在后座。”

程恪非常想说“你去副驾驶座坐着吧”，但从拉开车门这个动作开始，他才算明白了一只常用手在日常生活中扮演着多么重要的角色。

就连上车这种简单的事，右手不能动之后，他都仿佛小脑受损，下意识地想用右手去撑车座，伸手到一半的时候猛地回过神，不能用！

在他脸冲下趴到后座上之前，江予夺从后头一把抓住了他后领子，然后一拽。

趴是没趴下去，但这突如其来的猛地一勒，程恪觉得自己差点儿断气：“……你劲儿也太大了。”

江予夺没说话，关上了车门，往车那边绕过去。

“难受吧，”陈庆回过头冲他乐着，“我以前手腕也骨折过，拉屎都擦不了屁股……”

程恪只觉得一阵无奈：“你是仅有的一只手骨折了吗？”

“啊？”陈庆看着他，估计是没听懂。

“你一只手骨折了，另一只手还能用啊。”程恪咬牙解释着，江予夺坐进来的时候他都没顾得上往边儿上挪挪。

“我是两只手都骨折了，”陈庆双手做了个俯卧撑的动作，“我这么着，从墙上摔下去。”

“那你是怎么……”程恪突然有了惊悚的想象，“不会是江予……”

“你胡说什么呢！”江予夺在旁边说了一句。

“我妈去买了个智能马桶盖，你应该知道吧，那种能往屁股上滋水的马桶盖，”陈庆说，“先冲，冲完了把屁股再烤干……你应该有吧？那你可以……”

“我！”程恪打断了他的话，“只骨折了一只手，基本不会影响生活。”

“是吗？”陈庆发动车子，车往前开出去，他又侧过脸补了一句，“你刚没右手上个车都差点儿啃椅座上了，那可是真皮的，啃坏了你得赔。”

“闭嘴，开车。”江予夺说。

陈庆倒是很听话，江予夺让他闭嘴，他立马就盯着路不再出声了。

“带钱了吗？”江予夺问了一句。

“嗯？”程恪愣了愣，然后又点了点头，“带了卡。”

“肿得厉害啊。”江予夺看了他手腕一眼。

“……很疼。”程恪也看了自己手腕一眼，瞬间就又开始感觉到了疼痛，刚才跟陈庆说话的时候倒是感觉不大。

“没事儿，”江予夺小声说，“一个月差不多了。”

程恪一想到自己未来一个月右手都不能动，顿时整个人都有些泄气，顺便又想到了造成这样局面的原因，就更泄气了，一泄到底，话都不想说了。

医院这条路江予夺不经常来，偶尔陈庆要是受了伤，他倒是会一块儿过来，毕竟这是陈庆不是别人，但也会多叫俩小兄弟陪着进去，他是不会进去的。

车开到医院停车场门口，陈庆停了车：“咱俩进去，三哥去停车。”

“嗯，”江予夺下了车，走到驾驶室旁边交代陈庆，“挂号做检查什么的你都跟着……”

他看了一眼正抱着自己手腕费劲儿下车的程恪：“我怀疑他可能不知道怎么看病。”

“肯定不会，说不定是叫医生上家里去，”陈庆小声说，“你放心吧，我帮他弄，你在车上先睡会儿吧。”

“嗯。”江予夺坐进车里，看了一眼程恪，把车开进了停车场。

在停车场转了两圈后，江予夺在距门不远的一个拐角那儿看到有个男的准备把车开走，于是他停了下来，等着那个位置。

那个男的上车之后把安全带都系好了却没有开车，东摸摸西抠抠的，最后还点了根烟。

江予夺轻轻按了一下喇叭，那人也不为所动，非常镇定地抽着烟，还放下车窗往外喷了一口。

平时江予夺都跟他那帮小兄弟说不要随便惹事儿，特别是摆不平的时候，但他处理事情的方式其实并没有好到哪儿去。

他打开车门下车的时候琢磨着哪天应该问问特别有教养的程恪少爷，遇到这种事儿他们少爷一般会怎么弄。

“哥们儿，”江予夺走到车窗旁边，看着里边儿的人，“是等人还是要走？”

“走。”那人看了他一眼。

“行。”江予夺点点头，退到旁边的树底下站着。

那人慢吞吞地抽完烟之后，继续坐在那儿。

江予夺又等了一会儿，确定他就是故意的之后，走了过去。

那人转过头，脸上不耐烦的挑衅表情还没有露全，江予夺已经一把拉开了车门，抓着他的衣领把他上半身从车里拽了出来。

“我再问一次，你要是走，我就等，你要是不走，你就说。”江予夺沉着声音。

“我走不走关你屁事！”那人挣扎着想伸手往副驾驶座上够。

江予夺扫了一眼，副驾驶座上放着一截金属水管。

“去拿。”江予夺把他猛地推回车里，松了手。

那人倒是听话，解了安全带，立马扑过去拿水管，转身的时候江予夺就看出来这水管是奔着他脸戳过来的。

江予夺伸手抄住了水管这头，把水管从那人手里抽出来的时候几乎没怎么用劲儿，那人手还保持着握水管往外捅的姿势，江予夺已经往下把水管一下插在了他裤裆那儿。

这种人江予夺见得太多，虚张声势时间长了能把自己都骗了，他看着这人：“走不走？”

“走就走！我说不走了吗？”这人没敢动，看着他，“你这样干什么？！打劫啊？！”

江予夺把水管往车外面一扔，退了一步，关上车门。

车很快就发动了，接着就开出车位拐出了停车场。

江予夺把车停到这个位置上，然后看着停车场里一辆辆排列得一点儿也不整齐的车。

无论什么时候，医院的停车场都是满的。

每天都有无数的人走进医院，把消毒水的味道都掩盖了，每一张脸上都写着不愉快。

江予夺皱了皱眉。

是啊，医院怎么会愉快。

可是自己为什么会害怕医院？

在他能记得却不愿意去记得的那些记忆里，医院他是真的不记得。

他轻轻地叹了口气，看着对面医院的住院部大楼出神。

陈庆给他打了个电话过来，说程恪的骨折不算太严重。

但就算不太严重，也折腾了很长时间，看到程恪和陈庆从停车场大门进来的时候，江予夺已经打了三次盹儿，天都已经黑了。

他坐直了，闪了一下车灯。

陈庆指了指这边，程恪捧着已经被捆好的胳膊跟陈庆往这边走了过来。

“怎么样？”江予夺下了车。

“船骨骨折，说固定六周，”陈庆说，“然后还开了点儿药，到时再拍个片子看看愈合得怎么样，没问题就拆了，但是之后还得有康复练习什么的……”

“船骨？”江予夺问，“船骨在哪儿啊？”

“舟骨，”程恪叹了口气，“没什么大问题，走吧，我累死了。”

“船和舟不是差不多嘛，”陈庆上了车，“你还喊累啊，我来回跑着帮你挂号、缴费、拿药，我还没说累呢。”

“谢谢啊。”程恪说。

“哎别谢了，你这几个小时谢了有八十多回吧。”陈庆说。

程恪捧着自己的胳膊上了车。

江予夺上车之后很有兴趣地看着他手上的石膏，又指了指：“骨折就是这块吧？”

“嗯。”程恪点点头。

“那为什么大拇指也一块儿套上了啊？”江予夺问。

“说是要固定舟骨，大概是连一块儿的吧。”程恪说。

“哦。”江予夺又伸手在石膏上弹了弹，“这个跟上回陈庆那个差不多，他上回是什么骨远端骨折，俩手都得举着，你这个算不错的了。”

“是。”程恪笑笑。

“这个点儿了，”陈庆一边开车一边看了一眼时间，“要不先去吃个饭我再送你们回去吧？”

“不用了吧，”程恪说，“回去随便吃点儿就行。”

陈庆看了一眼后视镜：“哦对，忘了你手这样了，那直接去三哥那儿，让他喂你吧，喂完了再回你自己那儿。”

“开你的车，过什么保姆瘾呢？喂饭都要安排。”江予夺说。

想到吃饭，程恪还真是有点儿发愁，左手拿把勺吧，拿把叉子也行……这阵子外卖估计是少不了的。

其实不光是吃饭，程恪仔细一想，发现似乎所有的事都会有麻烦，穿衣服、拿东西、洗澡……算了不想了，到时候再说吧。

回到江予夺那儿之后，陈庆没下车直接就走了。

看到车开走的一瞬间，程恪居然有点儿舍不得陈庆，毕竟有陈庆在，他和江予夺就没那么尴尬。

或者说，他就没那么尴尬。

江予夺看着还是挺正常的，开门进屋之后先把喵喂了，然后拿起手机看着他："点外卖吧，这会儿做饭来不及了。"

"哦，"程恪犹豫了一下，"其实我……"

"先吃了饭再看怎么办吧，"江予夺看着他的手，"你这伤得也太是地方了。"

程恪叹了口气，把只套了一只袖子的外套抖着脱下来，坐到了沙发上，看着喵大口吃猫粮。

江予夺点完外卖就进了厨房。

听动静他是在继续洗中午没洗完的那些碗。

程恪想提醒他地上干了的洗洁精万一见了点儿水可能还会滑，但没好意思开口。

犹豫半天一咬牙想着还是说一声的时候，他听到了江予夺拖地的声音，顿时松了口气。

江予夺从厨房里出来的时候把一个东西放到了桌上："你一会儿用这个吃吧？"

"啊。"程恪看到了一把叉子。

"你晚上还要回酒店那边儿吗？"江予夺问。

"……是啊。"程恪说。

"在这边儿住一晚，明天再过去收拾东西吧，"江予夺说，"我跟你过去，你这手也收拾不了。"

程恪没出声，江予夺已经默认了他明天就会搬回来。

虽然他想搬回来，但也的确在犹豫，所有的问题都还没有一个确定的答案。只是江予夺这么说的时候，他又不忍心说别的。

"问你话呢。"江予夺说。

"好。"程恪点了点头。

外卖送来了，江予夺把饭菜都放在了桌上，还挺丰盛的，不是快餐，直接点的菜，大概为了方便他吃，主食还要了一份叉烧包。

程恪坐到桌子旁边，把右手放到桌上，左手拿起了叉子，比画了一下："说实话，平时我觉得我左手还算挺灵活的，但是真要干点儿什么的时候，左手又好像是别人的了。"

"要我喂你吗？"江予夺看着他。

"不不不不不……"程恪赶紧一连串儿地拒绝，"我不是那个意思，我就是说一下感受。"

江予夺笑了笑。

他开始叉菜的时候，江予夺一直看着他。

"怎么了？"叉了几口之后他忍不住问了一声。

"我看会不会掉。"江予夺说。

"你幼稚不幼稚啊……"程恪又叉了一块排骨，"看到没？不会掉。"

"嗯。"江予夺点点头，开始埋头吃饭。

也就十分钟，他就放下了筷子，两碗饭已经吃完了。

程恪举着叉子看着他，有些震惊："你……吃完了？"

"是啊，"江予夺扯张纸巾擦了擦嘴，"我吃饭一直挺快的。"

"你不会是赶着吃完然后看我吃东西掉没掉桌上吧？"程恪说。

"你就说你是不是比我幼稚。"江予夺笑了。

程恪感觉自己挺饿的，也没跟他多说，低头继续吃，但是不知道为什么，明明骨折的是手腕又不是胃，吃了没一会儿就没什么胃口了，叉烧包他还挺爱吃的，也只吃了一个。

也许是因为今天的事儿吧，这事儿出得太离奇，让他有些缓不过劲儿。

"我送你回去吧。"江予夺把桌上的餐盒收拾掉之后说。

程恪犹豫了几秒钟："不用了，也没多远，我打辆车回去就行。"

"你打辆车回去是没什么问题，"江予夺说，"你床上什么都没有呢，铺床单什么的，你两只手都弄不好，一只手行吗？"

程恪差点儿就要说"那我回酒店就行了，什么也不用铺"，但咬了咬牙没说出来，江予夺那种跟平时气质完全不同的认真地相信和期待他回来的眼神，让他实在说不出任何会让江予夺失望和疑惑的话来。

但他也同样扛不住江予夺的这种关心。

“不行也得行，”程恪咬了咬牙，“铺个床有什么了不起的。”

江予夺看着他没说话。

“行吧，我就直说了。”程恪又咬了咬牙，别的事儿可以先含糊着，这件事儿不能含糊。

“什么？”江予夺问。

“你这么……这么……就这么，体贴吧，对，体贴，”程恪咬了咬嘴唇，“你这么体贴，我感觉非常不好意思啊。”

江予夺看着他，好半天才说了一句：“你几个意思？”

“我说的是不是很有道理？你也得承认就是这么回事儿。”程恪说。

“换了陈庆我也这样的，”江予夺皱着眉，“陈庆俩手都骨折的时候，我还帮他洗过澡，他也没跟你似的这么……”

“三哥，”程恪走到他面前，指了指自己，“我是陈庆吗？”

江予夺的眼睛一下震惊地瞪圆了。

“你……是不是还想帮我洗澡呢？”程恪也有些震惊。

“是啊。”江予夺说。

“千万别！”程恪猛地提高了声音，“我不想再把哪儿摔骨折了。”

江予夺保持着震惊的表情沉默了。

“我叫辆车过来，打车回去就行了，”程恪叹了口气，“今天已经够尴尬的了，就先让我缓缓吧。”

江予夺继续保持着震惊的表情，好半天才恢复正常的样子，他皱着眉走到一边，倒杯水喝了，然后又倒了一杯：“你喝水吗？”

“喝。”程恪接过杯子，把一杯水都灌了下去。

“这个事儿你不用太敏感，”江予夺说，“我就想吧，你这种没啥朋友的大少爷，八成没碰过除你自个儿以外的手，我也不是不能理解……”

“你说什么？”程恪看着他。

“没朋友的大少爷。”江予夺又说了一遍。

江予夺还多加了一个字。

程恪差点儿笑了：“不是，你凭什么这么说我啊？”

“不知道，反正我是第一次看到有人为这事儿就能摔骨折了的。”江予夺说。

程恪张了张嘴没说出话来，他都不知道这个话题是怎么突然就拐到了这上头来的。

实在是太神奇了，他都反应不过来。等回过神之后就感觉尴尬得都快恼羞成怒了，他走到江予夺跟前儿，鼻尖对鼻尖地瞪着江予夺：“你这个思维很奇特啊。”

“啊。”江予夺应了一声。

“那我现在，特别不着急，特别不忙慌，像慢动作一样，再来一遍，你看怎么样？”程恪说。

“来一遍什么？”江予夺问。

程恪盯着江予夺。保持了三秒钟之后，他才又极其缓慢地离开了。

“我先回去了。”过了一会儿，程恪转身拿起了外套。

“嗯。”江予夺点了点头。

程恪叫了辆车过来，看着他上车之后，江予夺转身回到屋里，坐到了沙发上。

喵马上过来，跳到了他腿上。

他在喵脑袋上抓了抓。

他想想又皱了皱眉。

刚刚这种感觉他从来没有体会过，不像小说里提到过的任何一种感觉。

他只觉得，很亲切。

就像很小的时候，有人给了他一个毛线团，他每天晚上都会把毛线团贴在脸旁边睡觉那样的感觉，很亲切。

23

程恪觉得生活对他很不友好，本来右手不能用就挺悲惨的了，偏偏要做的事儿还这么多。

他叫了辆车，本来能一直开到楼下再停车，结果今天离楼下还有一两百米就过不去了，两个业主的车不知道怎么蹭了，正在吵架。

程恪在这儿住了这么长时间，只知道两条路能通到他楼下，这一条，还有从东门进的那一条，但这会儿他不可能让司机退出去从东门进，只能打开车门下了车。

这种时候他就会觉得有江予夺在身边是件很好的事，无论江予夺是出于什么样的目标或者生活习惯，很多他会逗留一段时间的地方，江予夺都会知道地形，就像现在这种情况，估计江予夺至少能给司机再提供两种绕过去的方案。

下车之后他没走几步，只套了一只胳膊没有拉拉链的外套就往后滑开了，风顿时吹得他半边身子都有些发麻。

他扭动了半天想用左手绕到身后把外套拉回去，但没有成功，只能用左手从右侧抓住外套拉到前面，跟穿了件袈裟似的，在自己被冻透之前一路跑着进了楼道。

好在保安室在左边，保安又正在接电话，看到他进来只是喊了一声："程先生回来了啊。"

"啊，你忙。"程恪拽着外套飞快地进了电梯。

一到家他就有些烦躁地把外套甩到地上，然后站在客厅中间不知道该干点儿什么了。

这个离开了一个月的房子，他要回来住一夜，居然有点儿没有头绪的感觉——是应该先擦擦灰，还是应该先烧点儿水，又或是应该先去铺床……

站了一会儿规划好之后他才开始动手，先把水烧上，然后打开扫地机器人，再拆了块抹布开始擦灰尘。

擦灰尘大概是所有事情里最简单的了，所有的平面都扑扑打打地划拉几下就行，对于左手来说没有什么难度。

这些事都做完之后，也没花多少时间，但走进卧室时，他之前那些小小的成就感就全消失了。

用吸尘器把床垫吸了一遍之后，他打开柜子，有种现在就给江予夺打个电话让江予夺来帮自己铺床套、套被罩的冲动。

但他咬牙忍住了，现在不光江予夺说过了，他自己也跟江予夺说了别太体贴，话刚说完就叫人过来铺床，怎么想都觉得丢人。

最后他用了三明治大法，床单随便抖了两下，铺平是不可能的了，只要铺出个他能睡的面积就行，然后把被罩往上一扔，再把被子拿出来压上，这就算可以了。

就是看上去有点儿惨，不过睡着了他也没感觉。

他对自己的作品连一秒钟也不愿意欣赏，走出卧室打算去洗漱一下，看看电视就睡觉。

手机响了一声，他过去拿起来看了看，是江予夺发过来的。

——收拾好了吗?

程恪回了条语音："收拾好了。"

手机还没放下，江予夺的电话就打过来了。

"我不是说收拾好了吗？"程恪接了电话。

"床也铺好了？"江予夺似乎有些吃惊，"你能铺床？"

"嗯，铺好了，反正就是……"程恪想了想，"铺上了。"

"一层一层堆上去的吧。"江予夺说。

"……是。"程恪看了一眼床上的一堆东西，"不过不影响睡眠。"

“我是想跟你说，”江予夺说，“你可以……直接从被罩开口那儿钻进去，再把被子盖在上头，这样就不会滑走了，也不会团成一团。”

“像睡袋那样？”程恪愣了愣。

“对啊。”江予夺说。

程恪瞬间觉得醍醐灌顶，全身都通透了：“三哥，你真是一个小机灵！”

“吓我一跳，我以为你要说我是个小可爱，”江予夺叹了口气，“明天我过去找你，跟你一块儿去酒店拿东西吧？”

程恪心情很好，对于漂亮的小可爱没顾得上反应，也忘了自己其实一直还犹豫着到底要不要马上搬回来，直接应了一声：“好。”

挂掉电话之后他才回过神，但是话已经说出去了，只能先搬回来再说。

比起要不要搬回来，怎么洗澡是眼下最让他痛苦的事，今天肯定是不洗澡了，不过洗漱的时候他还是站在喷头下边儿模拟了一下，努力把右胳膊举起来，靠在墙上，左手拿着喷头，这样差不多能洗……

他满意地点了点头，转身拿起牙刷。

江予夺站在窗帘后面往外看着，外面的路灯过年期间瞎了一盏，一直没修好，现在斜对面拐角那里比以前更暗了，看不清到底有没有人。

如果是以前，感觉那里有人，他会耐心等待，或者出去检查，但今天他没有这样，在窗帘后头站了几分钟之后，就转身走开了。

罗姐说过，当你觉得摆脱不了的时候，试着忽略他们。

虽然这句话建立在他“有病”的基础上，但在对方并没有进一步行动，而在如果有突发事件自己应该可以应付的情况下，他决定试一下。

试着忽略。

这对他来说是有些危险的，一旦他们出现，又脱离了自己的视线，任何事都有可能会发生……也有可能什么都不会发生。

江予夺低头看了一眼自己掌心里的伤疤。

伤疤是怎么来的，他也许清楚，也许并不清楚，有时候他无法判断自己到底碰到了什么样的事。

也许什么都有可能发生，也许什么都不会发生。

很多时候他唯一能确定的只有自己的恐惧。

他可以忽略很多东西，甚至可以忽略真相，但唯有恐惧，是忽略不掉的。

恐惧是真实存在的东西，并不源于所谓的想象和情绪，而是源于真实。

江予夺从来没有像这一个月以来这样渴望“成为”一个“正常人”。

他一直以来的生活在他看来是正常的，他的朋友，他的那些小兄弟，所有的相处都是自然而正常的。

那些怀疑和动摇过的人最后都消失了，他的世界不受干扰。

直到程恪出现。

跟程恪在一起时的状态，是他从来没有过的，也许是他从来没见过这么狼狈的少爷，更没见过连燃气灶和热水器都打不着的人。从一开始他对程恪的关注就已经超过了对一个正常的、没有危险的陌生人。

程恪用他从未见过的废物形象，刷出了强烈的存在感。

之后和程恪的相处看似自然，却也在他原先的接受范围之外。

他没有跟这样的人，在他世界之外的人，有过这样的交集。这是一个有人会花大价钱请去表演的沙画高手，一个说梦话都能带上“白日依山尽”之外的诗词的人……

而程恪面对他时也完全没有面对“三哥”时应该有的觉悟，在很多人眼里这也许算得上是轻视，江予夺却感觉到了放松。

他在程恪面前，会在自己都没有觉察到的情况下，放下某些伪装，给出最自然的反应，说出最不假思索的话。

也许就是因为这些，他希望这个让他的世界变得更加真实的朋友一直都在。

他害怕程恪消失。

虽然程恪哪怕是怀疑也很少表现出来，但程恪问过的每一个问题，都准确地戳在了他心里最敏感的地方。

他不得不开始去做一个“正常人”。

挺累的，但现在他还没有后悔。

这一夜喵上床下床了好几回，还有一次坐在他头上，他都知道，外面有几辆车经过，鸡打鸣的时候有一对小情侣在后院外头小声吵架。

男的很啰嗦，来回质疑女孩儿跟一个男同事的关系，江予夺还认真听了一会儿，男同事在情人节那天给全体女同事每人都送了一块巧克力这种事都被算了进去。

太无聊了。

女孩儿应该跟他的想法差不多，最后以一个耳光结束了争吵。

听脚步声，还是俩人一块儿走的。

江予夺有点儿想笑。

谈个恋爱也太费劲了……

江予夺想到了程恪，程恪都三十，不，都二十八了，一个预备役中年人，肯定是谈过恋爱的，那会不会也这么无聊？

应该不会吧？程恪处于工作状态的时候，给人的感觉就很冷静，并且干脆利落，要是谈恋爱的话，应该也不会这么烦人。

那如果恋爱对象很烦人，程恪会怎么处理呢？

啧。

真是闲的，大半夜睡不着觉躺床上操心程恪谈恋爱会不会变成傻子的问题。

他翻了个身，把喵捞过来，把脸埋到它肚子上，睡不着，好歹也眯一会儿吧，让身体有个已经睡了一觉的错觉。

今天是元宵节，一大早程恪就被楼下的鞭炮声吵醒了。

虽然小区里到处都贴着禁止燃放烟花爆竹的通知，但鞭炮声还是比酒店那边要热闹得多。

程恪打了个哈欠，这动静只会越来越热闹，想再睡是睡不着了。

他准备起床，今天江予夺要陪他去酒店拿行李，但是他还得去店里看看，最重要的那一块休闲区今天要往墙上贴砖，绿植也会有一部分送过来，他得先安排人放好……

坐起来的时候他习惯性地伸出了右手往床上撑过去。

在石膏碰到床垫的那一瞬间，手上发木的感觉让他猛地反应过来。

啊啊啊啊啊啊！手腕手腕手腕是骨折的！

他不敢用力，只能立马撤了手上的劲，让自己以一个侧方狗啃屎的姿势倒回了床上，然后再用左手撑着床坐了起来。

“哎。”他看了看右手，还好及时反应过来了。

江予夺的电话打过来的时候，程恪才刚洗漱完，接起电话，就听到了江予夺轻快的声音。

“起了吗？别吃早点，我带过去，”江予夺的声音听上去就像是要去春游的小学生，“你还想吃上回那个糯米团子吗？”

虽然程恪觉得这一大早的并没有什么特别让人愉快的事，却还是被他这个状态传染了：“好啊，能不能给做个大点儿的？上回那个不够吃。”

“给你买两个吧，大的不如小的好吃。”江予夺说。

“好。”程恪应着。

“你刷牙了吗？”江予夺又问。

“……刷了，”程恪说，“我虽然没洗澡，但是刷牙洗脸还是没问题的。”

“你左手能刷牙吗？”江予夺问。

“电动牙刷，塞嘴里就行了，”程恪叹了口气，“你不会是想帮我刷牙吧三哥？”

“不是，我是在想要不要带一包漱口水给你。”江予夺说。

“不用，你就带两个糯米团子过来就可以了。”程恪说。

挂了电话他才想起来忘了跟江予夺说一下今天他还有一堆事要干，不能去酒店拿了东西就走。

他皱了皱眉，这次“久别重逢”大概是太刺激了，他似乎经常会顺着江予夺的思路走，说着说着就能把事儿忘了。

也不知道是无意，还是潜意识里他就想这么做。

“够吗？”江予夺进门之后从衣服里掏出两个团子。

“够，”程恪接过来，团子还有些烫手，“你吃了吗？”

“没啊，一块儿吃，我先吃完了现在看着你吃多难受啊，”江予夺又掏出了三个团子和两包豆浆，“还有豆浆。”

程恪看着他：“你塞这一大堆，不会掉出来吗？”

“手搁兜里抱着啊，”江予夺说，“这都想不明白吗？”

“为什么你吃三个？”程恪转移了话题。

“因为我想吃三个，你自己说你要两个，而且一秒钟之前你刚说过够了，”

江予夺退后了一步，“你是不是想抢？”

“不一定，”程恪拿起一个团子咬了一口，“如果俩不够，我再……”

他话还没说完，一抬眼发现江予夺手里的团子已经吃掉了一半。

“你至于吗？！”他觉得无奈。

“谁知道呢，万一你要真抢，我也不能打你一残疾人。”江予夺边说边大口地吃着。

“你回去看到‘三岁半’记着叫人家哥哥。”程恪喝了口豆浆。

“他四岁了。”江予夺说。

“哦，那你得叫叔了。”程恪说。

江予夺笑了半天。

吃完早点，下了楼，看到出租车过来了，程恪才想起来还没跟江予夺商量今天的行程。

他突然有一种自己就是故意的感觉，明明已经说了让江予夺不要那么体贴，却一直临到要上车了才想起来要告诉江予夺今天可能得跟自己在一块儿泡上大半天。

“我忘了跟你说，”他赶紧看着江予夺，“我一会儿不能马上就走，还得去店里，今天装修的工人都不休息，绿植也要送过来。”

“嗯。”江予夺应了一声。

程恪没看懂他这个反应，只能又补充了一句：“你要不要等我忙完了再过去？”

“那你不早说，我来都来了，给你送俩糯米团子就走？”江予夺瞪着他，“挺大一个青年了，你就骗人给你送个早点啊！你遛谁呢！”

程恪看着他，突然感觉非常愉快。

江予夺这种瞬间三哥的状态非常……可爱。

“那一块儿去吗？”程恪问。

“去啊，”江予夺朝出租车走过去，“我今天休息。”

“你还有休息日啊？”程恪上车之后小声问了一句。

“不然呢，”江予夺也小声说，“就这种重大节日，不收租不催租也不打架，我们一直这样。”

“哦。”程恪点了点头。

“晚上你能忙完吧？”江予夺问。

“下午肯定就完事儿了，”程恪说，“工人要回去过节。”

“那就行，”江予夺点点头，又有些犹豫地问了一句，“那……就陈庆，陈庆让叫上你一块儿吃饭呢，去他家。”

“过元宵节吗？”程恪问。

“嗯，本来我不想叫你，怕你不习惯，陈庆他爸妈吧，跟我们一样，都挺……大老粗的，”江予夺看着他，“但是我又觉得，不叫你吧，你又挺惨的，过个年都没人理。”

“你还会不会说话了啊？”程恪说。

“那你去吗？”江予夺问。

“去呗，我都这么惨了，从年三十儿孤苦伶仃到元宵，总算有个人同情一下我了。”程恪“啧”了一声。

江予夺笑了起来，偏过头看着窗外。

出租车先到了酒店，江予夺帮程恪把东西都收拾了，虽然看上去也没多熟练，但比独臂废物的效率还是高很多的。

“我发现你真挺败家的，”江予夺把两个箱子都盖上之后看了看房间，“就一个人住，还要个套间。”

“我订房那会儿没有单人间和标间了，”程恪说，“中间退过一次房，又用许丁的会员卡订的，能打折。”

江予夺没再多说，只是叹了口气。

他们收拾完东西再拿着行李到店里的时候，工人刚进场。

“师傅，今天辛苦了。”程恪说。

“没事儿，上午差不多就能弄完了，”工人说，“要不是你们要求特别高，我还能更快点儿。”

“质量优先，不着急。”程恪笑笑。

江予夺把两个箱子拎到一楼里间放了，又走出来在店里来回转了转。

“怎么样？”程恪问。

“好看，”江予夺点点头，“特别高级的样子。”

“我过几天要在楼上做一套桌椅，”程恪说，“但是现在手伤了，你……到时来帮帮忙吧？”

“你还会做木工？”江予夺有些吃惊。

“不是用木头做的，是用水泥……”程恪说。

“你还会泥瓦工？”江予夺更吃惊了。

“不是，”程恪想了想，最后放弃了，“你到时看了就知道了。”

“那我也不会啊，”江予夺皱了皱眉，“怎么帮忙？”

“我说你做，很简单的。”程恪说。

“好。”江予夺点了点头。

正想再问问的时候，门口传来了一声喇叭响，江予夺转头往门外看过去，能看到门口开过来了一辆小货车。

“我去看看，”程恪说着就往外走，“可能是绿植送过来了。”

江予夺看不清驾驶室里的人，被副驾驶座上的人挡住了，送几盆绿植还用两个人？他立马跟了上去，按理说他应该走到程恪前头去，但选择了跟在程恪身后。

两人一出门，正好副驾驶座的门打开，里头的人跳了出来，跟程恪打了个招呼 ：“程哥。”

“林煦？”程恪愣了愣，“怎么你……”

“我有个朋友不是弄了个苗圃嘛，”林煦笑了笑，“上回许哥看到朋友圈照片，他家的绿植比较有特色，就让我帮着挑点儿过来。”

“哦。”程恪点了点头。

林煦的视线跟江予夺对上时，他明显愣住了。

江予夺也有点儿找不到合适的表情往脸上搁的感觉，于是只能那么看着他。

“三哥。”林煦愣了两秒之后笑着冲他点了点头。

江予夺扯了扯嘴角。

他不太笑得出来。

按理说，林煦应该是没有问题的，毕竟程恪在脱离他保护的一个月里，林煦有很多机会可以接近程恪，但程恪一直没有危险。

哪怕是这样，理论上应该排除林煦，他还是笑不出来。

但有句话他是必须说的。

“上次的事，”他看着林煦，“不好意思。”

“啊，”林煦笑着摆了摆手，“没事儿没事儿，小误会，这事儿别放心上了，三哥。”

笑什么笑。

江予夺冷着个脸看着他，又扯了扯嘴角，但连一个应付式的假笑都没能扯出来。

24

司机下车开始搬绿植，江予夺往后备厢里看了一眼，都挺大一盆的，比上回他帮卢茜买的那些要大不少，他准备过去帮忙。

刚迈了一步，他就听到林煦有些吃惊的声音：“程哥，你手怎么了？”

江予夺迅速估算了一下时间，从林煦下车到现在大概三十秒，程恪手上的伤挺显眼的，林煦居然这么久才看到。

也许林煦对程恪并没有自己想的那么关注？

但反过来想想，江予夺还是觉得林煦可疑。

正常人一眼就能看到，林煦应该也看到了，为什么过了这么长时间才一副刚看到的吃惊样子？

他扭头看了林煦一眼。

“不小心摔了一跤，”程恪说，“没事儿，过一个月就好了。”

“我以前骑马也摔过一次，”林煦拍了拍自己的胳膊，“简直难受，干什么都不方便了。”

“还行吧，”程恪晃了晃手，“比腿骨折了强点儿。”

江予夺没再听他们聊天，过去给司机帮忙，刚接了司机递下来的一个推车，林煦已经跟了过来：“三哥，我来吧。”

“一块儿。”江予夺说。

“好。”林煦从后备厢里抱下来一盆花，看上去像发财树，盆儿很大，估计挺沉的，但林煦抱着还挺轻松。

当然了，人家是模特，平时肯定会健身的。

江予夺也抱了一盆下来，放到推车上。

“你们先卸着，”程恪走了过来，“我把这儿盆拉进去。”

江予夺觉得程恪真的就是个什么生活经验都没有的少爷，以为有推车就万能了，就推车上这四巨盆花，没有两个人，店门口那个斜坡根本上不去。

程恪拉了一下推车之后就停下了，往他这边看了一眼，小声说 ：“轮子是不是坏的？”

江予夺往后备厢里看了一眼，林煦正跟司机一起把花盆往外挪，没听到程恪的话，这要听到了不得笑死。

“这是四坨土，”江予夺也压低声音，用脚踩着车子那头往程恪那边推了推，“你以为是四个空花盆呢？你是怎么长大的啊？”

“喝着露水长大的，你有什么意见？”程恪又拉了拉车，这回拉动了，他把车往斜坡那边拽过去，“我们精灵……”

“你们小仙女吧，精灵喝露水吗？”江予夺打断他，“精灵吃虫子吧？”

程恪看着他，过了一会儿才说 ：“三哥，我知道你为什么没交过女朋友了，就你这种被陈庆传染了的脑回路……”

“别这么说，”江予夺一脸严肃，“陈庆可是有过好几个女朋友的人，还有一个差点儿结婚了。”

“……哦。”程恪不知道该说些什么好了，于是继续拉车，江予夺在后面扶着花盆带推车，把车推到了斜坡上头。

“不过我也没想过交女朋友。”江予夺说。

“为什么？”程恪问。

“不为什么，就是压根儿没想过这事儿，”江予夺说，“看谁对我有点儿意思了，我就想躲着点儿。”

“哦，”程恪点点头，“我觉得你是不是可以思考一下……”

程恪说一半又停了，江予夺等了半天也没等到他下半句，于是追了一句 ：“什么？”

“没什么，”程恪说，“你大概属于那种别人都熟透卖出去了你还在树上开花的晚熟果子。”

江予夺好歹听懂了这句话，对这个评价不是太满意 ：“我不晚熟，我就是没碰上合适的。”

程恪看着他没说话。

“什么小说啊，片儿啊我都看……”江予夺补充说明。

“看这些跟谈恋爱有什么关系？”程恪叹了口气，“猴子还会发情呢，你这有什么好显摆的？”

“你这用词，”江予夺非常震惊，“我真没看出来你是这样的人啊少爷！”

“我也没看出来你是这样的人啊三哥，”程恪叹了口气，“走吧，拉花去，还有那么多呢。”

林煦和司机已经把花盆都移到了后备厢边，江予夺过去直接往下搬到推车上就行。

放好几盆花，他刚要拉着车走，程恪过来想帮忙，他指了指程恪的石膏：“你算了吧。”

“我来。”林煦从车上跳了下来，帮着江予夺把车往店门推过去。

江予夺其实不想要林煦帮忙，只是他一个人要想拉上去也不太可能，而且……他不愿意让林煦这个总是让他哪里有点儿不舒坦的人跟程恪单独待在一起。

江予夺跟他一前一后把推车拉进了店里，然后把花一盆盆地搬下来。

“三哥，”林煦一边搬一边说，“你对我是不是……”

江予夺一脑子不爽，一听林煦突然说出这样一个句式来，顿时一点儿没犹豫地就想歪了，吓了一跳：“什么？！”

“啊？”林煦被他这反应也吓了一跳，愣了半天，“什么……什么？”

“没，”江予夺回过神，“你说什么？”

“……哦，”林煦又顿了两秒才笑了笑，“我是想说……咱们以后可能还会经常见面。”

“嗯。”江予夺应了一声。

“三哥要是觉得我哪儿做得不对，”林煦说，“直说就可以。”

江予夺看着他。

“我这人也比较直，”林煦被他看得有点儿不好意思，“感觉三哥也是有什么事儿就搁脸上的人，所以……”

“没，”江予夺明白了林煦的意思，自己上回那个举动，加上今天可能一直也没给林煦好脸色看，让林煦有点儿茫然了。他把推车往店门那边踢了一脚，跟在推车后头往门口走过去：“我就这样，你不用介意，我对你没什么……意见。”

“哦，”林煦说，“那就好。”

门口司机已经把花都搬下车，上车准备走了。

程恪站在那儿哆哆嗦嗦地扯着外套，皱着个眉看上去挺像个不好说话的老板。

江予夺叹了口气：“你进屋待着去不行吗？这花还有谁要抢啊？”

“那你们搬吧。”程恪立马转身，缩着脖子回了店里。

“三哥，你跟程哥认识很久了吗？”林煦问。

“也没多久。”江予夺对林煦依旧保持着警惕，并没有给出一个确切的答复。

“我看你俩……挺熟的，”林煦说，“我不敢那么跟他说话。”

江予夺扯了扯嘴角，为了不让林煦察觉到自己笑不出来，使劲多扯了一下。

不过说实话，如果他不是先认识的废物程恪，就程恪表演和工作时的那种状态，他估计也不敢那么跟程恪说话。

“许哥说你俩是朋友，”林煦把一盆花搬到推车上，有些费劲地说，“我还以为是……”

江予夺搭了把手，把花盆放正了。

“我看不是一般朋友。”林煦笑了笑。

江予夺看着他，没有出声。

林煦的这个猜测突然让他品不出自己眼下的情绪来了。

看他没有反应，林煦突然也愣住了，一脸尴尬地看着他：“对吗？”

“嗯？”江予夺一惊。

“……啊。”林煦赶紧埋头推着只放了两盆花的推车就走，“我多嘴了……”

江予夺这两秒钟时间里脑子转了能有八千多圈，烟都快从耳朵眼儿里冒出来了。

他现在需要马上做出决定，到底要不要让林煦觉得他跟程恪的关系非比寻常，到底怎样才能让林煦跟程恪保持安全距离。

“这个，”江予夺一脚踩住了推车，看着转回头来的林煦，“我说了不算。”

“……哦。”林煦点了点头。

把花盆都搬进店在里间码好之后，程恪和林煦上上下下地跑了两趟，把每一棵绿植放的位置都计划好了，等着过几天工人齐了再慢慢摆。

江予夺坐在二楼看着贴砖的师傅干活儿。

他对什么大小什么形状的绿植应该放在哪儿，能出什么样的效果完全没有概念，这些跟美和艺术有关的东西都不是他能帮忙的，也不好老跟在程恪屁股后头转悠。他能干的就是盯着贴砖的师傅，线条有没有直，缝有没有粗细不匀，这些他还是能看出来的。

“现在的年轻人，一个比一个有出息，你看看你们，”师傅一边贴砖一边感慨，“这店弄得多好啊，得投资不少钱吧，多能干，我儿子就不行，啥也不愿意学，整天游手好闲的，我家有套房子出租了，让他去收个租都不愿意……”

江予夺听得有些不好受。

这个店，跟他没什么关系，他就是来等人的。

他大概也就比这个师傅的儿子稍微强点儿，他每个月收租得跑好几趟……但收的也不是他自己的租……

“那我先走了，”林煦从三楼下来，跟程恪说着话，“有什么要帮忙的程哥你就说，许哥那儿的装修我也凑了热闹，后期软装需要什么东西就跟我说，我去找。”

“行，辛苦你了。”程恪说。

“三哥，”林煦走到江予夺身边，“我先走了，你们忙着。”

“哦，慢走啊。”江予夺应了一声，接下去该说什么也不知道，于是继续看着师傅贴砖了。

程恪把林煦送到楼下，挺长时间没上来，江予夺有些不安，起身站到了窗边往下看。

店门口没有人，程恪和林煦都没在门口。

江予夺猛地一阵惊慌，转身就往楼下跑，从二楼到一楼的楼梯直接跳了下去，店里的层高比一般居民楼的层高要高不少，落地的时候他顺势滚了半圈，手撑了一下地板想要站起来的时候，发现面前有个人。

“你干什么？！”程恪抱着个纸袋吼了一声，“你要吓死谁啊！”

江予夺感觉程恪眼珠子都能发射了，虽然又吓到了程恪，但看到程恪没事儿的时候，他还是猛地松了口气，站了起来。

他不能让程恪再担心，必须立刻给自己的行为找到一个合理的解释。

犹豫一秒钟，他看着程恪问了一句：“帅吗？”

程恪瞪着他，好一会儿才开了口：“滚。”

江予夺看了看他手里的纸袋：“你去哪儿了啊？”

“对面有个水果超市！”程恪往楼上走，“我买了点儿橘子！一回来你就给我耍个神经病级别的帅！你赶紧地，管‘三岁半’叫爷爷吧，叫叔都体现不出你的年龄了。”

江予夺笑了笑，没说话。

程恪把纸袋里的橘子拿出来，给正忙着干活儿的师傅一人分了几个，然后走到坐在一边小桌旁的江予夺跟前，把剩下的橘子放到了他手边：“吃吗？”

“嗯。”江予夺拿了一个低头慢慢剥着。

程恪坐下，也拿了一个在手里捏着，看着江予夺。

惊吓过后，他想到之前江予夺问的那句“帅吗”。

帅。

江予夺长胳膊长腿，从二楼转角那里一跃而下的时候动作相当潇洒舒展，有一瞬间像是要飞起来了——非常帅。

这种帅气跟他犯狠、打架，跟他是三哥时都不一样。

江予夺有很多不一样的状态，就像一盏水晶灯——看上去挺俗气，但折射出来的每一片色彩又都会让人觉得挺好看。

“给，”江予夺剥好一个橘子，递了过来，“手里那个别捏了，都碎了吧？”

“怎么会？”程恪捏捏橘子，“这么捏一会儿能松点儿，好剥。”

“你连剥个橘子都这么费劲吗？直接剥很难？”江予夺拿走他手里的橘子，把剥好的那个放到了他手里，“难怪你们精灵现在都绝种了。”

程恪愣了愣才想起来这茬儿，笑了半天：“我发现你这人真记仇啊，一句话能记得天长地久的。”

“嗯，不是仇也能记挺久的，像那个漂……”江予夺说到一半清了清嗓子，低头开始剥那个橘子。

程恪笑着没说话，慢慢吃着橘子。

师傅干活儿的速度还是很快的，程恪中午叫了几份外卖，吃完之后也就一个小时，剩下的砖都贴好了。

“我跟你说，老板，你只管检查，有一块不合适的我全敲了给你重贴。”师傅很有信心地一边收拾东西一边说。

程恪站在贴好的砖前面，很仔细地检查着，还用手摸了摸。

江予夺发现程恪有些事分得很清，这一上午程恪跟这几个工人师傅都挺熟的了，加上师傅做得的确也很仔细，还敢这么保证，要换了他，可能不会太仔细检查了。

但程恪一点儿也没有凑合，连脸上的笑容都没有了，师傅收拾好东西蹲在旁边等了半天，他才转过身点了点头：“技术的确好。”

“我就说了嘛，包你挑不出毛病。”师傅一扬脸。

“以后有朋友要贴砖，我肯定推荐你。”程恪笑笑。

几个工人走了之后，江予夺帮着程恪一块儿把店里上上下下堆着的材料又整理了一下，顺便清点了一下数量。

“你做事真仔细啊。”江予夺看着他往手机上记材料数量的时候忍不住说了一句。

“之前一直是许丁在忙，我也没怎么管，”程恪说，“现在快收尾了，不能在我手上出差错啊。”

“嗯。”江予夺点点头。

“帮我把门窗都关一下吧，”程恪看着他，“然后就可以走了，先把行李放回家里，再去趟商场。”

“干吗？”江予夺问。

“买点儿东西，”程恪说，“大过年的上陈庆家吃饭，空手去吗？”

“……我一直都空手，”江予夺愣了愣，“他妈还给我红包呢。”

程恪叹了口气：“我跟陈庆又不是你跟他那么铁的关系。”

“你是我朋友啊。”江予夺说。

“你甭管了。”程恪挥了挥手。

把行李拉回去，江予夺帮着他随便收拾了一下，把衣服拿出来挂到衣柜里。

“时间……还够，”程恪在旁边看了看手机，“你……”

“知道了。”江予夺看了一眼他床上乱七八糟的一堆东西，“我昨天说了来铺床你不要，现在不还得我铺吗？”

程恪“啧”了一声。

铺床没什么难的，但是被程恪滚成了一团的床，铺起来就要比平时费劲一些，江予夺折腾半天铺好了之后，把套好的被子往床上一砸：“好了。”

“呦，”程恪笑了起来，“小脾气爆发了吗？”

“没有，”江予夺叹了口气，“就是佩服你一晚上就能把东西滚成这样。”

“我一个人睡觉的时候就特别狂野，”程恪说，“一米八的床就得睡够一米八的面积。”

“我睡觉老实。”江予夺说。

“好像是，”程恪回忆了一下，“一晚上也就翻一次身？”

“嗯，”江予夺点点头，“我还能一个身也不翻呢。”

“这算是你站着睡觉的分支技能吗？”程恪顺嘴问了一句。

问完之后又感觉不太合适，他刚想赶紧打个岔的时候，江予夺笑了笑：“算吧，哪天时间合适了……我跟你说说吧。”

“什么？”程恪愣了。

“我小时候的事儿。”江予夺说。

程恪看着他，过了很长时间才点点头：“好的。”

“走吧，”江予夺往门口走过去，“去商场。”

“先去批发市场。”程恪追了一句。

“不是商场吗？”江予夺回过头，“怎么降级了啊？看不起我们陈庆吗？！”

“去买件外套，”程恪指了指他身上的外套，“就你这件这样的，我一直找不到。”

“那个批发市场不在这边，你是不是有强迫症啊？”江予夺叹了口气，“我这衣服是去年买的了，现在去也不一定还有啊。”

“是有点儿吧。就觉得你那件又厚又暖，还不重。”程恪说。

“要不，”江予夺犹豫了一下，脱下了外套，“这件……”

“谢谢！”程恪马上接了过来。

“一百块卖给你。”江予夺说。

程恪听乐了：“你是人吗？”

江予夺笑着没说话。

“你穿我这件吧，”程恪把身上的外套脱下来递给了他，“这件不是特别暖，但是还挺轻的，你反正不怕冷。”

“行吧。”江予夺穿上了他的外套。

程恪掏了掏江予夺外套的兜，他知道江予夺外套兜里有东西，手伸进去之后却发现里面没有东西。

“你没带东西？”程恪感觉有些意外。

“今天没带，过节，”江予夺说，“不打架。”

程恪这件外套的确不太暖，江予夺感觉程恪买这件外套就是因为好看，这衣服除了好看，就没什么别的优点了。

不过衣服挺香的，程恪柜子里的香水好像换了一个味儿，现在的这种带着青草香，他挺喜欢。

坐到出租车上之后，他又拉着领子闻了闻。

“不会吧，”程恪小声问他，“有味儿？我今天刚穿的。”

“没，”江予夺有点儿不好意思，“我就闻一下，你是不是换香水了？”

“鼻子可以啊，”程恪说，“这个跟之前的味道差不多，我基本闻不出来。”

“那是你鼻子堵了，挺明显的，”江予夺又闻了闻，“你是不是有鼻炎？”

“滚。”程恪说。

江予夺笑了笑，转头看着窗外。

坐车的时候他习惯性要看着外面，不是看街景，只是觉得看清外面的东西，让他觉得更安全。

“哎，我问你个事儿。”程恪靠近他，在他耳边轻声说。

“什么事儿？”江予夺问。

“林煦，”程恪清了清嗓子，“你今天是不是跟他说什么了？”

“啊？”江予夺先是一愣，接着立马就想起来了，吭哧了半天也不知道该怎么说，“他问我们是不是关系很近……”

“然后你让他来问我？”程恪说。

“我就随口那么一说……”江予夺说到一半突然震惊了，“他去问你了？”

“嗯。”程恪点了点头。

“那你……”江予夺感觉自己脸都烧起来了，“这……我服了……那你、你怎么跟他说的啊？”

“我说不是啊。”程恪说。

江予夺愣了愣，看着他，好半天才突然提高声音：“哦！哦！”

程恪眯缝了一下眼睛：“哦什么？”

“就是我知道了的意思。”江予夺被他看得有些不自在，转开了头。

太丢人了。

第五章

焰火

P239 — P295

25

江予夺的回答程恪是猜的，以林煦在他面前的表现，这样的问题，林煦肯定会先问江予夺，在江予夺那儿如果能得到答案，绝对不会再来问他。

林煦之所以会来问他，说明江予夺给了林煦一个含混不清、模棱两可的回答。

不过程恪是回答完“不是”之后才慢慢回过味儿来的，发现江予夺的答案有些出乎意料。

程恪不得不刷新了一下对江予夺的判断。

江予夺对他回答“不是”的反应也挺奇特的，没有松一口气，也没有大骂林煦是个傻子还真跑去问，而是……尴尬。

程恪很多时候不是个敏感的人，特别是在江予夺面前，经常感觉自己是个木头人，但就这种隐晦的情绪，他非常敏感，起码比江予夺要敏感得多。

眼下震惊而尴尬的江予夺，大概还不知道自己到底说了什么又为什么要那么说。

“随便你。”江予夺瞪着他看了好一会儿才说了一句。

“我已经说完了，”程恪说，“不过如果你对我的回答有什么不满意的，我可以再跟林煦修正一下。”

“我其实，”江予夺很艰难地挤出了三个字之后就没了声音，转头看着窗外，好半天才又转回头来在他耳边小声说，“我没别的意思，我就是……想让林煦离你远点儿。”

“为什么？”程恪轻声问。

是啊为什么！

江予夺咬了咬嘴唇。

因为他对林煦不放心，觉得林煦有目的，觉得林煦还有疑点，但这些都不能让程恪知道，他在程恪面前必须也只能是一个“正常人”。

他不知道什么样的回答才会显得正常，毕竟这么多年，他从来都是有话直说，不想直说的就不说。

“我就是不怎么喜欢他。”江予夺最后选了一个在他自己看来非常幼稚的答案。

“……哦。”程恪看着他，过了一会儿又问了一句，“没了？”

“没了，”江予夺说，“还要有什么？我对不喜欢的人就是这个态度。”

程恪笑了笑，没有说话，这笑容也看不出来他对自己这个理由是不是满意。

江予夺在这方面没什么经验，长这么大还没有为编个借口这么紧张的时候，就没碰到过需要这种经验的事。

“我就觉得他是不是有问题啊，”江予夺想想又补充了一下，“才认识你多久啊，也没见过几次……”

“四次吧，”程恪说，“算上今天。”

“对啊，”江予夺说，“这个人看上去太不靠谱了，还是让他……离你远点儿吧。”

“嗯，有道理，”程恪点了点头，“那我就这么跟他说吧。”

程恪说这话的时候没收着声音，前面的司机估计一直在听，这时候偏了偏头。

“看路。”江予夺沉着声音冲司机后脑勺说了一句。

司机的脑袋立马摆正了看着前方。

车在商场门口停下，江予夺先下车，然后转过身伸出了手。

“我下得去。”程恪一边往车门挪一边说。

江予夺没说话，直接抓着他的左手一拉，半架半拖地把他拽出了车外。

“哎！”程恪被他拽得连滚带爬的，有些狼狈，“你拉货呢？”

“司机看着我们呢。”江予夺皱着眉。

“他看就看呗，”程恪说，“你还能不让人家看了啊？”

“不舒服。”江予夺说。

程恪叹了口气："没什么大不了的，转头你长什么样他都不记得了。"

"是吗？"江予夺看着他。

"你看，"程恪随手往商场里出来的人群里指了一下，"那个男的，拎个提袋的。"

江予夺往那边扫了一眼。

程恪抬手扳着他下巴把他的脸转了回来："好了，数十个数。"

"一二三四五六七八九十，"江予夺一脸莫名其妙地从一数到了十，"数数干吗？"

"现在我问你，"程恪说，"那人长什么样？"

江予夺没说话。

"是不是不记得了？"程恪说。

江予夺看着他，过了几秒钟之后才说了一句："记得。"

"……胡说！"程恪有些无奈，"就看一眼你记得个头。"

"我看过半眼的人就能记得。"江予夺说。

"吹吧。"程恪对自己的心灵鸡汤现场教学被江予夺搅黄了非常不爽。

江予夺突然抓着他胳膊就往回走。

"去哪儿？"程恪看着离自己一步步远去的商场大门。

江予夺没回答他，拉着他直接过了街，然后又往前走了一段，再往前一指："就是他。"

"什么？"程恪没明白。

"刚你说的那个人就是他，"江予夺指着前面一个男的，"他鼻子有点儿歪，往左歪，可能小时候摔过……"

"你……"程恪瞪着前面的那个男人的背影，"你就看一个后脑勺，知道他鼻子是歪……"

"哎！"江予夺突然吼了一声。

程恪被他吓得一激灵，没等回过神，四周的人都看了过来，前面的那个男人也转过了头——鼻子真的有点儿往左歪！

程恪吃惊之后才猛地想起自己从小到大还从来没有在大街上因为莫名其妙

地吼叫而被人围观过。

“走走走走走！”他压低声音，“我服了你了！”

江予夺这才心满意足地转身往回走。

走了两步之后，程恪突然顿了一下：“那人手里没有手提袋！不是那个人！”

“有，”江予夺说，“他们有四个人，手提袋给了另一个男的，那人拿着往旁边……”

江予夺一边说一边往旁边的一条路看过去：“那边是停车场，你跟我过去……”

“不了！不不！不用了！不了！”程恪赶紧拉住他往商场那边拽，“谢谢你的表演，非常精彩，我现在完全相信了，一点儿都不怀疑。”

“我还知道袋子是什么牌子。”江予夺说。

“闭嘴！”程恪说。

江予夺马上闭了嘴，不再说话。

程恪满脑子都塞满了晕菜，一直走回商场门口，他才找到了他让江予夺看那个男人的原因。

每次江予夺都能用各种神奇的脑回路让话题离题得千里马难追……

“我刚跟你说那个人，”程恪叹了口气，“不是为了考验你的观察能力。”

“我知道。”江予夺说。

“你知道什么？”程恪斜了他一眼。

“你是想证明那个司机过一会儿就不会记得我们了。”江予夺说。

“对，”程恪松了口气，“很多事都是这样的，好事，坏事，痛苦的事，难堪的事，所有的事，其实能记得的只有自己，别人记不住的，无论多大的事，大多数人不会记得。”

江予夺停了下来，转头看着他：“是吗？”

“差不多吧，”程恪说，“你每天用手机看新闻，那么多的新闻，爆炸的、新奇的，你能记多久？上星期我还给一个新闻里说生病的孩子捐了钱，但现在我已经不记得那个孩子叫什么了。”

“像你这样的人很多，对吗？”江予夺说。

“挺多的吧。”程恪说。

“是啊，”江予夺往四周来来往往的人群里看了一圈，“这么多人，是好是坏，以前有过什么痛，现在碰到什么事，以后会不会好起来，除了自己，不会再有别人知道，是吧？”

“你这么说也有点儿极端……”程恪感觉他这句话有些消极，想再找补着讨论一下的时候，江予夺已经转身往电梯那边走过去了。

“你要买什么？”江予夺转头问。

“不知道，”程恪说，“酒啊，人参礼盒啊什么的。”

“人参？”江予夺愣了愣，“你要打算这么花钱的话，不如包个红包给陈庆他妈，要不你买完送去她还得拎回来退了，退不掉的就找小卖部的人卖掉……”

“这是什么操作？”程恪非常吃惊。

“过年期间变现的操作啊，”江予夺说，“卢茜也收这些东西，然后转手，你要真送了这样的东西，可能陈庆他妈会找我帮忙卖了。”

程恪想想觉得挺逗的，笑了半天：“我还真没想到会这样。”

“你家过年收一堆东西，用不上吃不了的怎么处理？”江予夺问。

“有些我妈会扔了吧，有些家里阿姨喜欢的就给阿姨了。”程恪说。

“阿姨也有可能就卖了。”江予夺说。

“……滚蛋。”程恪又笑了起来。

“人间好玩吧？”江予夺“啧”了一声，“小精灵。”

“滚滚滚。”程恪转身上了电梯。

直接包个红包其实不太礼貌，对方是从来没见过面的长辈，就算塞个红包，也不知道要塞多大的，程恪还是觉得买东西合适。

“那我给你出个主意吧，”江予夺说，“买一套特别可爱的猫啊、狗啊、小熊啊，那种帽子围巾手套。”

“什么？”程恪看着他。

“陈庆他妈妈特别喜欢，之前就想买来着，他爸不让。”江予夺说。

“不是，换谁都不让啊，多大年纪了啊？”程恪说。

“开心就好啊，”江予夺说，“想要又得不到的东西那么多，想要又能得到的东西就买了吧。”

程恪看着他，觉得这句话说得非常有道理。

“行吧，就买个三件套的。”程恪点点头。

到陈庆家的时候，不知道谁家正在放鞭炮，从六楼一直挂到一楼，从天到地炸得一片晕头转向。

陈庆从楼道里跑出来，跑到眼前程恪才看清了他是谁。

“走走走，”陈庆冲他们招手，“我一直在窗台上趴着看呢，一看你们下车，我就下来了。”

“这么隆重。”程恪说。

“那肯定啊，”陈庆笑着说，“再怎么说，这是三哥第一次带人上我家认门来，我特别兴奋，老觉得跟谁家媳妇儿见公婆似的……”

江予夺一巴掌扇在他后背上：“想当长辈是吧！滚！快上楼！”

陈庆一溜烟往楼上蹿着去了，江予夺回头：“他家在七楼，没有电梯，你没有问题吧？”

“……怎么？我有问题你背我上去吗？”程恪问。

“我就是问问。”江予夺转身往上走了。

程恪跟在他后头，有点儿想笑。

陈庆的父母很热情，应该是严父慈母型组合，但陈爸爸的严父明显有些严得不太是地方，进门就劈头盖脸地对着陈庆一通骂，说他下楼的时候没关门，骂了能有一分钟之后，才转头看到还站在门口的江予夺和程恪。

“哎！进来！站那儿干吗？！”陈爸爸赶紧招手。

“站那儿看你骂人啊。”陈妈妈说。

“老三就不用看了吧，看多少回了。”陈爸爸说。

“我朋友，程恪。”江予夺进门，介绍了一下身后的程恪。

“叔叔阿姨过年好。”程恪打了个招呼。

“过年好过年好，”陈妈妈说，“老三这个朋友一看就不是普通人啊，跟庆儿他们不是一块儿玩的吧？”

“也一块儿玩，有什么不能一块儿玩的？”陈庆非常不服气，“也没准儿我们不乐意带他玩呢？”

程恪笑了笑。

这是程恪第一次在自己家和亲戚家之外的地方过元宵节，不过这一整个年他都过得很别致，今天这样也就没什么可感慨的了，应该还能算是好的，起码是在家里，有人在厨房里忙活了一桌菜，还能跟一帮人坐在桌子旁边吃饭喝酒。

哪怕陈庆家的气氛他并不是特别适应，也觉得挺好。

陈爸爸是个粗人，江予夺没有说错，是真的很粗俗，张嘴闭嘴都带着各种器官和露骨黄段子，陈妈妈也差不多，但是脾气要好不少，特别是收到程恪送的那套帽子、围巾、手套之后，一个晚上都乐呵呵的。

“陈庆说你是个大少爷，”陈爸爸把酒杯伸了过来，“我看着也像，你看在我们这一片儿，你这样的特别扎眼，一看就不是我们这儿的人。”

程恪拿起杯子，笑着没说话。

“我儿子能认识你这么一个少爷，大概是踩了屎，”陈爸爸往他杯子上碰了一下，“这个屎……”

陈庆在旁边清了清嗓子。

“怎么？你要吃啊？”陈爸爸转头瞪着他。

“这吃饭呢，你说这个，”陈庆说，“你让人积……恪哥还吃不吃了？”

“都吃完了！这叫结束酒！懂吗？”陈爸爸继续瞪着他。

“叔叔阿姨身体健康。”程恪笑着往他杯子上轻轻碰了一下，仰头把酒喝了。

陈爸爸也一仰头把酒喝了。

吃完饭，江予夺也没在陈庆家多待，他家晚上要招待麻友，饭桌一收拾走，陈妈妈就把麻将桌摆上了。

“我们走了，”江予夺说，“去看灯。”

“我也去。”陈庆马上站了起来。

“你帮着打打下手，”陈妈妈说，“跑个腿儿什么的，你看什么灯？从小到大你也没看过两回，那儿有盏台灯你抱着看吧。”

“哎。”陈庆很郁闷地又坐下了。

“你看我朋友圈，”程恪说，“我一会儿拍了灯就发。”

“行吧，你们开车去吧，这会儿肯定打不着车了，”陈庆扔了钥匙过来，“录点儿小视频，听说今年规模比往年大呢。”

“好。”程恪点头。

从陈庆家出来，回到炮声震天烟雾缭绕的大街上，程恪松了口气，看了看手里的钥匙 ：“今天这什么车啊？”

“陈庆自己的车。”江予夺说。

“陈庆自己还有车？”程恪顿时震惊了，赶紧又看了看手里的车钥匙，“不会是辆电瓶车吧？”

“就那种两门小车，油电两用的，”江予夺说，“不到四万块吧，他妈给他买的。”

“哦。”程恪试着按了一下遥控，离他们五米的地方有辆车叫了一声，他走过去看清车子之后一下乐了，“这车能塞下咱俩吗？”

“能啊，里头挺大的，”江予夺说，“陈庆要跟着去，还能塞后备厢里。”

“还有后备厢？”程恪立刻转到车后头，试着开了一下，居然打开了，两个座椅后头有大约二十厘米的空隙，“这个就是后备厢？”

“对。”江予夺点点头，把外套脱下来卷了卷，放到空隙里，“你看，还能放衣服。”

程恪看了看衣服，没忍住乐了，靠在车后头一通笑 ：“哎，还真是……来，帮我脱一下衣服，我也放。”

江予夺帮他把外套脱了下来，卷好了放进后备厢。

程恪打开车门钻进去，坐在了副驾驶座上。

今天晚上广场那边有场灯会，开场是焰火表演，他们开着有后备厢的双门小车赶到的时候，焰火表演已经开始了，远远地能看到高楼那边有冲天而起炸开的一朵朵金色的花。

“在这儿先看一会儿？前面这会儿得堵车了吧，”程恪说，“现在这个角度好像还不错。”

“往前面一个路口看得清楚点儿，”江予夺开着车继续往前，过了这条街之后停了下来，“就这儿。”

“嗯。”程恪从车窗看出去，这个角度能看得更全了，下面的小焰火也都能看清。

陈庆的小车在这种时候就体现出了绝对的优势，江予夺硬是把车挤进了路边两辆车的中间。

“怎么样？”他愉快地把车窗打开了一半，再往椅背上一靠。

“舒服。”程恪说。

“你喜欢看焰火吗？”江予夺问。

“挺喜欢的，”程恪说，“不过我喜欢看纯色的、银的、金色的，特别有质感。”

“我什么样的都喜欢，”江予夺说，“第一次看到的时候都惊呆了，有这么漂亮的东西，特别亮，亮得都看不清黑天了。”

“你第一次看到焰火是什么时候啊？”程恪笑着问。

“从我爸爸妈妈房子里出来，”江予夺说，“有人带我们去比赛，正好路过，在一栋大楼顶上，有人在放焰火，就几个。”

程恪的笑容僵住了，抽了口烟之后才问了一句：“什么比赛？”

江予夺没有说话，也没有什么突然爆发的预兆，看上去很平静，像是在回忆。

过了一会儿他才转过头，看着程恪：“你知道熬鹰吗？”

26

江予夺这平静得跟闲聊没什么两样的一句话，让程恪愣了好半天。

熬鹰？

他当然知道熬鹰，挺小的时候看过熬鹰的纪录片，还看过不少文章，具体的细节已经记不太清了，但大致是怎么回事还是知道的。

为了磨掉鹰的野性，蒙住它的双眼，让它站在一根一碰就晃的绳子上，不给吃喝，不让睡觉，最后鹰快撑不住的时候，主人给点儿水、给块肉，从此鹰就听话了。

程恪记得当时那部纪录片里，主人带着鹰去猎兔子，鹰飞向天空久久盘旋，主人不断吹哨，它也不肯回到主人的胳膊上。

哪怕是被“熬”出来的鹰，也有可能在某一次打猎过程中一去不回。

他还记得自己当时脑子里想的都是，快飞走快飞走，千万不要回来了……但最后那只鹰是回来了还是飞走了，他已经不记得了。

希望飞走了吧，再也不回来了。

程恪把脑子里相关的内容都过了一遍，也不知道这些跟江予夺有什么关系，或者说不敢去想这些会跟江予夺有什么关系。

他只能沉默着等江予夺说下去。

“我爸爸，玩过鹰，”江予夺叼着烟，手里拿着打火机，一下打着了又灭掉，在指间翻转着，“他最喜欢跟我们说熬鹰的事，说熬鹰熬的不仅仅是鹰，也熬人，对主人也是一种挑战，是人与鹰之间意志力的战斗。”

“战斗个头，他也不吃不喝吗？”程恪皱了皱眉，“强迫对方战斗的战斗算个头的战斗。”

“后来不让玩鹰了，他就没玩了，”江予夺把打火机抛起来，打火机落回他掌心的时候一下被握紧了，“他说我们不是鹰，没有野性，我们是小狗而已，打几顿就乖了，没有挑战性。”

程恪猛地转过了头，看着江予夺。

“但他说那套规矩是有用的，”江予夺看着自己握紧的手，“黑暗、饥饿、寒冷、没有睡眠……”

“这有什么意义吗？”程恪感觉到了恐惧和愤怒。

“他说这些都不怕了，我们就什么都不怕了，”江予夺说，“没有恐惧就所向无敌。”

“胡说！”程恪提高了声音，“这些恐惧是一辈子都洗不掉的！”

“是，”江予夺转过头看着他，笑了笑，“一辈子，都活在恐惧里，我们没有谁所向无敌，我害怕，我什么都怕。”

“我能先问一句吗？”程恪皱着眉。

“嗯。”江予夺应着。

“你那什么爸爸妈妈，被枪毙了吗？”程恪问。

“不知道，”江予夺说，“他们被抓住了。”

程恪松了口气，但江予夺这短短的几句话里包含着的巨大痛苦和惊恐让他没办法平静下来。

“他这样对你、你们，是为了什么？”程恪咬着牙问。

“我们每天训练，有比赛的时候就去比赛，”江予夺说，“和别的小狗，或者我们自己。”

“谁看？”程恪问。

“不知道，我看不到人，四周都是黑的。”江予夺说。

“别的孩子呢？”程恪又问。

“不知道，都分开了，我不知道他们去哪里了，”江予夺说，“他们也不知道我在哪里，现在是谁。”

“那你……”程恪犹豫了一会儿，“是怎么到这里的？”

“坐大巴车，一辆一辆，上车下车，坐了很久。”江予夺说。

“你一个人吗？他们都被抓了，会有人管你们吧？都是小孩儿，警察也不可能不管啊。”程恪说。

提到“警察”两个字的时候，江予夺的手一下收紧了，指节苍白，他轻声说：“不能再害人了。”

“什么？”程恪愣了愣。

“怎么样？”江予夺看着他笑了笑。

“什么怎么样？”程恪有些紧张。

“你想知道的，我小时候的事。”江予夺说。

程恪没有说话。

“我出去一下。”江予夺说完没等他回答，就打开车门下了车，站到车头前的人行道边上。

程恪没有跟着下去，坐在车里看着他。

江予夺没有穿外套，只穿了一件T恤站在风里。

但他看上去完全放松，身上没有因为寒冷而僵硬，没有一般人在这种温度里会有的耸肩、缩脖子的动作，他甚至还点了根烟。

程恪想起来自己当初在这样的风里把一个打火机都快按成神经病了也没能点着一根烟，在大风里点烟也算是江予夺的神奇技能吗？

程恪点了根烟，看着同样在风里叼着烟的江予夺。

他再也不会问了。

他再也不会去好奇了。

江予夺的那些过去他都不想再听了。

哪怕江予夺只用了最简单、最平静，像是说别人的故事一样的语气，他还是不能接受。

他以前跟刘天成他们混在一起的时候，也听过一些稀奇古怪的事，被这帮人以轻松和平常的方式说出来。这些完全没有根据的东西，他一般听听就过了，不关心那些藏在没有人能看到的角落里或真或假或是为了吹牛而存在的猎奇事件。

但江予夺刚才说的那些，让他一直冷到了骨头里，车上开着暖气，他坐在这里还是能感觉到绝望。

是的，比起恐惧和愤怒，程恪感觉到的更多的是绝望。

江予夺现在已经不再身处那个让他感到绝望的地方，算起来离开那里，应该有十年了，他回到了真实的世界里，回到了可以随便睡觉，可以随意吃饭喝水的世界里。

但看到他站在风里的样子，程恪并没有感觉到他的轻松。

他身上的那些印记，那些经历，并没有离开，他呼吸着这个世界的空气，却不一定能感觉到这个世界的真实。

程恪打开车门，回身从后备厢里拿了江予夺和他的外套下了车。

那边的焰火还在不断跃向夜空，一片片闪着各种形状的光芒，消失之后视界里还会有那些光亮的残影。

几簇巨大的环形焰火同时在夜空中腾起，四周瞬间被照亮，身边有人发出了欢呼声。

程恪看着焰火，走到了江予夺身边。

“穿上衣服。”他哆哆嗦嗦地把衣服递了过去。

“我不冷……”江予夺转过头，看到他也只穿了一件羊毛衫的时候皱了皱眉，先拿外套帮着他穿上了。

“你不冷也穿上吧，”程恪说，“我看着冷。”

“嗯。”江予夺接过外套穿上了，还把拉链也拉到了头。

“看焰火啊，”程恪仰头看向他身后，“应该差不多结束了，这会儿都是很大的焰火了。”

“我……有点儿害怕。”江予夺说。

“害怕什么？”程恪单手扳了扳他的肩，跟他面对面站着，轻声问。

“我不应该告诉你这些，”江予夺皱着眉，“你不应该知道这些。”

“没关系，”程恪说，“我会忘掉的，我不会记得的。”

“可是我记得。”江予夺说。

程恪没有说话，盯着他的脸。

江予夺背对着光，但焰火腾空时的光芒还是能照亮他的侧脸，程恪能看到他眼角小小的亮点，还有微微颤动着的睫毛。

“说过的都会忘掉的，”程恪抬起左手拍了拍江予夺的肩，贴在他耳边轻声说，“我姥姥跟我说，秘密说出来，就会被风吹走了。”

“我记得。”江予夺轻轻靠着他，“我记得好多，我一直以为我没记得这么多。”

程恪没再说话，他不会安慰人，更不知道应该怎么安慰这种状态下的江予夺。

他只能在江予夺背上一下下地轻拍着。

“我记得我杀了很多小动物，”江予夺说，“我们抓回来的流浪猫，还有流浪狗。”

程恪手抖了一下，继续轻轻拍着。

他突然明白了当初江予夺为什么会为了垃圾桶里的一只小猫跟他大打出手。

“我很喜欢喵，”江予夺说，“但是我有时候也会害怕它，我什么都怕，我怕灰蒙蒙，我还怕黑……”

“你怕小精灵吗？”程恪问。

江予夺顿了顿，轻声笑了起来：“是废物小精灵吗？”

“嗯。”程恪点点头。

“不怕。”江予夺说。

“那就行了，”程恪拍拍他的后脑勺，“我们去看灯。”

“好。”江予夺应着。

程恪侧过头，犹豫了一下，大概两秒，然后在江予夺耳垂上捏了一下，再扯着他的耳垂轻轻一拉。

“很 Q 弹。”他说。

江予夺先是愣了一下，然后就开始笑，笑得都咳嗽了。

“上车。”程恪推开他，转身往车上走。

“我发现你有时候挺像个傻子的。”江予夺在他身后说。

“你，”程恪转过身指了指他，“说话注意点儿用词，信不信我现在过去跟你打一架？”

“不是我说，”江予夺走过来脱了外套往车后头胡乱一塞，坐到了驾驶座上，“就你这样少一条胳膊的，我让你四条腿都打得过。”

“你上哪儿再凑两条？”程恪笑了起来，坐进了车里。

“陈庆的。”江予夺一本正经地说。

“对了，赶紧过去，”程恪拿出手机，“我答应了拍灯给他看呢。”

手机上还真有“某某汽车美容小陈 139××××××××”发过来的消息。

——大哥！灯呢？

程恪把手机伸出车窗外对着路灯拍了一张照片，然后发了过去。

两秒钟之后，“某某汽车美容小陈 139××××××××”回了一条消息过来。

——你俩到底去没去看灯？

程恪笑了笑。

——刚在路边看焰火，现在过去看灯了，等着。

——焰火呢？拍了没？我在家这边只能看到一个焰火尖尖。

——没拍。

——你有什么用？看焰火不拍你看个头呢。

程恪没再回消息过去。

焰火他也没看全，从江予夺开始说那些事起，他就感觉自己什么都没看到了。

他用余光扫了一眼正开着车往广场那边去的江予夺，江予夺看上去挺平静的，不像之前提起那些事的时候会有那么激烈的反应。

程恪不知道这是由于去见了心理医生，还是出于别的什么原因。

他俩现在坐在车里，看上去心情都挺不错的样子，但程恪知道，自己恐怕这一晚上都只能强颜欢笑。

在听到这些东西之后，他不知道自己能用什么样的心情去看灯。

江予夺比他强点儿，也许是因为这些事在他记忆里已经反反复复了很多年，在广场附近的停车场跟另一辆同样大小的双门小车一块儿拼了个车位之后，江予夺下车的时候看上去挺兴奋的。

“这车就这点好了，好停车。”另一个双门小车的车主下来，看上去也很愉快。

“是。”江予夺点点头。

程恪看了一眼在停车位上并排横着的两辆小车，又觉得心情稍微扬起来一些，有点儿想笑。

“一会儿看完灯，叫陈庆还有我那帮小兄弟出来吃夜宵，”江予夺凑到他耳边说，“你想去吗？”

“吃什么？”程恪问。

“烧烤啊，我们凑一块儿就是吃烧烤，传统节目，从来不创新。”江予夺说。

“好。”程恪点点头。

江予夺笑了笑，往前面一大片亮光指了指：“就那儿了吧。”

“真多啊。”程恪看了看，从广场一直到四周的街道，全是各式各样颜色不同的灯，有大有小，远远看过去都看不清是些什么，只觉得是一大片灯海。

“以前来看过吗？”江予夺问。

“没，”程恪说，“我很少凑这种热闹。”

“我给你买盏灯吧，”江予夺说，“你也给我买一盏，我以前跟陈庆来玩过，就是这么送的。”

广场上人很多，从离灯一两百米的地方开始就全是人了。

程恪拿着手机对着各种灯一通拍，因为只有一只手，也顾不上取景对焦什么的，框上了就拍。

动物灯、花灯、食物灯、抽象灯……无论什么灯，跟前儿都有一堆人，相互视其他人如无物，也不介意镜头里除了自己之外还有一堆往不同方向摆着POSE的人。

“你帮我拍一张吧。”江予夺说。

“好，”程恪点点头，江予夺的这个要求让他有些意外，“在哪儿拍？”

“那盏大猫灯。”江予夺说，“是不是有点儿像喵？”

“喵是灰白猫，这是个橘猫……”程恪看着他，“你对得起喵吗，养了这么久不知道它什么毛色？”

“我是说神态！”江予夺说。

程恪又看了一眼那盏大橘猫灯，说实话，做得挺难看的，别说神态了，也就江予夺说了那是个猫，他才看出来那不是个熊。

“你过去吧，”程恪举起手机，“橘熊”跟前儿一堆人，他都不知道江予夺过去了能站在哪儿，“你……”

他正想给江予夺安排一下站位，江予夺已经走进镜头里，站在了所有人的前头，然后把外套拉链一拉，双手往两边一伸，腿也跟着打开，摆了个“大”字。

虽然这个姿势蠢到了极致，但不得不说，他这“大”字一摆，后面的人就都只剩点儿边角料了。

“喵呜！”江予夺吼了一声。

程恪按下了快门，拍下了一张江予夺表情为大写“O”的照片。

“我看看。”江予夺快步走了过来。

程恪有些不忍心：“要不再拍一张吧。”

“没事儿，有我就行，”江予夺拿过了他的手机，“我就要那么个意……这是我吗？”

“不然呢？”程恪说。

“你为什么能把我拍成一个傻子？”江予夺瞪着他，“我以为你好歹一个艺术家，水平怎么也能比陈庆强点儿吧！”

“那你喵呜个头呢！”程恪也瞪着他，“你再喵呜一个你还得是个傻子！”

“行吧，”江予夺犹豫了一下，“再来一张。”

他又转身站了过去，站在所有人的前面，再次摆了个“大”字，跟前就是几个举着手机的人。

“这人怎么又来了啊！”一个正要拍照的大姐很不高兴地喊了一声。

“我都又来了你怎么还没走啊？”江予夺看着她。

大姐斜了他一眼没再说话。

江予夺转过头看着程恪这边：“快！我不喵呜了！你直接拍！”

程恪看着镜头里的江予夺，无论是拍照的姿势还是表情，都看得出来，江予夺长这么大，估计正经照片拍得不超过十张，还得算上证件照。

挺帅挺有范儿的一个人，正经拍照的时候比无意间入镜的时候傻了能有三千多倍。

程恪按下快门，定格了江予夺的一脸傻笑。

“不是，”江予夺拿过手机看了一眼，“我……我是不是对自己长什么样子认识得不够全面？”

“你是对到底要怎么拍照认识得不够全面，”程恪说，“应该说是一无所知。”

“那你给我示范一个。”江予夺看了看四周，突然兴奋地往右一指，“快看！那就是为你准备的啊！”

“什……”程恪顺着他指的方向转过头，看清之后骂了一句，“滚！”

右边离他们十多米的地方有一盏精灵造型的灯，跟那盏“橘熊”灯一样，看上去有些不知所云，但好歹从尖耳朵上看得出来它想说自己是个精灵。

“快去。”江予夺推了他一把，“小精灵快去找你的小伙伴。”

“你就说你是不是找抽？”程恪看着他。

“快，”江予夺笑了起来，“我看看你是怎么拍照的。”

程恪有些无奈地拉了拉外套，捧着自己的右胳膊走过去，站到了“小伙伴”的旁边。他看了一下四周的光源，调整一下自己脸的朝向，凑合着选了个侧光。

江予夺举着手机：“拍了啊！一二三！”

这“一二三”数得程恪差点儿没听清，脸上也没来得及有任何表情，江予夺就已经拍完了，并且冲他挥手：“帅！再来一张！”

“……你数慢点儿，你那个速度不如不数了呢。”程恪说。

“好。”江予夺点点头。

程恪看了一眼身后的“小伙伴”以及“小伙伴”旁边站着的几个小姑娘，往旁边错了错，打算让江予夺拍个小伙伴的侧面。

“拍了啊！不数了！”江予夺说。

程恪笑了一下。

“好了！”江予夺点点头。

程恪正要过去看看照片的时候，旁边走过来一个小姑娘：“这位帅哥。”

程恪转过头看了她一眼。

“能合个影吗？”小姑娘有些不好意思地问。

“……行。”程恪犹豫一下点了点头，这种事儿他碰得不少，以前表演完了也能碰上想合影的小姑娘。

“谢谢。”小姑娘赶紧站到他身边，冲前面指了指，“我朋友在那儿。”

程恪朝那边笑了笑，两秒钟之后，前面一个举着手机的小姑娘挥了挥手：“好啦！”

“谢谢帅哥！”小姑娘冲他笑了笑，跑到自己朋友那儿去了，俩人挤成一团看着手机。

程恪转身走回江予夺面前，正想拿手机看的时候，发现江予夺正一脸不爽地看着那俩小姑娘。

“怎么了？”程恪问。

“你还真是一点儿警惕性都没有啊，”江予夺说，“谁要拉你拍照你都拍啊？”

“俩小姑娘，也就高中生，”程恪叹了口气，“拍个照还能把我打一顿吗？”

江予夺“啧”了一声，把手机递给他：“我发现你拍照啊，拍视频啊是真的好看，你往那儿一站，基本也就看不到别人了。”

“谢谢啊，”程恪笑了起来，“真舍得夸。”

“要不……”江予夺犹豫一下，看了一眼那边的小姑娘，“叫她们帮咱俩也拍一张吧？”

“嗯？”程恪笑着说，“你也不要警惕性了？”

“那自拍。”江予夺很快改了主意，举起手机，伸手搂着他肩膀往里收了收。

程恪靠到了他身上，没等看清手机里他俩都什么德行，江予夺就已经按下了快门。

“三哥，”程恪简直无奈了，“我求求你了，咱能不能给点儿时间把表情整理一下啊？”

“哦，那你说拍我就拍，”江予夺又举起手机，“我没那么多事儿，还整理表情，是不是要叠好啊？”

“闭嘴！”程恪说。

江予夺没再说话，跟他一块儿往镜头那边看着。

程恪把头往江予夺那边偏了偏，江予夺看了他一眼，也往他这边偏了偏：“是这样吗？”

“嗯，”程恪应了一声，“笑。”

江予夺笑了一下，程恪的笑容刚展开，江予夺的笑容已经结束了，他忍不住吼了一声："保持！"

江予夺愣了愣之后乐了："我忘了。"

这个笑容自然而帅气，程恪迅速抬手在快门上点了一下。

总算拍出了一张正常的江予夺，他拿过江予夺的手机看了看，把这张照片发到了自己手机上。

27

程恪把照片存好，又把之前拍的一堆各种灯都发给了陈庆，本来想再发一份到朋友圈的，但仔细看了一遍之后又放弃了。平时他基本不发朋友圈，好不容易发一次就这样的质量，实在有点儿不好意思。

“那边有卖灯的了，”江予夺指了指前面，“去看看吧。”

“嗯。”程恪跟着他往那边走，想把手机收起来的时候又犹豫一下，点进朋友圈看了一眼，内容不多，基本都是吃饭喝酒的，然后就是陈庆。陈庆把他发过去的一堆照片一股脑地都发在了朋友圈里，连发三组九宫图，还配了三个字——“真热闹”。

程恪笑着给点了个赞。

程恪将屏幕再往下滑，还是一组九宫格的图，但是一眼过去就能看出来水平非常不错，起码构图和色调都很不错。

这肯定不是陈庆的了，程恪看一眼昵称，嘴角的笑容凝固了。

“别玩手机了，”江予夺拉了拉他的胳膊，“先看灯。”

“程怿……”程恪看着江予夺，皱着眉往四周看了看。

“哪儿？”江予夺愣了愣。

“不知道，”程恪说，四周都是人，除了灯占掉的地盘，别的空间都是人，他没有江予夺那种看人的本事，这一眼过去，连一张脸都没看清，“他可能跟我爸妈一块儿在这儿。”

“啊？”江予夺拿过他手机，“这些是他拍的吗？”

“嗯。”程恪点点头，感觉心情一下就有些郁闷，而且这种郁闷就像是一把钩子，一下把他盖好的一层伪装撕掉了，下面是好不容易才压好的江予夺的那些过去。

“十分钟之前发的，应该是刚到，”江予夺看着照片，“要不应该会再发点儿焰火……你看这个鲤鱼灯，我们过来的时候看到了。”

“是吗？”程恪挺服气。

“我们去那边吧，”江予夺拉着他往广场对角线那边走过去，“他们应该不会直接就往里走，你妈肯定来了。”

“你怎么知道？”程恪问。

“你看这只手，”江予夺指了指手机屏幕上放大了的照片，“这枚大绿戒指，是你妈的手吧，上回我在你那儿见着她的时候她就戴着这戒指呢。”

程恪冲他抱了抱拳：“厉害。”

说实话，他是真没想到他的家人会来看花灯，往年都嫌人多太乱。

“也不是专门要记这些，”江予夺用拇指和食指圈了一下，“这么大呢，如果戴在陈庆他妈手上我肯定以为是塑料的。”

程恪有些不爽的心情被他这句话逗得稍微缓过来一些：“去那边吧，我给你买盏灯。”

他俩穿过人群，走到了广场对角。

这边挺多卖花灯的，各种小灯还挺可爱，看着都比旁边的大灯要精致。

买花灯的大多是小朋友和小姑娘，也有男的买，但基本都是买给孩子或者女朋友的。

他们俩往灯跟前儿一站，看上去挺特别的。

程恪并不介意，偷偷看了看江予夺，还想象了一下江予夺和陈庆站这儿挑花灯互送的场景，顿时笑了起来。

陈庆实在是个挺可爱的人，一想到他就想笑。

“笑什么笑啊，”江予夺在旁边说，“问你呢，这个小仙女好看吗？”

“小仙……”程恪转过头看到他手里拎着的一盏灯，是个挺Q的提着灯的古装小人儿，“这怎么就小仙女了？”

“没有小精灵，”江予夺说，四周声音挺嘈杂的，还有音乐声，他吼得很大声，“不过那儿有个小蜜蜂的，还有荷花什么的，你喜欢哪个？”

江予夺说到最后一句的时候，旁边的几个人都看了过来，一个大姐还笑了起来。

程恪叹了口气：“都行。”

“那都要了。”江予夺转头冲老板一抬下巴：“这个小仙女，还有那个蜜蜂……”

“哎哎哎，”程恪一听就急了，赶紧扒拉了他一下，“小蜜蜂就行吧，小蜜蜂吧。”

“小蜜蜂。”江予夺说。

老板把小蜜蜂灯拿过来递给了他，他拿起来转圈儿看了一遍：“嗯。”

付了钱之后，他把小蜜蜂往程恪面前一递：“给，送你的。”

“谢谢。”程恪接过了小蜜蜂灯。

“到你了。”江予夺说。

“什……”程恪愣了愣。

“买一盏送我啊，”江予夺说，“我要那盏狗子的。”

“那盏 Doge？”程恪问。

“对。”江予夺点头。

“你不要盏猫吗？”程恪顺嘴问了一句。

“没看到有……”江予夺转头又冲老板吼了一嗓子：“老板！有没有猫灯？”

“……就 Doge 吧，”程恪吓了一跳，旁边的人再次目光聚焦，他压低声音，“狗啊，猫啊都一样。”

江予夺大概这会儿才注意到旁边的人，于是又冲老板摆了摆手：“就那个狗算了，不要猫了。”

交了钱之后，程恪把 Doge 递给了江予夺：“给，送你的。”

“谢谢。”江予夺笑着接了过去。

从大家目光中离开的时候，程恪松了口气。

走了几步，他又觉得有哪里不太对劲，让自己不太舒服。

他看了江予夺一眼，江予夺拿着那盏 Doge，心情挺不错的样子，时不时还拎起来看一眼。

但他俩慢慢在卖灯的小摊前溜达的时候，江予夺的目光更多的时候还是会在小摊上挂着的各式各样的花灯上停留。

程恪心里的不舒服更明显了。

在看到一个摊子上有一盏黑白花猫灯的时候，他突然反应了过来。

也许是因为他的“教养”让他在江予夺毫不在意地冲老板提高声音大声吼的时候觉得有些尴尬，他没有再陪江予夺找到其实应该是最想要的猫灯。

程恪并不觉得自己的尴尬有问题，现在却觉得有些心疼。

他拉了江予夺一把，指了指那个挂在一堆灯里的猫灯：“那个是不是猫？！”

“是！”江予夺点了点头。

“我再给你买一盏猫灯。”程恪走了过去。

江予夺没拦他，心情愉快地跟着他到了猫灯跟前儿：“这是个警长猫！比喵气派多了。”

“没错。”程恪笑了笑，冲老板招了招手：“帮我把这盏灯拿下来。”

“好嘞。”老板过来把猫灯取下来，递给了他。

程恪检查了一下，灯没什么问题，他给了钱，然后把猫灯给了江予夺：“来，这盏也送给你。”

“谢……”江予夺笑着接过灯，眼睛往他身后扫了一眼，话没说完，但还是保持着笑容，“别回头。”

“怎么？”程恪愣了愣，但反应挺快，没有像百分之八十听到“别回头”时都会先回头的人那样，他没有回头。

“你弟，”江予夺收回了视线，看着手里的猫灯，“还有你妈，还有一个年轻女的，就在你后面，五米。”

程恪皱了皱眉，怎么还有个女的？

程怿身边女孩儿不少，但从来没有带谁回过家，这回不仅带回家了，还带着跟老妈一块儿逛灯会？

“要相认吗？”江予夺问。

程恪笑了：“不相认了，程怿看到我们了吗？”

“看到我了，”江予夺说，“但他装没看到我，应该没发现我看到他了。”

“他什么意思？”程恪皱着眉。

“我觉得他是想走过来一点儿，”江予夺说，“距离足够近了，叫你一声才听得见，也没时间装没听见走开了。”

“你心眼儿也不少啊，”程恪笑了笑，“想得这么全面。”

“我琢磨别人不会这么想，但你弟就是这种人，”江予夺说，“你要不想相认的话我们现在就走。”

“不，”程恪看着他，“不走，麻烦你配合一下。”

“配合什么？”江予夺问。

“一会儿你就知道了。”程恪转过了身。

程怿跟老妈就在离他们四五米远的地方，正在看灯，旁边还有一个非常漂亮的姑娘，个子很高，感觉踮个脚就能跟程怿一样高了。

程恪能感觉到，程怿的余光里他已经转身了，却并没有转头，只是搂着老妈的肩膀慢慢往前移动，一直到老妈看见他，惊讶地喊了一声“小恪”的时候，程怿才猛地转过了头。

江予夺的判断还是有偏差的，程怿大概是想让老妈自己看到他，他也就没法说什么故意不故意了。

“妈。”程恪走过去，冲老妈笑了笑。

“小恪，你的手……”老妈第一眼就看向了他的手。

“哥，你手怎么了？”程怿两步跨到了他面前，有些吃惊地看着他手上的石膏，“严重吗？”

“没事儿，马上就要拆石膏了，”程恪说，“摔了一跤。”

“阿弥陀佛，”老妈摸了摸石膏，“怎么这么不小心啊……可得好好休息，拆了石膏也先别用劲儿，知道吗？”

“嗯，知道，”程恪点点头，换了话题，“你怎么在这儿？”

“他俩，”老妈回头看了看程怿和那个姑娘，“非拉我来玩，吵得很。”

“哥，”程怿冲那个姑娘偏了偏头，“这是我女朋友，黎娜……来见见我哥，程恪。”

“大哥过年好。”黎娜走了过来，笑着打了个招呼。

“你们……”程怿往他身后看了看，“逛灯会？”

“嗯，”程恪回过头，“江予夺，我朋友。”

江予夺连一瞬间的迟疑都没有，往前走了两步，跟他并排站着之后冲老妈说了一句："阿姨过年好。"

"过年好，"老妈有些吃惊，眼神里也有几分不愉快，"上回不是说……是房东吗？"

"妈。"程怿凑到老妈耳边压低声音，像是想要阻止她说下去。

程恪觉得跟程怿一块儿生活了这么多年，也一直知道他很善于伪装，但离开家之后才算是真的体会到了这一点。

老妈没有再说下去，只是有些勉强地笑了笑。

"老三是吧，我们也见过几次了，一直不知道该怎么称呼，"程怿看着江予夺，"听米粒儿说……"

"什么米粒儿、豆豆的，不认识。"江予夺简单粗暴地打断了他的话。

"你可能不记得了……"程怿脸上的表情并没有因为他的态度而有什么变化，依旧平和中带着笑。

"你不想叫名字的话就叫三哥，"江予夺再次打断了他的话，"老三不是随便叫的。"

程怿的脸色终于沉了下去："没关系，叫什么都行，以后估计也没什么机会叫。"

"走吧。"程恪说，又看着老妈："妈，你慢慢逛着，我们先走了。"

"你注意点儿身体。"老妈交代着。

"嗯。"程恪点点头，转身要走的时候，程怿在后面叫住了他。

程恪回过头，程怿走到他面前，低声说："哥，我说真的，你要不然还是回家吧。"

"怎么？"程恪看着他。

"我有点儿担心，"程怿看着他手上的石膏，"你说要万一出点儿什么事儿……"

"他出过的最大的事儿就是从家里被赶了出来，"江予夺说，"只要不回家，应该出不了什么比这更大的事儿了。"

"你说话注意点儿。"程怿冷着脸。

"我就这么说话，"江予夺说，"你要不想听，刚才装没看到我的时候就应该把你妈一块儿拉走。"

程怿皱了皱眉，看着他："江先生，能不能让我跟我哥单独说几句话？"

"你先把旁边这些人都支走吧，"江予夺说，"要不你俩'单独'不了。"

程怿张了张嘴，没说出话来。

程恪本来有些说不上来现在是什么心情，他并不希望江予夺跟程怿有什么冲突，但真冲突起来了他也没想阻止，就觉得心里有些烦乱。

现在听了江予夺这句话，再看到程怿的反应，他的心情瞬间明媚了很多，这种让人无奈的对绕弯子客气话的直白理解，让他想起当初跟江予夺的费力交流，顿时就忍不住想笑。

大概是嘴角没压住的笑被程怿看到了，程怿看他的眼神都变了，过一会儿才说了一句："哥，我没别的意思，就是担心你一个人在外头碰上事儿。"

"我知道。"程恪笑着点头，拍了拍江予夺："走。"

"哥……"程怿似乎还想说什么，但被江予夺再一次打断了。

"你别操心了，"江予夺说，"有我在。"

程恪没有回头，一直往前走，走到广场边缘，四周的花灯都开始变少了的地方时，才突然笑出了声。

"笑什么啊？"江予夺看着他。

"你太可爱了，"程恪笑得停不下来，"其实玩心眼儿，你真不是程怿的对手。"

"我为什么要跟他玩心眼儿？"江予夺说，"我没那个闲工夫。"

"没错，"程恪笑着拍拍他的肩，"就只有你这种横冲直撞一点儿面子都不给人留的才治得了他。"

"开心了？"江予夺走到旁边的垃圾桶边，看了他一眼。

"还可以吧。"程恪也跟着走了过去。

"你就是太给你弟面子才总跟他扯个没完，"江予夺瞪了他一眼，"你抽他一巴掌看他还成天冲你假笑吗！"

程恪笑了起来，过一会儿又叹了口气："也许吧。"

"我没有兄弟姐妹，也不知道跟家里人在一起什么样，"江予夺靠到旁边一棵树上，"可能你想法跟我不一样吧。"

"当着我妈的面儿，我也不想弄得大家下不来台，以后大概是真的不会有什么来往了。”

“没事儿，”江予夺说，“你看我一个人，也没家人，不一样挺好的吗？”

“嗯。”程恪笑笑。

江予夺想想又看着他：“我随便说说的，咱俩的情况还是不一样的。”

“我知道。”程恪把灯递给他拿着。

江予夺试探性地问他：“续上？”

程恪笑了：“没那么大瘾。”

江予夺看了广场那边一眼：“还有一大半没逛呢，还逛吗？”

“逛，”程恪说，“我妈应该没什么心情再待在这儿了，她本来就不喜欢人多的地方，嫌闹得慌。”

“那一会儿我们逛逛那边去，”江予夺指了指，“那边有盏大龙灯。”

“嗯，”程恪点头，想想又看着他，“刚才，我提到你的时候，你还挺镇定啊？我还有点儿担心你会瞪我。”

“瞪什么瞪啊？”江予夺说，“我已经猜到你要干啥了。”

“这么厉害。”程恪说。

“废话，不然你还能怎么说啊？你弟本来就想拿你爱跟不正经的人瞎混这事儿戳你，”江予夺叹了口气，“不过他不一定相信。”

“为什么？”程恪看了看手里的灯。

“他不是说你更喜欢跟……嗯嗯嗯嗯嗯嗯混在一起吗？”江予夺音调不同的一通“嗯”，让程恪差点儿反应不过来。

反应过来之后，程恪忍不住一通乐，差点儿碰倒了垃圾桶。

江予夺跟着笑了一会儿，看他一直没停，“啧”了一声：“没完了啊，至于吗？笑这么长时间，笑点比陈庆都低。”

程恪慢慢收了笑，深吸一口气，单手伸个懒腰，看着江予夺，过一会儿问了一句：“你刚说的那句，是配合，还是真的？”

“哪句？”江予夺叼着烟扫了他一眼。

“有你在。”程恪说。

“真的。”江予夺说。

程恪笑着一挥手：“走，哪儿有棉花糖啊？”

“……刚我们过来那儿。”江予夺说。

程恪并不想吃棉花糖，也完全没有兴趣，这会儿让江予夺去给他买棉花糖，单纯地就是心情不错，想玩。

他一边走一边拿出了手机，翻出了刚传过来的那张自拍照，又点开了美图软件。

“干吗？”江予夺问。

“P 一下图发朋友圈。”程恪说。

“你还会 P 图？”江予夺有些吃惊，“不，你发个照片还要 P 图？你矫情不矫情啊？”

“你信不信我抽你？”程恪转头看着他。

“矫情矫情矫情。”江予夺说。

程恪笑着在手机屏幕上随便点几下，把亮度和色调调了一下，然后把后面一个狂笑的大妈的嘴遮掉了，再缩小看了看，觉得挺好——保存，发到朋友圈。

很快程恪就收到了一条来自“某某汽车美容小陈 139××××××××”的回复——

给你俩自己拍的照片拍这么好！给我发一堆糊了的！

28

江予夺看了看四周，视线能扫到的地方都没有程怿他们，也许就像程恪说的，他妈妈本来就不喜欢这种闹哄哄的场合，加上突然看到大儿子的房东变了身份，还跟她小儿子“怼”上了，于是走了。

不过江予夺一开始到广场的时候也不太适应，人太多了。

虽然在过节这样重要的日子里，“他们”一般不会出现，但一直以来人太多的环境都会让他觉得紧张，以前跟陈庆来的时候，都没有这么大的规模，他们也在外圈转转，买盏灯，吃点儿烤串儿就差不多了。

今天因为想躲开程怿，他跟程恪一块儿从无数的人和各种阻挡视线的灯中间穿过时，一直都不太舒服。

“他们”不会在这种日子里出现，但是多得看不过来的人还是会让他呼吸有些困难，好在他的注意力大多数时间都放在程恪打着石膏的手上，程恪给他买了灯特别是猫灯之后，他就更放松了。

有些东西不去专门注意，也许就不会存在了，可惜对于他来说很难，能做到的时间太少。

把花灯差不多都看遍之后，他们走到了棉花糖摊子旁边。

摊子旁边围了不少人，大部分是小姑娘和她们的男朋友，还有小朋友和他们的父母，江予夺犹豫了一下，转头看着程恪：“你在这儿等我，我过去买。”

“我跟你一块儿过去。”程恪说。

“……行吧，”江予夺说，“你想要什么颜色的？”

“彩虹的，”程恪说，“你呢？”

“我要一个粉蓝色的，”江予夺说，“我喜欢纯色。”

“好，”程恪笑笑，“以为你会说要个粉红色的。”

“粉蓝色的好看，”江予夺跟程恪一块儿挤到了棉花糖机子旁边，“粉红色的太土了。”

旁边一个拿着刚做好的一大坨粉红色棉花糖的小姑娘看了他一眼。

江予夺感觉自己大概是话说得不合适了，但对方是个陌生人，还是个女孩子，他一下也不知道应该怎么找补，于是没理会。

“看配什么人吧，”程恪说，冲那个小姑娘笑了笑，“有些女孩儿配粉色特别可爱。”

小姑娘也有些不好意思地笑了笑，拿着棉花糖走开，给他让出了一个位置。

程恪站到这个位置上，跟江予夺并排挤着，小声说了一句：“你也太不会说话了。”

“我又不认识她。”江予夺也小声说，“再说我也的确没你们这些花花大少会说话，哄小姑娘一套一套的。”

“滚。”程恪说。

“老板，帮我做一个彩虹的，一个蓝色的！”江予夺看着老板，“快！赶火车呢！”

老板笑了起来：“还有三个就到你，赶火箭也来得及。”

江予夺盯着老板做棉花糖的手，程恪一直盯着他看，江予夺对很多事儿会很好奇，对平时不太接触到的东西有机会都会盯着，就是盯着的时候经常冷着个脸，给人一种对方要出点儿什么错他就能一拳抡上去的错觉。

好在这个老板全程都没有抬头，做好一个就往前一递，是谁的自己就拿了。

彩虹和蓝色的棉花糖很快就做好了，比脑袋还大，一大团，江予夺举着两团棉花糖挤出人群，把彩虹的递给了他，然后对着蓝色的那个咬着扯下一大团，品了品之后点了点头：“我这个是甜的。”

这个反馈让程恪突然对自己一直以来对棉花糖的认知产生了怀疑，毕竟这种东西就像街头的糯米团子一样，他很少能接触到，没记错的话棉花糖应该是一次也没吃过……

他赶紧在自己的那个彩虹上咬下一大团来尝了尝，就是白糖味儿，除了甜，其他什么味儿都没有……齁腻的，他吃了一口就不想再吃了……

“怎么样？”江予夺问他。

“嗯，好吃，”程恪点了点头，“我这个是糖醋的。”

“什么？”江予夺愣了，然后没等他说话，就飞快地一口咬在了他的彩虹上，扯走了差不多半团。

程恪叹了口气，看着江予夺费劲地在风里追着迎风飘扬的棉花糖往嘴里卷，最后还是用手才全塞进了嘴里。

“你味觉失灵的吧？这不就是甜的吗？”江予夺吃完这一口之后看着他，“棉花糖哪儿来的糖醋味儿？你怎么不说孜然味儿啊？”

“都是甜的你还专门说一句‘我这个是甜的’干吗？”程恪问。

“我就随便说一句话，”江予夺说，“而且我说的是实话啊，我又没说这个是孜然味儿的。”

程恪没说话，听他连着两句关于孜然的话说完，这会儿顿时觉得馋得慌，甜腻腻的棉花糖更没吸引力了。

“我饿了，”程恪摸了摸肚子，“我想吃烧烤。”

“那回去吧？”江予夺把自己那团棉花糖两口吃掉了，拿出手机点几下，“我在群里发条消息，让他们先去店里等着点好吃的。”

“群？”程恪愣了愣，“你们还有群？”

“这有什么奇怪的？”江予夺扫了他一眼，“要不我平时找人还一个一个地点吗？我又没加他们好友。”

“哦。”程恪凑过去往他手机上看了看。

江予夺发了什么他没看到，已经被一串发言顶上去了。

——好的三哥。

——收到！三哥。

——三哥过年好！马上到。

——是！

程恪有点儿想笑，再看到群名的时候一下乐了："一个群？这谁起的名字啊？"

"我。这难道不是一个群吗？"江予夺说。

"是一个群。"程恪忍住笑点了点头。

"你不是说看别人手机是很没礼貌的事儿吗？"江予夺说，"你这都看半天了吧，看完了还嘲笑？"

"不好意思。"程恪笑着摆了摆手。

"走。"江予夺把手机放回兜里，一挥手。

这家烧烤店应该是江予夺跟小兄弟们聚会的固定地点，他们开着陈庆的双门带后备厢的小车到的时候，好几个一看就是"三哥的人"的人正站在门口。

江予夺把车挨着店门口停下，程恪跟他一块儿下了车。

"三哥，"几个人马上过来了，"恪哥。"

程恪对他们把称呼从"积哥"改成"恪哥"这个贴心的举动觉得万分感动。

"恪哥手怎么了？"大斌看到了他手上的石膏。

"下楼没注意摔了一跤。"程恪笑笑。

"怎么没进去？"江予夺问，"在这儿戳着干吗？"

"我们刚到，二秃也马上到，他……有伤，我们等等他。"一个小弟说。

"他怎么伤了？"江予夺转过头，"上回被人抢劫了，这回是不是又让人打了？"

"这回真不怪他……"大斌在旁边说了一句，"三哥，这事儿你不用管，本来也不打算告诉你的。"

"那怪我吗？"江予夺没好气儿地说。

几个人都没了声音，一块儿愣了一会儿后大斌才开口："上回跟张大齐干过仗之后，就……一直没消停，他那帮人基本见着我们的人就要动手，我们都是躲着的，三哥，你说过嘛，能不惹事儿就不惹事儿。"

江予夺看着他没说话。

"上星期二秃喝了点儿酒，正好从他们酒吧后头经过，就……没跑掉。"大斌说。

"伤得重吗？"江予夺问。

"大腿骨折了，不过不算严重。"大斌说。

江予夺皱了皱眉。

“三哥，你们先进去吧，风太大了。”大斌说。

程恪跟在江予夺身后进了店里，没等他看清里面什么情况，就听一片声音喊了起来。

“三哥！”

“三哥来了啊！”

“三哥过年好！”

程恪已经挺长时间没有体会到江予夺是三哥的这种感觉了，跟江予夺现在的接触，也很难让他再把江予夺和“三哥”这样的称呼联系在一起。

现在猛地听到这样的动静，看到眼前呼啦站起来一片的人，他都有些不适应，感觉走错了片场，店里差不多已经坐满了，而且一眼过去就能看出来，有三四桌都是江予夺的人。

算上外面没进来的，这店里一共五六张桌子的面积，差不多全被他们占了。

程恪体会了一下这种场面，别说进来吃烧烤的人有可能需要勇气，算已经吃上了的要想不提前走，也得需要勇气。

谁知道这么一帮人在一起会不会随时就打起来。

陈庆坐在最里头的那张桌子旁边，冲他们扬了扬手。

程恪过去刚坐下，陈庆就隔着江予夺凑了过来：“你给我发一堆什么破照片！”

“怎么了？”程恪说，“不比你拍的那些带重影的强吗？”

“哪儿强了？我哪儿拍重影的了！”陈庆不服气地压着声音，“你还拿着那么贵的手机……”

“那你还拿我的图发朋友圈？”程恪笑了笑。

“我那不是没办法嘛，”陈庆飞快地往周围看了看，“我都说了我要去看灯！我这是被逼无奈，还有，你拍你俩怎么拍得那么好，跟封面似的？”

“我俩长得就像封面。”江予夺推了他一把，“坐好，你怎么不趴我腿上呢？要不要我抱着你啊？”

“一会儿咱俩也拍一张吧，三哥，”陈庆靠回自己的椅背上，“咱俩都没有合影……我一直以为你不喜欢自拍呢。”

“是不喜欢。”江予夺说。

“是啊，我认识你这么多年，你从来没自拍过吧？”陈庆看着他。

江予夺扫了他一眼，掏出手机：“来。”

“来就来。”陈庆往他旁边凑了凑。

江予夺举起了手机：“笑一个，我说一二三就笑。”

“好。”陈庆咧开了嘴。

程恪看着他俩，感觉这照片拍出来肯定惨不忍睹。

“一二三。”江予夺说完就按了快门。

程恪觉得陈庆大概是比较能适应江予夺这种“一二三”的语速，反应还挺快，在他说到二的时候就已经扯出了笑容。

“好了，”江予夺看了看手机，又让陈庆看了看，“怎么样？”

“帅！”陈庆竖了竖拇指。

“我看看？”程恪有些好奇，就他俩刚才的表情居然能说出一个“帅”来？

江予夺把手机递给他。

屏幕上是两张大脸，因为距离太近，一人有一只耳朵在屏幕之外，一个龇牙，一个咧嘴，笑得非常艰辛。

两人中间的空隙里还有三个模糊的字，虽然很模糊，但程恪还是看出来了。

“洗手间。”

他实在非常佩服，这得是异常坚固的友谊，才能让这两个人面对这样一张照片时，一起认同这叫“帅”。

程恪忍着笑把手机还给了江予夺：“挺好，离远点儿拍就更好了。”

“这叫特写。”陈庆说。

“哦。”程恪喝了口茶。

陈庆跟旁边的小兄弟说话去了，江予夺才凑过来低声说：“你说刚那照片，你P一下还能有救吗？”

程恪低头笑了起来，好半天才看他一眼：“我以为你觉得很好呢。”

“那能好吗？俩傻二哥，”江予夺说，“我怕陈庆一会儿一激动要发朋友圈，他朋友圈里人太多了……”

“发给我，我试试。”程恪说。

江予夺把照片发给了他。

程恪低头试着拯救这张照片。

刚才在外面站着的大斌那帮人，大概是等到了二秃，这会儿都进来了，程恪耳朵里全是各种兴奋而愉快的叫喊声。

每一个进来的人都得到他们这桌来，站他后头冲江予夺叫一声“三哥”，每个人的嗓子都很嘹亮，喊得他心惊胆战的，老觉得这不是来问好的，而是来下战书的。

不过跟平时听到这种“没教养”的动静不同，今天他听着这些乱哄哄的声音，并没有觉得吵闹烦躁，倒是有一种从没有过的对“热闹”这个感觉的全新认知。

兴奋、混乱，每个人都很高兴，大声地打着招呼，相互损着。

程恪坐在这些声音里，低头在手机上给江予夺和他的总护法 P 照片，居然有种从来没有过的踏实感。

“我还挺喜欢跟这帮人在一起的。”江予夺在他旁边低声说。

“嗯，”程恪点点头，“是挺好的，热闹。”

“主要是……”江予夺犹豫了一下，“觉得安全。”

程恪微微偏了偏头：“是吗？”

“嗯，”江予夺应着，“他们……是我生活里的人，全都是，每一个都是……你明白我的意思吗？”

“他们都是可控的，你知道他们是什么样的人，是谁，从哪里来，要干什么，”程恪把 P 好的照片发回给江予夺，“对吗？”

“对，”江予夺点点头，“我发现你真挺厉害的，这感觉你一说，就对了，就这么回事。”

“我有时候也会有这种感觉，其实就是没有安全感吧，需要一个完全可控的环境，”程恪笑笑，“可惜我身边这样的环境和空间太少了。”

“有我呢。”江予夺拍拍胸口，“我是可控的，是这么理解吧？”

“……嗯。”程恪看着他。

“我是安全的。”江予夺停一下又补了一句。

"是。"程恪应着。

他不知道江予夺为什么要专门补上这一句，也许江予夺和他，对安全和安全感的理解其实并不完全一样。

江予夺一直担心他的安全，担心会有人对他不利。

而这些他不能理解的"保护"，已经被江予夺自己归类到需要用心理医生来解决的范围，程恪觉得江予夺没有明说但应该就是那么个意思了，这两天江予夺的改变也的确很明显，不再有那些过度紧张的警惕。

可现在他专门补充的这一句，又让程恪隐隐感觉到有些不安。

"酒都倒上！"陈庆站了起来，拿起一个铁盘子，用筷子在上头当当当地敲着，"快！酒都倒上！"

"倒上倒上！"一帮人都喊着回应，小店里立马响起了一片叮叮当当的敲击声。

"今天是过年最后一天了，我代表三哥，祝大家在新的这一年里头，"陈庆给自己倒了杯酒，"身体健康！这个最重要了，健康！"

"健康！"一帮人拿着酒杯往桌上敲着。

"财源滚滚！这个也特别重要！"陈庆说。

"财源滚滚！"一帮人继续敲杯子。

"也没别的了，反正就是身体好，钱多，一切就都好了！"陈庆一仰头把酒给喝了。

一帮人都跟着喊了起来，程恪也听不清他们喊的是什么，反正江予夺拿起杯子的时候，他也拿起了杯子，正想凑过去跟江予夺碰一下的时候，江予夺的杯子已经过来了，在他杯子上碰了碰："万事如意。"

"万事如意。"程恪笑了笑。

万事如意。

这样的祝福，算是最难实现，甚至意义有些虚无的祝福，但也是很多人最渴望的，不需要万事、千事、百事，哪怕只有一件事如了意，都是愉快的。

在烧烤店里说祝酒词然后大家举杯畅饮，程恪还是第一次经历，不过觉得挺有意思。

烧烤店老板也挺适应他们的风格，大家举杯的时候，就开始用最大号的托盘堆着各种烤好的肉和菜往他们桌上放了。

一杯酒下肚，感觉立马就有人醉了似的，程恪听到好几声杯子掉地上摔碎的声音，接着就是哄笑，再往下就是一个字也听不清了的边吃边喊着聊天儿的声音。

程恪伸手拿了一串不知道什么肉反正不是猪鞭的肉，咬了一口："哎，好吃。"

"你要帮忙就跟我说。"江予夺说。

"吃烧烤有一只手足够了，反正就抓着啃。"程恪笑笑。

"他们是不是有点儿闹？"江予夺拿着个鸡翅啃着。

"嗯，"程恪点头，"吵死了，不过挺开心的。"

"我一般就只管吃，他们说什么我也不太听。"江予夺说。

"我就想问啊，"程恪凑近他，又看了看四周的人，"你这些兄弟，都……无业吗？"

"都无业吃什么啊？"江予夺"啧"了一声，"你是不是电影看多了？他们都有工作，不过跟你理解的那些工作不一样，就打打工吧，小菜馆的厨师啊，帮人拉货的司机啊……"

"汽车美容店的员工啊，"程恪看了一眼陈庆，"对吧。"

"对。"江予夺笑了起来，拍了拍陈庆的肩膀。

"来三哥，"陈庆马上拿着杯子转了过来，"来！积家！走一个！"

程恪拿起杯子，三个人碰了一下，又一仰头都干了，然后陈庆杯子一放，转身又跟那边的一个小兄弟继续聊了："我跟你说，身材好不好不要放在第一位，还是要看人品的！你老盯着人家身材，哪有姑娘看得上你啊对不对！流氓啊那是！"

程恪听笑了。

"都这样，一喝酒就聊姑娘。"江予夺说。

"你以前是不是也跟他们聊姑娘？"程恪问。

"没，"江予夺"啧"了一声，"姑娘有什么好聊的？聊出一本泡妞指南来也没一个姑娘上钩啊。"

"喜欢你的小姑娘应该不少吧？"程恪往四周又看了一圈，不少人是带着女朋友来的，还有几个挺漂亮的。

“嗯，”江予夺看了他一眼，“怎么？”

“你就没有一个喜欢的吗？”程恪问。

“没有。”江予夺回答得很干脆。

程恪看着他没说话。

江予夺也看着他，过了一会儿像是猛地反应过来什么，瞪了他一眼：“这也不代表什么！”

“我说了吗？”程恪乐了。

“你看着我这个眼神儿，”江予夺指了指他，“就是这个意思！我告诉你，你别老想拉个垫背的。”

“哦。”程恪还是想笑，不知道自己是不是没吃什么东西就猛地两大杯白酒灌了下去，这会儿有点儿兴奋。

江予夺看着他没说话，像是突然陷入沉思，过了一会儿连眉头都皱了起来。

“怎么了？”程恪问。

“你说，我……”江予夺皱着眉，停了一会儿又拿起杯子往桌上一放，“喝酒！”

29

这顿夜宵吃完的时间比平时要晚不少，搁以往，江予夺要么提前走，要么会让这帮兄弟赶紧结束，但今天没出声，一直坐在那里看着这帮兴奋的人。

这些人一年里难得有几次聚得这么齐，倒不是说有多深厚的感情，而是凑一块儿热闹，有些人估计都没见过几次，但聚一次就能熟了，毕竟都是“一伙”的。

而且江予夺这会儿也不想动。

程恪一直边喝边听着旁边的人聊天，时不时乐几声，然后跟他碰一个喝几口，一晚上也喝了不少，看上去应该没有觉得反感或者厌烦。

这就行了，晚点儿走也行。

江予夺突然有些不知道要怎么面对一会儿人都散了之后跟程恪单独相处的时间。

他长这么大，从来没有想过也没想到自己会去想的问题，隐隐在他脑子里的某个角落搅得他有些心神不宁。

“行吧，散了散了，”陈庆站起来喊了一嗓子，“都回去睡觉了。”

店里顿时喊成一片，一个字儿也听不清了。

“今儿都喝了不少，散了以后直接回家，都消停点儿，别给我惹事儿！”陈庆扯着嗓子又交代了一句。

“放心吧庆哥！”有人大声回应。

江予夺把钱包给了陈庆，陈庆坚持把自己面前的一串烤肉啃完了才拿着钱包去结账。

“喝高了吗？”江予夺问程恪。

“有点儿晕，但是还行，”程恪打了个哈欠，“反正一会儿也没什么事儿了，倒头就睡。”

“嗯。”江予夺应了一声。

陈庆结完账之后走过来把钱包给了他：“三哥，你开我车吧，先送积……恪哥回去。”

“都打车吧，”江予夺摆了摆手，“我喝了不少，这会儿开不了车。”

“这片儿的车还不都让这帮人打完了啊，”陈庆想了想，抬头就冲外面喊：“谁叫的车有到了的？”

“庆哥要用车！”外面马上有人应了一声。

没几分钟，就有一辆出租车到了，江予夺站起来，跟在程恪身后往外走，刚走一步就踉跄了一下，脑门儿撞到了程恪后脑勺上。

“怎么了？”程恪回过头，“晕了吧？”

“没，”江予夺有点儿觉得没面子，顺手把腿边的一张椅子拎起来扔到一边，“被椅子腿儿绊住了。”

程恪笑了笑没说话，继续往前走的时候，江予夺感觉程恪也好不到哪儿去，步子也有点儿飘，手里拿着的灯晃得都不亮了，不过还好，没跟他似的踉跄。

以前程恪说自己酒量不错估计不是吹牛。

出租车司机看到他俩和陈庆上车的时候似乎松了口气，问了地址之后就嗖地把车开了出去。

“是不是吓着你了？”陈庆坐在副驾驶座上笑着问了一句。

“是有点儿，”司机说，“我一过来，十几个人一块儿喊起来了……我以为火并呢。”

“大过年的谁火并啊？”陈庆笑得很愉快。

“也是，都要过年嘛，不过我们过年就没这么乐和了，还得拉活儿。”司机说。

“我们是出来花钱，你是出来赚钱，”陈庆说，“还是你牛。”

司机笑了半天。

车先开到程恪家楼下，程恪下了车，江予夺坐着有点儿犹豫，床已经铺好了，东西也都归置好了，程恪这会儿回去就是睡觉，应该不需要他再帮忙……

“三哥？”陈庆回过头。

“嗯？”江予夺应了一声。

“你下车啊。”陈庆说。

“嗯？”江予夺愣了。

“快，我快困死了，我要回去睡觉了。”陈庆说。

江予夺下了车。

出租车开走之后他看了看程恪：“你自己能……行吗？”

“下车了才问？”程恪看了一眼出租车消失的方向，“我要说能行，你再走回去吗？”

江予夺清清嗓子，不知道说什么了。

“陈庆是不是觉得我瘫痪了啊？”程恪往电梯那边走，“我大概应该去请个保姆每天搀着我走。”

江予夺跟在后头笑了笑。

“你一会儿就别回去了，太晚了。”程恪按了电梯按钮，回过头。

“嗯。”江予夺点了点头。

“喵没事儿吧？”程恪走进电梯。

“它自己会进猫粮袋子吃东西，”江予夺说，“要不是打不开罐头，它一天就能把所有罐头都吃了。”

程恪笑了起来，看着他手里拿着的猫灯：“以后估计比这灯个头儿要大。”

“我留着，”江予夺说，“看什么时候能超过。”

程恪没有再说话，江予夺也什么可说的，这会儿头有点儿晕，再往电梯里一站，就感觉都快能晕出声音来了。

进门之后他才缓过来一些。

“喝水吗？”程恪问。

“你别管我了，”江予夺摊到沙发上，“我要喝水就自己倒了。”

“嗯。”程恪倒杯水喝了，然后进了卧室。

江予夺瞪着黑屏的电视机出神。

好半天也没见程恪出来，他有点儿茫然，程恪这是已经睡了？

从外头吃了夜宵回来连脸都不洗，连他都忍不了，大少爷现在居然这么不讲究了？

程恪不会是晕倒了吧？

江予夺赶紧站了起来。

卧室门没关，他走两步就看到了程恪。

程恪正站在打开了的衣柜面前，用手扯了衣服闻呢。

“闻什么呢？”江予夺看了好一会儿，实在忍不住问了一句，并且非常感慨，程恪迟钝到门口戳个人戳了好一会儿居然都发现不了。

“哎！”程恪吓了一跳，赶紧松开了自己的衣领，“你怎么一点儿声儿都没有啊？”

“你怎么不说你聋了呢？”江予夺说，“还瞎，我站这儿半天了。”

“是吗？”程恪愣了愣，“怎么了？”

“没怎么，”江予夺说，“我就第一次看有人闻自己闻得这么起劲的。”

“不是，”程恪笑着抖了抖衣服，走了过来，“我怎么闻着我一身孜然味儿啊？”

“我闻着你一身酒味儿。”江予夺说。

程恪今天的确喝了不少，这会儿江予夺首先闻到的就是酒味儿……当然没准儿是他自己身上的，他也没少喝，陈庆激动的时候还往他身上晃倒了半杯酒……

“那是你身上的……”程恪凑过来想闻闻他衣领，大概是头晕，动作又有点儿猛，脑门直接磕到了他鼻子上。

江予夺顿时鼻子一阵发酸，差点儿没控制住自己一胳膊把程恪抡出去。

不过程恪很快又扶着门框站稳了。

“你不光衣服上有孜然味儿，”江予夺揉着鼻子，“头发上也全是。”

“啊？”程恪扒拉了几下自己的头发，“这怎么办？”

“什么怎么办？”江予夺看着他，“洗澡啊！”

这句话说完之后，他俩都沉默了几秒钟。

然后程恪点了点头：“是，我去洗个澡。”

“你能行吗？”江予夺顺嘴问了一句。

问他完就后悔了，想起来程恪说过自己不是陈庆。

程恪转过头瞅了他一眼：“应该可以，我那天模拟了一下，举一条胳膊然后拿着喷头冲就行。”

“哦。”江予夺点了点头，顺嘴还想说“那你怎么抹沐浴露”，但是控制住了没有“顺”出来。

他突然感觉有些尴尬，以前跟程恪在一块儿的时候，不太会有这样的感觉，只会小心翼翼怕有什么不经意的举动吓着程恪。

今天也不知道他是怎么了。

就从喝酒那会儿说了一句没有一个喜欢的姑娘之后，他就怎么也缓不过劲儿来了。

他的确没有喜欢的姑娘，在街面儿上混这么多年，总会有姑娘往他跟前儿贴，他一直也没有跟谁对上眼过，都觉得挺烦的，想躲。

是的，就算是他喜欢的类型，也得讲究个缘分……可这缘分就一直没来过。

一次都没来过，擦肩而过都没有，这就让他突然有点儿别扭了。

特别是在大少爷若有所思的眼神面前，他突然就别扭了。

程恪拿了换洗衣服出来，从他身边走过的时候他才转过身，犹豫着跟到了浴室门口。

他并不介意帮一下忙，程恪没喝醉，但是喝得有点儿晕是肯定的，要再摔一次……但他还是有些介意程恪可能会介意。

“壮士请留步，”程恪推开浴室的门，转身冲他用一条胳膊抱了抱拳，“千里送君，终须一别……”

程恪还是喝多了吧？

江予夺转身走开，回到客厅坐到了沙发上。

程恪进了浴室，关上了门。

现在已经夜深人静了，四周什么声音都没有，他只能听到自己因为喝多了酒又一晚上闹哄哄引起的微微的耳鸣声。

这种感觉让他有些不舒服，就像是被闷在了被子里，不像是没有声音，而像是听不见声音。

他起身想去给自己倒杯水，拧开龙头听到水流进杯子里的声音时，四周才像是突然通透了。

他慢慢喝着水，吸溜吸溜地制造出一些声响，等着浴室里程恪开始洗澡的水声能够接上。

但他一杯水喝完了，浴室里也没什么动静。

他有点儿不放心，正想过去敲敲门的时候，浴室里传来一声碰撞声，接着就是哗啦什么东西倒了的声音。

“程恪？”他赶紧冲到浴室门口，在门上拍了两巴掌，“你是不是摔了？！”

“没，”程恪的声音听起来似乎说话有些费劲，“我就是把架子碰倒了。”

“你不摔怎么能碰倒架子？”江予夺又拍了拍门，也顾不上程恪到底是不是陈庆这个问题了，“开门，我帮你洗！”

“不用。”程恪很简单地回答。

接着又传来一声响，这动静很明显能听出来是肉身撞墙，还能听到“pia”的一声，听声音这接触面积至少得是后背“pia”墙上了。

“我开门了啊！”江予夺拧了拧门把。

程恪没回答他这个问题，只是很愤怒地骂了一句：“这什么破衣服！”

江予夺松了口气，从兜里掏出一串钥匙，现在进去程恪起码还是穿着衣服的，应该不会骂他。

他随便挑了一把钥匙戳进锁眼儿里，拧了几下，啪的一声，锁弹开了。

推开门的时候江予夺愣了愣，程恪这个姿势有些狼狈。

外裤已经脱了，他就穿着条裤衩，冲门这边弯着个腰跟鞠躬似的，上衣脱了一半，脑袋和胳膊都在衣服里。

“你不是还有一条胳膊吗？右胳膊也能打弯啊，”江予夺有些无奈，过去拽着衣服袖子先把左手这边扯了下来，“怎么连衣服都脱不了？”

“右胳膊脱不下来！”程恪顶着一脑袋被衣服撸得都竖起来了的头发，“只能先脱左胳膊！但是右手使不上劲，扯不下来左胳膊的袖子！只能蹭着脱！”

“我说了我帮你，”江予夺叹了口气，帮他把袖口扯开让他打着石膏的手能退出去，“你这两天都没脱过这件衣服吗？”

“是啊，我要早知道这样就带把剪刀进来了。”程恪说。

“羊毛衫啊，直接剪了吗？”江予夺说。

“你要晚点儿进来我就直接给它撕了。”程恪皱着眉。

江予夺把倒在地上的架子扶了起来，把地上掉着的洗发水、沐浴露啥的都放回架子上，一转头突然看到马桶里还有个瓶子，刚要伸手拿的时候，程恪吼了一声：“干吗？”

江予夺吓了一跳，转头看着他：“怎么了？你尿完没冲马桶吗？”

“滚！我冲了。”程恪说。

“冲了你还喊什么啊？”江予夺说。

“这是马桶啊。”程恪说。

“那不然呢？”江予夺瞪着他，“要不少爷你再冲一次水咱把这瓶洗面奶冲走吧？”

程恪没说话。

江予夺伸手把那个瓶子拿了出来。

“不要了，帮我扔一下吧，谢谢。”程恪说。

江予夺把瓶子扔到旁边的垃圾桶里，然后就不知道该怎么办了。

其实程恪光个膀子穿个裤衩并没有什么大不了的，但是这会儿他突然有点儿手足无措，一方面想帮一下程恪，另一方面又怕程恪会觉得尴尬。

愣了几秒钟之后，程恪点了点头：“行吧，辛苦了。”

还没等江予夺反应过来，他已经把喷头开关打开了。

喷头是随手挂上去的，有点儿松，这会儿水一打开，喷头猛地一抬头，对着江予夺就喷了一脸凉水。

程恪赶紧把水关掉了：“我不知道喷头歪了……”

“就算喷头不歪，”江予夺抹了抹脸上的水，“你也等我把衣服脱一下吧，我穿的又不是雨衣。”

程恪看着他，好半天之后转过身，右胳膊往墙上一架：“从简吧，你帮我给后背涂点儿沐浴露就行，别的地方我够得着。”

江予夺皱了皱眉，程恪似乎并没有想等他脱衣服的意思，他瞪着程恪后背看了两秒，只好说了一句：“行。”

江予夺取下喷头打开水，水热了之后对着程恪后背开始冲水："你不用洗个头吗？都孜然烤毛味儿了。"

"你吃过啊？"程恪没好气儿地说，"我一只手能洗头。"

"哦。"江予夺没再说别的，对着他后背一通冲水，然后拿过瓶子往他背上挤了点儿沐浴露，"要拿毛巾搓搓背吗？"

"不用了，你随便抹几下就行。"程恪说。

"嗯。"江予夺放下瓶子，伸手抹了抹沐浴露，开始在他背上画圈。

刚画了两圈，程恪突然往前躲了躲。

"嗯？"江予夺停下了，"我手不凉吧？"

"不凉，不过……"程恪偏过头，清了清嗓子，"你拿毛巾搓吧，就蓝色的那条。"

"好。"江予夺拿过毛巾，在手上裹了裹，按到程恪背上开始搓，从肩到腰就唰的一下，程恪抽了口气："三哥。"

"干吗？"江予夺很麻利地又唰的一下。

"你给陈庆搓背，也这么痛下杀手吗？"程恪问。

"我给他搓用力得多啊，他就喜欢被搓得嗷嗷叫，"江予夺停了手，"你觉得我现在劲儿大了？"

"太大了，"程恪转过头，皱着眉，"主要是我也不想嗷嗷叫。"

"行吧我轻点儿，"江予夺叹了口气，"那你这样的，去澡堂子怎么搓啊？师傅一招是不是就能把你搓晕过去啊？"

"我没让人给我搓过澡，"程恪说，"没去过澡堂子。"

江予夺看了他一眼："那你让我给你搓什么啊？"

程恪没说话，瞪着墙。

江予夺等了一会儿，看他没有开口的意思，只好继续帮他搓背，用平时给喵梳毛差不多的劲儿。

如果这样程恪都还扛不住，他就只能用手抹了。

江予夺赶紧唰唰地在他背上划拉了几下，程恪抽了口气，但是没出声。

他又放轻了动作继续唰唰。

一直没出声的程恪突然在他耳边清了清嗓子。

江予夺一抬眼就跟程恪的视线对上了，程恪正偏了头看着他，这一下把他惊得差点儿一毛巾抽到程恪脸上。

“干吗？！”他吼了一嗓子。

“你干吗？”程恪看着他，“就你这扒皮一样的搓背，我还能有什么感想吗？”

“我……”江予夺张了张嘴没说出话来，感觉挺没面子的，但又不知道应该说点儿什么能把面子再收回来点儿，最后只说了一句，“你腰这儿有颗痣啊。”

“嗯，”程恪抬胳膊往腰上看了一眼，“以前是胎记，小时候挺大一片的，后来慢慢就变成痣了。”

“哦。”江予夺应了一声，又在他背上继续搓。

“行了，冲水吧，”程恪说，“我皮儿都快让你搓没了。”

“就得搓红了才舒服，活血。”江予夺放下毛巾，拿过喷头往他背上冲着水。

“你衣服都湿了吧？”程恪问。

“废话。”江予夺说。

“你去换衣服吧，我柜子里你拿一套先换了，”程恪说，“我可以自己洗了。”

“……嗯。”江予夺关了水，把喷头递给他，然后飞快地出了浴室。

听到程恪把浴室门关上了，他站在客厅里长长地舒出了一口气，又愣了一会儿才进卧室，随便找一套程恪的运动服换上了。

然后回到客厅，往沙发上一倒，他瞪着天花板出神。

程恪单手洗头的难度应该是有点儿大，过了差不多半个小时，江予夺才听到浴室门响了一声，程恪走了出来。

江予夺还没坐起来，程恪已经走到了沙发旁边。

“干吗？”江予夺愣住了。

程恪低头看了他一会儿，头发上的水一滴一滴地落在他脸上，他抹了抹脸：“我问你呢，干吗？”

“别乱动啊，”程恪指了指他，“我手腕可是骨折的。”

“啊？”江予夺看着他的指尖。

程恪的指尖很快就从他眼前移开了，程恪的手往他脑门儿上一按，整张脸凑近他，审视一般同他直直地对视着。

30

在程恪低头俯身下来的那一瞬间，江予夺脑子里还有过那么零点几秒以为程恪按他脑门儿是想看他有没有发烧的想法。

他已经记不清这是第多少回了，感觉多到他都能坦然说出已经“习惯了”的话。

但这次不太一样，跟之前的任何一次都不一样。

因为程恪也跟之前的任何一次都不一样。

他对自己的反应和处理突发情况时的能力非常自信，他知道什么样的举动应该给出什么样的反应。

但所有这些都局限于攻击——正面，侧面，偷袭；刀，棍子，徒手。

没有任何一种训练让他能够处理眼下的局面。

他不知道应该怎么办了，第一反应是把程恪掀开，但他还没忘了程恪说的话——

“我手腕可是骨折的。”

接下去就没有了第二反应，他就觉得自己跟个木头人似的动不了。

他也不敢动。

一，二，三，四，五……

江予夺脑子里转得跟刮过一阵狂风一样，但还没忘了习惯性地判断时间。

让他吃惊的是也就四五秒的时间而已，自己却在一片震惊中体会到了这么多东西。

随即程恪收手，撑着沙发扶手坐下了，似乎是思考两秒后，他又站了起来。

跟程恪对着看了一会儿之后，江予夺坐了起来，靠在沙发背上，半仰着头看着程恪。

“那个……”程恪不知道是不是应该为自己方才突兀的行为道个歉——早知道不站起来了。

几秒钟之后，江予夺的视线从他脸上飞快地往下，又飞快地跳回到他脸上，但没过两秒，又飞快地往下，然后再次跳回他脸上。

在江予夺第三次往下看的时候，程恪叹了口气，转身进卧室，从柜子里扯条运动裤出来套上了。

然后他一屁股坐在床边，不太想动了，一想到回到客厅还需要面对现在自己都不知道自己是怎么回事的江予夺……

程恪有点儿想抽烟，烟在外套兜里，外套在客厅。

他犹豫一下，起身走了出去。

一直坐在沙发上的江予夺看到他出来，突然站了起来，快步……或者说是移行换影似的进了浴室，并且甩上了门。

他还是第一次看到江予夺有这么快的移动速度。

他顿时有点儿郁闷。

他给自己倒了杯水，喝了两口，又点根烟叼着，坐到了沙发上。

沙发上还带着江予夺的体温。

他摸过手机点开看了几眼，程怿那边没有什么动静，朋友圈里又发了两拨照片，是带着老妈坐在酒吧里的，还有老妈跟他还有黎娜的亲密合影，背景居然是他和江予夺自拍过的那个“小精灵”。

他叹了口气，又看了看，江予夺全球后援会当然是少不了要发点儿夜宵图的。

不过第一次在陈庆拍的照片里看到自己，程恪还有点儿说不上来的感觉，就好像在另一个世界里看到了自己。

他和江予夺一块儿靠着椅背坐着，脸都往同一个方向侧着，脸上都被灯光打出了黄色光晕。

这张照片陈庆拍得依旧仿佛座机效果，但意外地很有感觉。

泛黄的画面里两个没有看向镜头的人，四周模糊的热闹纷繁里灯光晃出几条淡淡的轨迹。

程恪看了一眼今天陈庆给这些照片配的字——

“时光。”

他笑了起来，居然意外地觉得挺合适的。

他放下手机看了一眼浴室的方向，门还是关着的，里面没有任何声音。

又过一会儿之后，他站了起来，有点儿不放心。

“江予夺？”他走到浴室门外叫了一声。

江予夺没有回答。

“三哥？”他又叫了一声。

江予夺还是没有回答，但是在门里敲了敲。

“你没事儿吧？”程恪试着拧了一下门把手，发现能拧开，“我能开门吗？”

“嗯。”江予夺应了一声。

程恪先深呼吸一下，然后一拧门把手，推开了浴室门。

门一打开，首先是一阵烟雾扑面而来。

“你干什么？”程恪愣住了，“你抽烟了？”

“嗯。”江予夺低头坐在马桶盖上，手里还夹着个烟头。

“开一下排气扇啊，”程恪犹豫着走进去，打开了排气扇，“不呛吗？”

“不呛。”江予夺还是低着头。

程恪没出声，看着他头顶。

认识江予夺也挺长时间了，他第一次注意到江予夺头顶上有两个发旋儿，还有……一道细细的疤。

也许这道疤只是江予夺混迹街头十年留下的，但他说的那些小时候的事，还是瞬间在程恪脑子里炸了开来。

程恪伸手在他头上轻轻拍了拍，正想开口道个歉的时候，江予夺抬起了头：“程恪。”

“嗯？”程恪看着他。

“你说我，”江予夺扔掉烟，揉了揉鼻子，“我也不知道自己是怎么了……”

“你……”程恪本来已经想好了很多回答，这会儿却突然什么都说不出来了，好半天才憋出一句，“先出去吧。”

江予夺没再说话，低头像是跟谁生闷气似的愣着不再动了。

程恪在他面前站了一会儿，感觉脑袋里那点儿晕还没过去，有点儿站不住，伸手撑了一下墙："出去吧，坐这儿多闷啊。"

"嗯。"江予夺站起来，唰的一下就从他身边挤了出去。

程恪把浴室窗户打开，然后进了客厅。

江予夺坐在沙发上，瞪着电视出神。

"要……看电影吗？"程恪问。

"不要。"江予夺说。

"那……睡觉？"程恪又问。

"睡不着。"江予夺回答。

程恪犹豫几秒钟，走过去坐到了沙发上。

江予夺偏过头看了看他："你不睡吗？"

"你想聊聊吗？"程恪问。

"聊什么？"江予夺还是看着他。

"聊聊就是随便聊聊，又不是命题作文，"程恪叹了口气，"能不能不要每次都问我聊什么……"

"命题作文？"江予夺没听懂。

"……你现在想说话吗？"程恪只好换了个方式问，"想跟我说话吗？想跟我聊天儿什么的吗？"

江予夺皱着眉沉默了一会儿："不想。"

"好吧，"程恪站了起来，"晚安。"

"晚安。"江予夺说。

"你睡沙发吗？"程恪走到卧室门口回过头，"睡沙发的话把铺盖拿一下，我就一只手。"

"哦。"江予夺站起来，到柜子里把枕头和被子抱了出去，又交代了一句，"别关门。"

他开口的时候程恪已经顺手把门带了过去，说完这句话，门正好哐地关上了。

一秒钟之后门又被江予夺一把推开了："让你别关门。"

程恪这会儿才想起来什么，小心地开口：“你不是说……”

“我不是怕你有危险，”江予夺看着他，“我就是……反正你别关门，你要关了门我会觉得你讨厌我。”

“我不会跟讨厌的人这么待着。”程恪说。

江予夺顿了顿，转身回到沙发旁边，抖了抖被子。

“你不洗澡啊？”程恪问。

江予夺举着被子的手停在空中：“我就不能先铺好被子再去洗澡吗？”

“晚安。”程恪说。

“说过一遍了，”江予夺“啧”了一声，“晚安。”

这一夜江予夺有没有睡着、有没有起来、睡得怎么样，程恪都不知道，他上床闭上眼睛连梦都没做就睡到了天亮。

手机在床头叫着，他迷迷糊糊地伸出手想摸手机，看到了石膏才知道自己伸的是右手，于是又换成了左手，没等摸到手机，一只手从他眼前晃过，接着手机到了他眼前。

“许丁。”江予夺的声音从他上方传来。

程恪这才发现江予夺站在他床边。

“你这么早就起来了？”程恪问。

“……十一点了。”江予夺说。

“啊，”程恪愣了愣，赶紧接了许丁的电话，“喂？”

“今天进桌椅沙发什么的，前台也有人去装，”许丁那边有些吵，听着是在外面，“林煦在那儿呢，你下午有没有时间过去看看？”

“有时间。”程恪说。

“那就行，”许丁说，“我明天带设计师过去再把东西收拾出来，你下午去就清点一下，别动手，你手是不是骨折了？”

“是，摔了一跤。”程恪叹了口气。

“严重吗？”许丁问，“我认识个主任……”

“不严重，已经固定好了，下个月就拆了。”程恪笑笑。

“那行，”许丁说，“下午你再辛苦一下，开业就好了。”

“开业更忙吧？”程恪说。

“你不用忙，我先弄几场活动，你帮忙看着点儿就行，”许丁说，“不过手好了就得忙了。”

“好。”程恪笑着说。

挂了电话之后，他坐了起来，江予夺一直站在床边，不知道是在等着扶他下床还是有话要说。

“怎么了？”程恪盘腿坐在床上，看着他。

“你饿吗？”江予夺问。

“还……”程恪按了按肚子，仔细体会了一下，“还行，没什么饿的感觉。”

“嗯，”江予夺拉过旁边的一张椅子坐下了，“聊会儿？”

程恪愣了愣：“好。”

“我昨天半夜就坐这儿了，”江予夺说，“一直坐到刚才。”

“……你要睡不着可以叫我起来的。”程恪有些吃惊。

“叫你起来干吗？我那会儿也不想跟你说话。”江予夺说。

“那你坐我床边瞅我一夜，”程恪说，“孝子啊。”

“程恪，”江予夺咬了咬嘴唇，“你之前是不是说在你眼里我和你认识的其他人是不一样的？”

程恪盯着江予夺看了一会儿，感觉这一夜江予夺脑子应该一直没歇着，这会儿说这样的话题时居然一点儿也没磕巴，也没有犹豫——单刀直入干脆利落。

“是。”程恪点了点头。

“现在还是吗？”江予夺问。

“是。”程恪又点了点头。

“都是……哪些地方啊？”江予夺问。

程恪顿了顿，这个问题就有些不好回答了，他也从来没有跟人这么讨论过这类话题。

琢磨半天他才清了清嗓子：“就是……各种方面吧，你跟我认识的其他朋友都不一样，我比较喜欢跟你一块儿待着。”

“哦。”江予夺应了一声，过一会儿又眯缝了一下眼睛，“就这样？我不信。”

程恪简直觉得无可奈何了：“那你哦什么哦啊！”

"'哦'就表示我听到了。"江予夺说,"你就当我懂了吧。"

"……行吧。"程恪叹了口气。

"我也差不多。"江予夺说。

"什么差不多?"程恪看着他。

"就是,"江予夺靠到椅背上想了想,"虽然我们不是同一类人……但我挺喜欢跟你一块儿待着的,大概吧。"

程恪愣了很长时间,不得不追问一句:"你这个差不多,从什么时候开始差不多的?"

"昨天晚上。"江予夺说。

程恪不知道该说什么了,江予夺现在的状态他有些拿不准,他还从来没碰到过这样的人。

"你想吃什么?"江予夺问。

"聊完了啊?"程恪再次愣住。

"嗯,"江予夺点点头,拿出了手机,"是我出去买还是叫外卖?"

"出去吃吧,"程恪想了想,"然后你陪我去买点儿水泥,让人送到店里,我把那套桌子做了,许丁说下午开始进别的家具了。"

"地板都没铺呢,怎么进家具啊?"江予夺问。

"就是水泥地面,"程恪说,"就那种风格。"

"工地风格?"江予夺问。

程恪听笑了:"对。"

"行吧,我陪你买水泥去,"江予夺站了起来,"是不是还要帮你做桌子啊?就上回你说的那个。"

"嗯。"程恪下了床。

刚想往客厅走的时候,江予夺突然伸手搂了他肩膀一下。

程恪愣了愣,没等给出个回应,江予夺已经又松了手。

他有些无奈,趿拉着鞋走出了卧室,洗漱完出来的时候,江予夺正站在窗户旁边往外看。

程恪没有叫他,只是过去给自己倒了杯水。

对于江予夺,他现在觉得心情有些乱,喝完水放下杯子,江予夺走过来,又搂了他一下。

程恪迅速伸出左胳膊往他背后一兜："你逗我玩呢？"

"没。"

程恪在他背上搓了搓："那怎么了？"

"不知道，"江予夺说，"从昨晚开始，突然一下我也不知道自己怎么了。"

"弄不明白就先不管了，不是所有事儿都能马上弄明白的，"程恪说，"多少人多少事儿一辈子也没明白呢。"

"嗯。"江予夺点了点头。

"咱俩要不先吃了早点？"程恪说。

江予夺同意，但在程恪准备走开去换衣服的时候，江予夺又一把拉住了他的胳膊。

程恪回过头都没反应过来是怎么回事儿呢，然后就那么定着了。

程恪跟他面面相觑了一会儿："这什么意思？"

图书在版编目（CIP）数据

解药 . 2 / 巫哲著 . — 广州 : 广东旅游出版社 , 2021.8
ISBN 978-7-5570-2502-1

Ⅰ . ①解… Ⅱ . ①巫… Ⅲ . ①长篇小说—中国—当代 Ⅳ . ① I247.5

中国版本图书馆 CIP 数据核字 (2021) 第 120597 号

解药 . 2
JIE YAO. 2

出版人：刘志松
责任编辑：梅哲坤
责任技编：冼志良
责任校对：李瑞苑

广东旅游出版社出版发行
地址：广州市荔湾区沙面北街 71 号首、二层
邮编：510130
电话：020-87347732
印刷：河北鹏润印刷有限公司
（地址：河北省沧州市肃宁县工业聚集区）
开本：700 毫米 ×980 毫米 1/16
字数：300 千
印张：19
版次：2021 年 8 月第 1 版
印次：2021 年 8 月第 1 次印刷
定价：49.80 元